SHERRYL WOODS

Un futuro compartido

HISTORIAS DE CHESAPEAKE

Editado por Harlequin Ibérica.
Una división de HarperCollins Ibérica, S.A.
Núñez de Balboa, 56
28001 Madrid

I.S.B.N.: 978-84-9010-283-1

Capítulo 1

Heather Donovan abrió la puerta y se quedó allí un instante, junto al iluminado escaparate en Chesapeake Shores, para poder inhalar el aroma a aire de mar procedente de la bahía, al otro lado de Shore Road. Se giró lentamente y observó los montones de coloridas telas que tenía que seleccionar y colocar, y las cajas sin abrir de utensilios para confeccionar colchas. Su orgullo y alegría eran los estantes fabricados artesanalmente, y bajo sus propias especificaciones, por el abuelo de su hijo, el afamado arquitecto Mick O'Brien y cuyo nombre llevaba su pequeño Mick.

Resultaba un poco abrumador, no sólo abrir el negocio, sino todo lo que ello había conllevado: mudarse a ese pintoresco pueblecito, decidirse a criar sola a su hijo y renunciar a un futuro junto a Connor O'Brien. Todos ellos eran unos enormes pasos y su mente aún se preguntaba cuándo había decidido dar esos cambios a su vida porque por mucho que asimilara bien los cambios, no podía evitar estar muerta de miedo.

Si unos meses atrás alguien le hubiera dicho que dejaría al hombre al que amaba más que a nada, que se mudaría con su hijo a un pueblo costero de Baltimore y se embarcaría en una nueva carrera profesional, Heather se habría reído ante lo absurdo de semejantes predicciones. A pesar de que Connor se había negado a plantearse la idea del matrimonio, ella había pensado que tenían una buena vida en común, que estaban entregados el uno al otro. Lo había creído tanto que había ignorado las advertencias de sus padres, en especial las de su madre, sobre el error que estaba cometiendo al tener un hijo con Connor sin llevar un anillo en el dedo.

Pero lo cierto era que Connor, su hijo y ella podrían haber vivido así muchos años si ella no hubiera visto cómo la carrera de Connor como abogado de divorcios estaba haciendo mella en su relación, cómo la furia que él sentía hacia sus padres estaba corrompiendo el día a día de sus vidas. No le gustaba ese hombre amargado en que lo había visto convertirse y él no parecía tener ningún deseo de cambiar.

No es que Heather hubiera tomado la decisión de romper a la ligera. Se había marchado sola unas semanas, dejando a su hijo con la familia de Connor, mientras había meditado sobre lo que era mejor para su futuro y el de su hijo. No la había alegrado la conclusión a la que había llegado, que tenía que empezar una nueva vida desde cero, pero había terminado aceptándolo. Y sabía que con el tiempo se sentiría realizada y satisfecha, al contrario de cómo se había sentido con Connor.

Sin embargo ahora, incluso meses después de haber tomado la decisión, no podía imaginarse el día en que dejara de amarlo. Suspiró ante lo difícil que resultaba en ocasiones reconciliar las emociones con el sentido común y enfrentarse a la realidad, sobre todo con un precioso niño pequeño como constante recordatorio de lo que había dejado atrás.

Una campanilla situada sobre la puerta de la tienda tintineó alegremente interrumpiendo sus pensamientos. Megan O'Brien entró con su nieto en brazos, que sonrió al ver a Heather.

—¡Mamá! —gritó extendiendo sus regordetes pequeños brazos. Ya tenía casi un año y era la alegría de la vida de Heather.

—Estaba echándote de menos —le explicó Megan—. Y he

pensado que tú también necesitarías verlo un ratito. Sé que aún no te has recuperado de esas semanas que pasasteis separados.

–Gracias –dijo Heather extendiendo los brazos hacia su hijo.

–¿Te sientes agobiada? –le preguntó Megan con la clase de comprensión que tanto apreciaba.

En muchas ocasiones en el pasado había lamentado que Megan no fuera su suegra, ya que en muchos aspectos se sentía más unida a la madre de Connor que a su propia madre, que vivía en Ohio. Una maravillosa y excelente mujer que iba a la iglesia los domingos, que trabajaba como voluntaria en un refugio para indigentes y en un hospital infantil; sin embargo, Bridget Donovan tenía un interminable acopio de compasión para todo el mundo excepto para su hija. Se negaba en redondo a aceptar que una hija suya optara por no casarse con el padre de su hijo.

Heather suspiró. ¡Como si el matrimonio con Connor hubiera sido alguna opción, por mucho que ella lo hubiera deseado!

Heather acunó al pequeño Mick en sus brazos y asintió en respuesta a la pregunta de Megan.

–Tienes razón con eso de sentirme agobiada –dijo mirando a su alrededor–. No tengo ni idea de por dónde empezar. ¿Qué pasará si haber abierto una tienda aquí ha sido un gran error? No sé nada sobre dirigir un negocio. Y estando aquí, en este pueblo, rodeada por O'Brien… ¿Pero en qué estaba pensando? ¿Por qué os habré dejado convencerme?

–Porque sabías que era una idea brillante –respondió Megan, claramente satisfecha consigo misma por haber solucionado el futuro de Heather–. Aun así, es normal que tengas dudas –dijo consolándola–. Has vivido muchos cambios últimamente. Aunque todos buenos, creo. En cuanto a abrir tu propio negocio, éste es como algo innato en ti. En cuanto vi esas colchas hechas a mano, lo supe. Haces un trabajo absolutamente hermoso. Todo el mundo del pueblo querrá tener una de tus colchas o que les enseñes a confeccionar una.

Megan señaló una colcha hecha a mano con el estampado de una bahía.

–Ésa, por ejemplo, es un tesoro. ¿Cómo puedes soportar separarte de ella? ¿Y a ese precio? Debería costar el doble.

–El precio está bien. Sólo estaba experimentando cuando la hice –dijo Heather modestamente, aún asombrada por el hecho de que su afición pudiera convertirse en un negocio próspero. Siempre había disfrutado haciendo colchas y esa afición había llenado sus noches mientras Connor había estudiado, pero nunca lo había visto como otra cosa que una simple afición.

De hecho, estaba licenciada en Literatura y lo único que se le había ocurrido que pudiera hacer con su titulación había sido enseñar. Después de dos años en una clase descontrolada de un instituto de Baltimore, con mucho gusto había dejado su trabajo al quedarse embarazada.

Señaló la colcha que Megan estaba admirando.

–Si no lo estás diciendo para calmarme, si de verdad te gusta, te haré una.

A Megan se le iluminaron los ojos.

–¡Me encantaría! Pero te la pagaré y te juro que te convenceré para que me dobles el precio.

–Rotundamente no.

–Bueno, eso es lo que te voy a pagar –le respondió Megan con terquedad–. Tienes que dirigir un negocio.

Heather suspiró.

–Abrir un negocio es sólo una más de mis preocupaciones estos días –admitió–. ¿Qué me dices de haberme separado de Connor, Megan? ¿Fue la decisión correcta?

–Mi hijo es muy testarudo y tú le has dado exactamente la advertencia que necesitaba –le dio una palmadita en la mano–. Te quiere. Eso, tenlo por seguro. Si eres paciente, volverá a buscarte.

–¿Durante cuánto tiempo? Nos conocimos en el primer curso de la facultad, salimos durante cuatro años, y nos fuimos a vivir juntos cuando entró en Derecho. Cuando me enteré de que estaba embarazada, estaba segurísima de que nos casaríamos, sobre todo cuando me animó a dejar mi trabajo para ser madre a tiempo completo. Estaba segura de que finalmente seríamos una familia de verdad, una como la que siempre había deseado. Incluso me dijo que eso era lo que él quería también, pero sin un papel firmado de por medio. Debería haber sabido que no cambiaría de opinión. Connor siempre me dijo que no tenía intención de casarse nunca, que no creía en el matrimonio, así que no puedo decir que no entendiera las reglas desde el principio.

—La gente no hace reglas sobre cosas como ésas —dijo Megan desdeñosamente—. Simplemente dejan que el pasado controle el futuro. En el caso de Connor, su actitud se debe a lo que sucedió entre su padre y yo. Ahora que Mick y yo nos hemos vuelto a casar y hemos empezado de nuevo, estoy segura de que Connor verá que el amor puede superar toda clase de pruebas, incluso el divorcio.

Heather sonrió ante su optimismo.

—Connor es más testarudo que una mula. Una vez se forma una idea en la cabeza, no la suelta. Y mira todo el tiempo que ha pasado desde que me marché de casa. Fue en Acción de Gracias cuando me fui para pensar y en enero cuando lo dejé definitivamente. Pronto llegará Pascua y aún no ha dado señales de haber cambiado de opinión. Puede que no le haga mucha gracia que me vaya, pero no está haciendo nada por cambiar la situación.

Megan sonrió.

—Estoy casada con un hombre que es igual: su padre. Créeme, siempre hay forma de hacerles cambiar de opinión —miró al bebé—. Y tú tienes el as debajo de la manga. Connor adora a su hijo.

Heather sacudió la cabeza.

—Una pareja no puede construir su futuro en torno a un niño. No es justo. Mis padres lo hicieron, mantuvieron un miserable matrimonio por mí. Pensaron que sería lo mejor, pero no lo fue. La tensión era insoportable y yo no quiero eso para mi hijo.

—No estoy sugiriendo que estéis juntos por vuestro hijo, sólo que el bebé hará que Connor esté cerca mientras vuelve a poner los pies en el suelo y se da cuenta de lo mucho que os quiere a los dos. Tenerte con él era demasiado cómodo. Lo tenía todo tal y como quería. La decisión que tomaste fue la más inteligente. Con el tiempo se dará cuenta de lo que tiene que hacer para recuperaros a los dos.

—Espero que tengas razón —admitió Heather, aunque no lo daba por hecho. Es más, si las cosas no funcionaban con Connor, podía hacer que la decisión que había tomado de mudarse a Chesapeake Shores, donde estaba rodeada por su familia, fuera la peor de todas las que había tomado en años.

—¡Claro que tengo razón! —dijo Megan con confianza—. Ahora, dime qué puedo hacer para ayudarte a organizarte aquí. ¿Tienes algún sistema?

Heather soltó una carcajada que incluso a ella misma le sonó algo histérica.

—¡Ojalá! —exclamó mirando todo el caos que la rodeaba. Miró a Megan esperanzada—. ¿Estás segura de que tienes tiempo?

—Claro que sí. Ante la insistencia de Mick, he contratado a una ayudante muy competente para la galería y las cosas están bajo control. Mientras tanto, le diré que estaré aquí al lado si me necesita —abrió el teléfono móvil y, después de realizar la llamada, le dijo a Heather—: Ahora, venga, ponme a trabajar.

Heather no vaciló.

—Podrías empezar abriendo esas cajas y yo empezaré a clasificar estas telas para los muestrarios —sugirió dejando a Mick en el parque que le había instalado en una esquina. Él emitió un gemido de protesta de inmediato, pero entonces vio uno de sus juguetes favoritos y se puso a jugar con él.

Heather y Megan trabajaron en silencio un rato antes de que Megan preguntara:

–¿Ya le has contado a Connor lo de la tienda? No me lo mencionó la última vez que hablamos y no quería ser yo la que le diera la noticia.

Heather se puso tensa.

–No ha surgido. La verdad es que apenas intercambiamos unas pocas palabras cuando le llevo a Mick para que pase el día con él. Ni siquiera le he dicho que me he mudado aquí. Me llama al móvil cuando me necesita, así que no es que importe mucho dónde me haya instalado. Supongo que si me marchara a California, tendría una razón legítima para quejarse, pero estoy apenas a una hora de camino. Nada ha cambiado para que pueda ver al pequeño Mick.

Megan pareció quedarse afligida con la respuesta.

–Oh, Heather, tienes que decírselo. Y tienes que hacerlo antes de que venga a visitarnos y lo descubra, o antes de que alguien más de la familia cuente algo. Se pondrá furioso por el hecho de que se lo hayas ocultado.

Heather se encogió de hombros.

–Será una cosa más que añadir a la lista. Ya está furioso porque me negué a volver a casa. Para serte sincera, no le hizo mucha gracia que insistiera en quedarme con Mick después de que os lo dejara aquí mientras me tomaba un tiempo para solucionar las cosas y aclararme las ideas. Al parecer, pensó que eso sería algo permanente.

–Está claro que le gustó tener aquí al bebé, con él y con la familia. A todos nos encantó. Pero creo que todo el mundo, menos Connor, entendía que sólo era algo temporal.

Heather la miró con pesar.

–A veces pienso que estoy destinada a hacer las cosas mal entre Connor y yo. Las pocas veces que hablamos, nunca nos ponemos de acuerdo en nada.

Megan le sonrió.

–Ahora mismo es una situación extraña porque no le das lo que quiere: un compromiso incondicional sin matrimonio de por medio. Tiene que aprender que no siempre puede tener lo que quiere imponiendo su voluntad.

–¿Pero no estoy haciendo yo lo mismo, esperando que las cosas se solucionen como yo quiero?

Megan la miró pensativa.

–Supongo que eso es verdad, pero yo soy de tu misma opinión. Creo que dos personas que se aman y tienen un hijo juntos deberían probar con el matrimonio, deberían luchar para que funcionara.

Ella suspiró.

–Bien sabe Dios que he pasado años intentando hacer que las cosas funcionaran con Mick antes de dar el drástico paso de marcharme. Incluso en retrospectiva, no creo que entonces tuviera elección, aunque sé que debería haber manejado las cosas dc otro modo y, mucho más, en lo que concernía a nuestros cuatro hijos. Aún lo lamento y jamás me habría perdonado a mí misma si hubiera salido corriendo al primer signo de problemas en lugar de dejarlo como último recurso.

Heather le sonrió.

–Pero aquí estáis, juntos otra vez. Aún existen los finales felices. ¿Por qué no puede verlo Connor, sobre todo cuando lo tiene justo delante de sus narices?

–Me temo que es porque no tiene ni una pizca de romanticismo en su cuerpo –le respondió Megan–. Se ha vuelto un cínico en lo que concierne al amor. Mick y yo somos los culpables y también su trabajo, por eso de tener que negociar divorcios cada día.

–Entonces, ¿qué te hace pensar que pueda volver conmigo? –le preguntó Heather.

–Que soy una romántica –respondió Megan sonriendo–. Creo en el poder del amor y sé lo mucho que se preocupa por la gente que ha dejado entrar en su corazón; por sus hermanas, su hermano, su abuela, e incluso por Mick cuando no están peleándose por una cosa u otra.

–Esa parte de él también la vi, o eso creía –dijo Heather en voz baja, aunque su voz carecía de la convicción que tenía la de Megan.

–Entonces, no renuncies a Connor –le aconsejó Megan–. Él encontrará el camino de vuelta a ti. Eso también lo creo.

Por mucho que admiraba a esa mujer y que respetaba sus opiniones, Heather deseó poder tener la misma fe que tenía Megan en lo que concernía a Connor, ya que él no parecía inmutarse y estaba decidido a no permitir que las emociones calaran en su testaruda cabeza.

Connor estaba en mitad de su casa de Baltimore preguntándose por qué ya no la sentía como un hogar. El mobiliario que Heather y él habían elegido seguía en su sitio. Ella no se había llevado nada al marcharse y, aun así, la casa parecía estar vacía a pesar de que los armarios de la cocina estaban llenos de platos y la nevera llena de comida…, si bien básicamente de congelados. Es más, a pesar de su marcha hacía unos meses, el toque de Heather estaba por todas partes de la casa.

El luminoso rostro de esa mujer le sonreía desde las numerosas fotos que adornaban la casa y el corazón siempre se le encogía al verla. Era la mujer más bella que había visto en su vida, tanto por dentro como por fuera. La mayoría de la gente veía el resplandeciente cabello rubio, los ojos avellana y los delicados rasgos y se centraba en ellos, pero él sabía que ella poseía el corazón más generoso de toda la tierra. Había aguantado a su lado tanto que le había demostrado que era una santa.

Y después se había ido. Así, sin más, el día de Acción de Gracias mientras él estaba fuera ahogando sus penas en un vaso de whisky irlandés con unos amigos y criticando la decisión de sus padres de volver a casarse. Heather había agarrado a su hijo y se había marchado. Y por si eso había sido poco, había dejado al bebé en la puerta de la casa de sus padres involucrando así a Mick y a Megan en el drama. Connor no estaba seguro de si sería capaz de perdonarla por ello.

Furioso al pensar en la humillación que le había supuesto tener que volver a Chesapeake Shores y explicarse ante su madre, de la que llevaba tantos años separado, optó por servirse otra copa de whisky irlandés. Entró en su despacho esperando sacarse de la cabeza todos esos pensamientos amargos y trabajar un poco, pero antes de poder cruzar la sala, sonó el timbre. Abrió la puerta y allí de pie se encontró a su hermano Kevin.

—¡Qué sorpresa! —dijo mirando a Kevin con reservas. Su hermano no tenía la costumbre de ir a verlo. La última vez que lo había hecho, se había encontrado a una Heather muy embarazada y casi se había quedado mudo por la situación tan incómoda que se había producido. Desde entonces, no había ido mucho.

—¿Te apetece un poco de compañía? —le preguntó Kevin al echarse a un lado. Tras él estaban dos de sus viejos amigos, Will y Mack, junto con sus cuñados, Trace Riley y Jake Collins.

Fue entonces cuando Connor vio cómo sus temores quedaron confirmados. Estaban allí para cumplir con una misión y no tenía duda de quién había tenido la idea: su padre.

—¿Y si no me apetece?

—Ey, Baltimore es una gran ciudad. Estoy seguro de que podemos encontrar un lugar por donde salir —dijo Jake—. No pienso desaprovechar esta oportunidad de tener una noche de chicos. La única razón por la que tu hermana me ha dejado salir ha sido porque Kevin le ha dicho que veníamos a verte.

Connor miró a Jake con incredulidad.

—¿Dejas que Bree te diga lo que puedes y no puedes hacer? ¡Venga, hombre, eso es lamentable! —y algo que confirmaba su pésima opinión sobre el matrimonio, por mucho que estuvieran hablando de su hermana.

Jake sonrió.

—Dejo que crea que las cosas funcionan así —le corrigió—. Y, para serte completamente sincero, esta idea que ha tenido tiene unos beneficios impresionantes, o por lo menos los tenía hasta que ha subido tanto peso con el embarazo que apenas puede moverse. Me echa la culpa del tripón que tiene, de que el bebé esté dando patadas constantemente y de que tiene los tobillos hinchados. Estos días ya puedo olvidarme del sexo.

Connor se tapó los oídos.

–Demasiada información –protestó y se giró hacia Trace–. ¿Y Abby? ¿Tiene que darte permiso para salir con los chicos?

–Claro que no –respondió Trace–. Aunque ayuda mucho que esta noche esté en Baltimore trabajando y que el tema no haya surgido.

–¿Qué habéis hecho con las gemelas? –preguntó Connor, refiriéndose a las precoces hijas de Abby que tenían nueve años, aunque parecía que tuvieran diecinueve–. Son un poco pequeñas para quedarse solas.

–Se han quedado con la abuela Megan y el abuelo Mick. Lo único malo es que mañana tendré que volver a explicarles que el helado y los caramelos no son los dos más importantes grupos de comida. Tendré que intentar convencerlas de eso antes de que su madre llegue a casa.

–¡Pues sí que tenéis complicaciones! –le dijo Connor a sus cuñados con gesto divertido–. No parecéis un buen ejemplo de matrimonio.

Trace y Jake intercambiaron una mirada de preocupación que lo dijo todo. Estaba claro que, por lo menos, alguna parte de su misión era convencerlo de que estaba haciendo las cosas muy mal con Heather.

Aun así, ya que estaban en su puerta y que él necesitaba desesperadamente algo de compañía, Connor se echó a un lado para dejarlos entrar.

–Imagino que a ninguno se le habrá ocurrido traer comida, ¿verdad? Tengo el congelador lleno de comida congelada, pero nada más.

–Mack puede saber al momento dónde está la pizzería más cercana –le aseguró Kevin–. Su móvil le permite encontrar una en cualquier ciudad del país. Puede que esté solo, pero nunca morirá de hambre.

–No estoy tan solo –le respondió Mack.

–Aunque siga diciendo que no está saliendo con vuestra prima Susie, se pasan juntos cada minuto que tienen libre –dijo Will–. Estoy pensando en escribir un artículo para una revista de psicología sobre el fenómeno del delirio de las «no citas».

–¡Que te den! –dijo Mack riéndose–. ¿A todos os apetece pizza?

–A mí sí –respondió Connor antes de mirar fijamente a sus inesperados invitados–. Siempre que no venga acompañada de un extra de metomentodos.

–Claro que no –dijo Kevin con solemnidad.

–Hecho –apuntó Trace.

–Nada de metomentodos durante la cena –añadió Will sonriendo–. Eso nos lo dejamos para el postre.

–¿Cómo han ido hoy las cosas con Heather? –le preguntó Mick a Megan cuando se reunieron para cenar en una de las pequeñas cafeterías de Shore Road situada en la misma calle que su galería.

–Está instalándose –le respondió Megan–. Creo que su negocio va a tener muchísimo éxito. Su apartamento también está arriba y es precioso, perfecto para ella y el pequeño Mick.

–Sigo sin entender por qué no se ha mudado a casa con nosotros –refunfuñó Mick–. El pequeño Mick se siente cómodo allí. Tenemos mucho espacio.

–Y eso haría que Connor los viera cada vez que va a casa –contestó Megan–. ¿Es eso lo que esperabas?

–Bueno, ¿por qué no? Si pasaran un poco más de tiempo juntos, podrían solucionar las cosas. Lo sabes tan bien como yo.

–También sé que no se les puede meter prisa. Pasar un tiempo separados puede ser lo mejor para ellos ahora mismo.

Mick miró a su mujer con gesto divertido.

–No actúes como si no estuvieras manipulando. Sé que has convencido a Kevin para que quedara con Connor esta noche. Por lo que sé, Jake, Trace, Will y Mack han ido a casa de Connor a engrandecer las maravillas de la vida matrimonial.

Megan lo miró inocentemente.

–Will y Mack no están casados.

–Puede que no, pero Will es psiquiatra, así que seguro que tiene muchas percepciones que ofrecer. En cuanto a Mack, casi parece que esté casado teniendo en cuenta todo el tiempo que está pasando con Susie últimamente –sacudió la cabeza desconcertado–. No sé por qué mi hermano no se ha entrometido y se ha hecho cargo de esa situación. Ya es hora de que Mack le pida matrimonio a esa chica o que, al menos, admita que está saliendo con ella.

–Tu hermano no es un entrometido nato, como lo eres tú –le recordó Megan–. Seguro que Susie y Mack se lo agradecen.

–Ya estás otra vez, hablándome con superioridad, cuando sé que eres tan entrometida como yo –la acusó Mick.

Megan se rió.

–¿Qué puedo decir? Quiero que todos nuestros hijos sean tan felices como nosotros.

Mick la miró fijamente; después de que durante su primer matrimonio se le escaparan tantas muestras de infelicidad ahora estaba decidido a que no se le pasara ni una.

–¿Lo dices en serio? ¿Eres feliz?

–Claro que soy feliz. Tengo todo lo que podría querer. Estamos juntos otra vez. He abierto un negocio que me encanta y ha empezado muy bien. Y mi relación con cada uno de nuestros hijos se hace más y más fuerte cada día. ¿De qué podría quejarme?

–Tal vez del hecho de que nunca hiciéramos esa luna de miel que te prometí –le sugirió Mick.

Megan se encogió de hombros como si tener la luna de miel de sus sueños no fuera importante, aunque sólo habían podido permitirse un viaje a Ocean City durante un fin de semana cuando se casaron por primera vez hacía tantos años.

–Eso es culpa mía, no tuya –le dijo–. Todo empezó a marchar bien con la galería justo después del primer año y no había tiempo para irse.

–¿Y ahora? ¿Crees que podrías tener un poco de tiempo para mí?

–La galería ya está abierta y mi ayudante tiene experiencia, así que supongo que podría escaparme –dijo pensativa antes de mirarlo con un intenso brillo en los ojos–. Seguro que ésa no ha sido una pregunta al azar, Mick O'Brien. ¿Qué tenías en mente?

–Una semana en París –dijo inmediatamente. Sacó dos billetes del bolsillo y los dejó sobre la mesa–. Y antes de que empieces a protestar, fíjate en que no tienen fecha. Podemos ir cuando tú digas.

Megan le agarró la mano.

–¿Quién podría haber imaginado que pudieras aprender algo más a estas alturas?

Él se rió ante el comentario.

–Cuando la motivación es suficientemente fuerte, un hombre siempre puede aprender algo nuevo. Espero que Connor se dé cuenta de ello antes de que sea demasiado tarde.

La animada actitud de Megan se ensombreció al oír esas palabras.

–Oh, Mick, eso espero, pero no hay mucho que tú y yo podamos hacer para asegurarnos de que eso pasa. Todo depende de Heather y de él.

Mick lo sabía, pero aun así, no estaba dispuesto a dejar algo tan importante al azar.

–No te importará si hago alguna cosa para darle un empujoncito a la situación, ¿verdad?

Ella lo miró con dureza.

–Puedes darle todos los empujoncitos que quieras, pero estate atento a las señales, Mick. Cuando te griten que te mantengas al margen, hazlo. Lo digo en serio –le sonrió–. Y algo me dice que es el momento ideal para sacarte de la ciudad antes de que hagas algo de lo que los dos tengamos que arrepentirnos. Haz esas reservas para París. Intentaré mantenerte ocupado allí para que Connor y Heather puedan tener un poco de espacio para respirar aquí.

—Ése es un enfoque muy vil —dijo él—, pero se te olvida una cosa.

—¿Qué?

—Soy fantástico haciendo varias cosas a la vez.

Megan lo miró a los ojos con expresión divertida.

—¿Ah, sí? —preguntó con voz suave mientras deslizaba una mano por la cara interna de su muslo—. ¿Quieres apostar algo a que no soy capaz de hacer que te olvides de Chesapeake Shores y que dejes de entrometerte?

Mick tragó saliva con dificultad. Se lo pasarían en grande mientras ella intentaba demostrárselo.

Capítulo 2

Los esfuerzos combinados de los hombres de su familia y sus amigos convencieron a Connor para que hiciera ese viaje a Chesapeake Shores el sábado. No había estado en casa de sus padres desde la celebración de su boda el día de Nochevieja. Aunque había estado bien con Mick e incluso con Megan, las cosas parecían marchar mejor entre ellos cuando mantenía las distancias. Su capacidad de intromisión lo desbordaba. Le habían dejado muy claro lo que opinaban sobre su relación con Heather.

El trayecto hasta casa había sido agradable, para variar. Aunque el tiempo era especialmente suave para tratarse de finales de marzo, era demasiado pronto para que la mayoría de los turistas y domingueros abarrotaran los pequeños pueblos de la Bahía Chesapeake.

Al llegar a Chesapeake Shores y descubrir todas las señales que indicaban que la primavera estaba a la vuelta de la esquina, se dio cuenta de lo mucho que echaba de menos estar en casa. En esa época del año, las zonas verdes del pueblo estaban cubiertas de narcisos, el aire salado de la bahía lo inundaba todo y había algo de especial en el modo en que el sol de la mañana se filtraba por la bruma y resplandecía sobre el rocío que cubría la hierba.

Con temperaturas que se acercaban a los veinte grados, podía imaginarse saliendo a pescar en su viejo bote de remos. Tal vez incluso podría convencer a Kevin de que lo acompañara. Hacía años que no pasaban un día de ocio en el agua.

Antes de dirigirse a casa, recorrió Main Street y después giró a la derecha hacia Shore Road. Era prácticamente un ritual hacer un tour por el pueblo que su padre y sus tíos habían construido, y ver qué estaba pasando. Siempre había algún que otro cambio que lo sorprendía, sobre todo en primavera, cuando la mayoría de los nuevos negocios abrían para ir preparándose para la temporada estival de turistas.

Vio la banderita de «Abierto» hondeando fuera de la nueva galería de arte de su madre y decidió hacer la visita obligada algo más tarde, ya que se había perdido la inauguración oficial. Estaba ansioso por ver si sabía tanto de arte como su padre y el resto de la familia parecían pensar.

Antes de seguir conduciendo, vio una nueva tienda justo en el local contiguo. Una hermosa colcha hecha a mano colgaba de la ventana; una colcha que, según vio impactado, le resultaba muy familiar porque ésa misma, o una muy parecida, había colgado una vez de la pared de su casa. Era la única cosa que había desaparecido después de la marcha de Heather.

Frenando en seco, miró a su alrededor para buscar un sitio donde aparcar. Lo encontró al final de la calle y, después de estacionar, intentó calmar los repentinos latidos de su corazón. Conocía esa colcha porque Heather la había confeccionado. La había observado por las noches mientras había cosido cada costura a la vez que él estudiaba para sus clases de Derecho. Había quedado cautivado por la satisfacción del rostro de Heather mientras trabajaba en silencio, feliz simplemente por el hecho de estar en la misma habitación que él.

Ver esa colcha en un escaparate no debería haberlo dejado así, pensó mientras cruzaba la calle. No debería importarle que ella la hubiera puesto en venta, pero así era.

Le ofendía pensar que tal vez estaba renunciando a ella porque necesitaba dinero, aunque, ¿cuánto podía suponerle una colcha? Creía que le había dado una cantidad lo suficientemente generosa para la manutención de su hijo, suficiente para los dos, en realidad, pero tal vez no estaba cubriendo gastos después de todo. Por otro lado, sabía, gracias a las muchas discusiones que había tenido con ella, que era demasiado orgullosa como para aceptar más.

Aunque, por supuesto, peor aún era la idea de que estuviera vendiendo la colcha porque no pudiera soportar mirarla porque le recordaba a él. ¿Tanto había llegado a odiarlo? Era verdad que últimamente la mayoría de sus conversaciones habían sido breves y muy tensas, pero él se había convencido de que con el tiempo se volverían más civilizadas. Tal vez era otra de las falsas ilusiones que tenía en lo que concernía a Heather, junto a la idea de que cambiaría de opinión y volvería a casa con él.

Miró el cartel de la ventana; uno en el que no se había fijado antes: *COLCHAS RÚSTICAS*. Por alguna razón, eso también le había extrañado. ¿Alguna vez Heather le había mencionado querer abrir una tienda como ésa? ¿Era uno de los sueños que había tenido antes de renunciar a ellos para estar con él? Sabía cuánto había odiado enseñar, pero no podía recordar lo que había esperado hacer una vez que el bebé fuera un poco mayor; lo cual le recordaba las muchas conversaciones que habían evitado a lo largo de los años que habían pasado juntos: cualquiera que girara en torno al futuro la habían evitado como si fuera un campo de minas.

Justo en ese momento la vio y la oyó. Ahí estaba Heather, entre un mar de tejidos hablando con una clienta animadamente sobre qué colores combinaban y cuáles no. Impactado, vio que no sólo tenía la colcha en venta, sino que además estaba trabajando allí. ¿Cómo había llegado a pasar? Lleno de preguntas, se quedó parado donde estaba, justo al otro lado de la puerta, y esperó.

Cuando la clienta se marchó con una gran bolsa llena de telas, Connor entró. Heather alzó la mirada con una sonrisa en la cara que se desvaneció al verlo.

–Connor –dijo con la voz entrecortada–. No esperaba verte aquí.

–Chesapeake Shores es mi hogar –le recordó él–. ¿Qué demonios estás haciendo aquí?

Ella miró a su alrededor.

–¿A ti qué te parece? He abierto un negocio.

Miles de preguntas lo asaltaron, pero él sólo formuló una:

–¿Es tuyo?

Ella asintió, como a la defensiva.

–¿Has abierto un negocio aquí, en mi pueblo? –le preguntó incrédulo.

Heather sonrió ante su reacción.

–En realidad, si el pueblo pertenece a alguien, es a tu padre, pero estoy segura de que está abierto a nuevos residentes.

–¿Y no has pensado que tenías que decirme que te habías mudado aquí?

–Lo habría hecho en cuanto nos hubiéramos instalado. Abrir este sitio me ha llevado mucho tiempo.

–No me digas que estás viviendo con mis padres –dijo mirándola con desconfianza y sintiendo que estaban tramando algo. Después de todo, ¿no era eso lo que su madre había dejado entrever en su boda, que estaba dispuesta a asegurarse de que él era el siguiente en recorrer el pasillo hasta el altar? Y, sin duda, eso explicaría la inesperada visita de todos los hombres de la familia el fin de semana anterior y cómo habían insistido en que fuera hasta allí.

–No. Créeme, sé que habría sido una mala idea. Tengo mi propio apartamento arriba. Tu madre y yo…

Él frunció el ceño ante la mención de su madre.

–¿Qué tiene que ver mi madre con todo esto? ¿Ha sido idea suya?

–En cierto modo, sí –admitió inmediatamente.

–Y seguiste adelante –dijo él sacudiendo la cabeza, molesto–. ¿No te he dicho que no puedes confiar en ella?

Heather se puso tensa.

–Me has dicho muchas cosas, Connor, todas ellas probablemente válidas desde tu perspectiva, pero prefiero formarme mis propias opiniones sobre la gente. Resulta que aprecio a tu madre e incluso tú tienes que admitir que en los últimos meses ha sido un regalo del cielo, ha cuidado de Mick.

–Pero eso no implica que tengas que seguir sus consejos. ¿Te dijo que si te instalabas aquí, yo acabaría cediendo y me casaría contigo?

–Confía en mí, sé lo que opinas sobre el matrimonio, Connor. Ya me lo has dejado claro muchas veces. Lo tengo bien grabado en la memoria.

–Entonces, ¿qué estás haciendo aquí? –volvió a preguntarle, verdaderamente desconcertado por el hecho de que hubiera elegido ese lugar.

–Esta decisión trata de mí y de lo que quiero para mi futuro. Tu madre vio mis colchas y pensó que tenía talento. Cuando vine para la boda, me habló de este local y del apartamento de arriba. Me pareció ideal, sobre todo porque eso significaba que nuestro hijo crecería cerca de sus abuelos, de sus tíos y de sus primos. Era una opción mucho mejor que volver a Ohio para estar con mi familia, como supongo que puedes imaginar.

Por muy lógico y racional que le parecía todo, Connor no podía tolerar el hecho de que se lo hubiera estado ocultando.

–Nos hemos visto varias veces desde la boda, como cuando me llevaste a Mick para que pasara el día conmigo, y nunca me dijiste ni una palabra de esto. ¿Por qué no?

–Siempre has sabido exactamente cómo localizarme en el teléfono móvil. No creía que te interesara saber dónde vivo –dijo encogiéndose de hombros.

–Claro que me interesa. ¡Estamos hablando de mi hijo! –dijo alzando la voz.

Vio una luz apagarse en la mirada de Heather y supo que había dicho algo equivocado. Era un hábito que no podía evitar. Cuando debería haberle dicho a Heather que la

echaba de menos, no había podido pronunciar esas palabras; admitirlo habría mostrado una vulnerabilidad que no
estaba preparado para que ella viera.

–No ha cambiado nada en lo que concierne al pequeño
Mick –le aseguró Heather con voz tensa–. Lo verás siempre
que quieras. Puede que esto no sea tan cómodo como tener-
nos en Baltimore, pero no es que estemos cada uno en una
punta del mundo. Además, aparte de por darle la oportunidad de crecer junto a su familia, este traslado no ha sido por
él, sino por mí. Y creo que hace tiempo que está claro que
no te importo, así que ya era hora de que empezara de nuevo. Chesapeake Shores tenía muchas ventajas que otros lugares no habrían tenido. Estoy segura de que eso no puedes
negarlo.

Connor comprendía por qué ella creía que no le importaba, pero de todos modos lo enfurecía.

–No seas ridícula. Te quiero. Tenemos un hijo juntos.
¿Y qué clase de nuevo comienzo es éste si estás rodeada de
mi familia?

–Es donde necesito estar ahora mismo. Acéptalo.

Su tono resultó sorprendentemente tenaz. ¿Qué había
pasado con la mujer complaciente y servicial que había conocido tan bien? Antes de poder preguntarlo, ella alzó una
mano para detenerlo.

–No pienso tener esta discusión aquí, donde podría entrar un cliente en cualquier momento –dijo firmemente–.
Por favor, Connor, márchate. Si quieres estar hoy con tu
hijo, está con tu padre. Creo que Mick quería aprovechar el
buen tiempo y llevarlo con sus primos Davy y Henry al
muelle de la casa para pescar.

Connor quería quedarse allí y discutir con ella, decirle
que mudarse allí y acercarse a su familia era un error, pero
no tenía derecho a hacerlo. Su testaruda negativa a dar el siguiente paso y casarse con ella le había costado la oportunidad de tener algo que decir en sus decisiones más allá de
las que afectaban directamente a su hijo. Y, ¿cómo podía
discutirle que un lugar tan plácido como Chesapeake Sho-

res, con toda su familia cerca, no era un lugar perfecto para criar a un niño?

–¿Te veré luego en la casa?

–Lo dudo. Shanna me traerá a Mick a casa cuando recoja a Davy y a Henry.

–¿Mañana? –insistió él, no seguro de por qué quería saber hasta qué punto ella se había involucrado en la vida de su familia–. ¿Irás a comer el domingo?

Ella lo miró a los ojos.

–¿Te molestaría si lo hiciera?

–Claro que no –respondió él logrando pronunciar esa mentira a pesar de los remordimientos que lo invadían. Verla, saber que la había perdido, era una especie de dulce tortura.

–Entonces, allí nos vemos. Puede que tengamos oportunidad de hablar sobre cómo vamos a solucionar esto –esbozó una sonrisa vacilante–. Connor, no quiero que cada vez que nos encontremos se genere una situación tan incómoda. De verdad que no.

Él suspiró.

–Yo tampoco.

Sin embargo, no estaba seguro de que fuera posible actuar como si lo sucedido entre ellos jamás hubiera importado porque lo cierto era que, tal y como había descubierto hacía unos meses, ella y su hijo eran lo único que le importaba en su vida. Pero no encontraba el modo de seguir al lado de ambos sin traicionar su creencia de que la mayoría de los matrimonios eran un engaño y que no conducían a la felicidad, sino a la miseria.

Una vez en la casa que su padre había construido cuando estaba desarrollando Chesapeake Shores, Connor se detuvo lo suficiente para meter su bolsa de viaje en la habitación que tenía de pequeño, que aún conservaba sus viejos pósters de deporte en las paredes. En la cocina agarró un puñado de galletas caseras, aliviado al ver que su abuela no había dejado de cocinar a pesar de que todo el mundo, incluso ella, se había mudado de la casa grande cediéndosela a sus padres. Al parecer, su abuela aún se aseguraba de que el tarro de las galletas estuviera lleno para las visitas de todos sus bisnietos.

Mientras cruzaba el enorme jardín hacia la bahía, podía oír las risas de los niños provenientes del muelle, seguidas por la voz sorprendentemente paciente de su padre. Sobre los tablones desgastados del embarcadero y bajo el cálido sol del mediodía, Connor permaneció allí sin que se percataran de su presencia mientras su padre colocaba cebos y ayudaba a sus tres nietos a lanzar la caña rodeando firmemente con un brazo al pequeño Mick, sin soltarlo ni un instante. Sólo Henry y Davy tenían oportunidad real de pescar un pez, pero incluso sobre el regazo de su abuelo, el pequeño Mick sujetaba su caña dentro de las calmadas aguas de la bahía mientras emitía divertidos sonidos a los que Mick respondía como si pudiera entenderlo perfectamente.

—Ojalá tuviera la cámara —dijo Connor en voz baja haciendo que Mick alzara la mirada y sonriera—. No puedo recordar haberte visto pasando el día pescando conmigo y con Kevin.

La sonrisa de Mick se desvaneció.

—Puede que tengas razón, y es algo que lamento. Por eso doy gracias a Dios cada día por tener otra oportunidad con estos niños.

Hasta ese momento, Davy y Henry habían estado absolutamente absortos observando el agua en busca de alguna señal de que hubiera peces cerca, pero al ver a Connor, unas amplias sonrisas habían cruzado sus rostros. Allí estaba el tío que era más un compañero de juegos que una figura autoritaria.

—Tío Connor, siéntate con nosotros —le suplicó Davy—. Puedes colocarme los gusanos en el cebo.

—Los chicos grandes se colocan sus propios cebos —le dijo Mick firmemente—. Ya te he enseñado cómo se hace.

Davy arrugó la nariz.

—Pero es asqueroso.

Connor sonrió.

—Es verdad. Dame un minuto con el abuelo y el pequeño Mick e iré a ayudaros.

Mientras oía la conversación, Mick observaba a Connor con curiosidad.

—¿Qué te trae por casa? ¿Te esperábamos?

—¿Es que ahora tengo que hacer una reserva? —le preguntó con actitud desafiante. Durante un tiempo había estado como desterrado de su casa por intentar interferir en los planes de su padre de volver a casarse con su madre, pero creía que su exilio formaba parte del pasado. Incluso, se había mudado con ellos durante un tiempo cuando Heather había dejado allí a su hijo unas semanas.

—Claro que no tienes que hacer ninguna reserva, pero es que no venías desde la boda. ¿O debería decir desde que Heather se llevó a tu hijo para que estuviera con ella?

—Me han dicho que tenía que venir a haceros una visita.

Mick se rió.

—Entonces, la misión ha sido un éxito. Puedes darle las gracias a tu madre por planearlo todo.

Connor frunció el ceño.

—¿Mamá envió a Kevin y a los demás a Baltimore? Creía que habías sido tú el que estaba detrás de todo esto.

—Esta vez no. Ha sido tu madre la que ha ido sembrando unas cuantas semillas por aquí y por allá —admitió Mick.

—Supongo que querían traerme hasta aquí para que descubriera que Heather está viviendo en el pueblo con mi hijo.

—No me sorprendería.

Connor le lanzó una mirada amarga a su padre.

—No va a funcionar, lo sabes.

Mick alargó la mano para colocar otro gusano en el anzuelo de Davy, al ver que al chico le estaba costando mucho, y después volvió a mirar a Connor.

—¿Qué no va a funcionar?

—Juntarnos a Heather y a mí. No vamos a casarnos.

Mick se encogió de hombros.

–Tú verás, aunque es una pena que este chico no tenga un padre en su vida todo el tiempo. Y antes de que digas nada, sí, puede que yo haya estado lejos demasiado tiempo, pero siempre fui un padre en todo momento y todos lo sabéis.

De nuevo a la defensiva, Connor dijo:

–Mi hijo sabe que lo quiero.

–¿Y cómo va a saber algo así cuando nunca te ve?

–Lo veo todo el tiempo. Heather me lo llevó la semana pasada.

–Durante una hora o dos, seguro. ¿Qué forma es ésa de ser padre?

–Tiene poco más de un año –protestó Connor–. Ahora mismo necesita a su madre más de lo que me necesita a mí. Cuando sea un poco más mayor, pasará más tiempo conmigo.

–Y crecerá quejándose de que apenas ve a su padre –dijo Mick y alzó la frente, como preparándose para la respuesta de Connor–. «Le dijo la sartén al cazo», sí, lo sé. Pero precisamente eso me convierte en la voz de la experiencia. No dejes que estos preciados años pasen sin que formes parte de ellos. Aprende de mis errores.

Connor pensó en otro comentario acalorado que hacerle, pero en lugar de decir algo, se sentó en el embarcadero junto al pequeño Mick.

–Ey, colega, ¿pescas algo?

Su hijo le esbozó una amplia sonrisa y, feliz, agitó su diminuta caña de pescar en el aire. Se levantó del regazo de Mick para acurrucarse junto a Connor y recordarle así, de un modo que Mick jamás podría lograr, cuánto le estaba suponiendo su terquedad.

Cuando la tienda de colchas se hubo vaciado de clientes a la hora del almuerzo, Heather fue al local de al lado para ver a Megan.

–¿Tienes un minuto?

–Jane está a punto de irse a comprar unos sándwiches así que ahora mismo no puedo salir. ¿Qué pasa?

–¿Podrías salir a la puerta? Así las dos veremos si llegan clientes.

–Claro. ¿Quieres que Jane te traiga algo a ti también?

La comida era lo último en lo que Heather podía pensar en ese momento, ya que lo único en lo que había podido pensar durante la última hora era en la inesperada visita de Connor, pero aun así dijo:

–Si va a ir donde Sally, dile que me traiga un croissant de atún. Ahora le traigo el dinero.

–Vale. Nos vemos fuera en un minuto –le prometió Megan.

Una de las mejoras que se habían hecho en Main Street y en Shore Road había sido añadir bancos delante de muchas tiendas. Eso permitía a los agotados compradores descansar unos minutos, pero lo más importante, permitía que los maridos aburridos se relajaran fuera, en lugar de pasearse de un lado a otro de las tiendas y lanzarles a sus mujeres unas miradas intimidantes que les quitaban las ganas de seguir gastándose dinero.

Aunque el sol era cálido, la brisa de la bahía era fría. Heather se puso un jersey y se sentó fuera a esperar a Megan. Cuando la madre de Connor se reunió con ella, suspiró al sentarse.

–¡Qué bien! Llevo de pie toda la mañana, aunque no debería quejarme porque eso significa que el negocio marcha bien. ¿Qué tal tú? ¿Has estado ocupada?

–Abrumada. Casi todo el mundo ha estado mirando sin más, aunque sí que he hecho dos buenas ventas.

Megan la miró fijamente.

–Entonces, ¿por qué no se te ve contenta?

–Connor ha estado aquí –dijo mirando a Megan atentamente para ver su reacción.

–¿En serio? No nos ha dicho a ninguno que fuera a venir.

–Pero sí que sabías que podría venir, ¿verdad? No te has quedado demasiado sorprendida.

Megan se encogió de hombros.

–Esperaba que viniera a casa pronto, claro, pero no conocía los planes que tenía.

Heather no se creía que Megan supiera tan poco del tema como fingía.

–¿Por qué no me has avisado? Ha venido esta mañana en busca de pelea. Ni siquiera estoy segura de cómo ha sabido que la tienda era mía porque tú me dijiste que no se lo habías contado.

–No le he dicho ni una palabra –le contestó Megan–. Puede que haya reconocido la colcha del escaparate. ¿No me dijiste que la teníais colgada en el apartamento?

Heather no podía creerse que Connor le hubiera prestado tanta atención a esa colcha que ella había hecho, ya que cuando la había tejido por las noches, él había tenido la cabeza hundida en sus libros de Derecho y no había hecho el más mínimo comentario cuando la había colgado en casa.

–Supongo que podría ser eso –dijo lentamente–. ¿Estás segura de que no se te escapó nada sobre la tienda?

–Te dije que no lo haría –contestó Megan, nada ofendida por la pregunta–, pero que él acabaría descubriéndolo tarde o temprano. ¿Se ha enfadado?

Heather asintió.

–No estoy segura de si es porque le ha pillado desprevenido o porque estoy aquí en su pueblo.

–Seguro que por las dos cosas –dijo Megan–. ¿Habéis hablado?

–La verdad es que no. No quería hablar nada aquí, donde podría entrar un cliente en cualquier momento. Decidimos que hablaríamos un poco más cuando llevara al pequeño Mick a comer mañana.

La mirada de satisfacción de Megan sugería que eso era exactamente lo que se había esperado. Heather la miró con desconfianza.

–¿Seguro que no has tenido nada que ver con el hecho de que haya venido aquí este fin de semana?

–Puedo decir sinceramente que hace días que no hablo con él.

–Creo que pasa algo, pero no sé qué es. Supongo que en realidad no importa mucho lo que Connor esté haciendo aquí. Como has dicho, tarde o temprano tenía que presentarse por aquí y supongo que esperaba que fuera más tarde. No estoy preparada para hablar con él. Aún estoy acostumbrándome a mi nueva vida y puede que no sea lo suficientemente fuerte como para defender todas mis decisiones.

–Claro que sí –dijo Megan–. Has empezado una nueva vida para ti y para tu hijo. Puedes con todo. Después de todo, tuviste las fuerzas suficientes como para irte de casa. Para eso hace falta valor, Heather, sobre todo cuando tu corazón quería quedarse en casa con Connor.

–Sólo lo hice porque sentía que no tenía otra elección. Tu hijo es muy locuaz. Si se decide a hacerlo, puede acabar con todas las razones lógicas que tengo para estar aquí y convencerme de que tengo que estar a su lado.

Megan la miró con curiosidad.

–¿De verdad te preocupa que pueda convencerte para hacer algo que no quieres hacer? –le preguntó y añadió con delicadeza–: ¿O te preocupa que no lo intente?

Heather se recostó en el banco con un suspiro que pareció salirle directamente del corazón. Ahí estaba, la verdad que no podía negar. Por mucho que supiera que su decisión de marcharse y dejar a Connor había sido de lo más inteligente, una parte de ella deseaba desesperadamente que él luchara por recuperarla. Si no lo hacía, esa parte de su corazón que aún no estaba completamente rota quedaría hecha pedazos finalmente.

El plan de Connor de salir a navegar en su bote por la tarde se había desvanecido en el momento en que había descubierto que Heather ahora estaba viviendo allí y que su hijo estaba con su padre.

Cuando el pequeño Mick se cansó de estar con sus primos, Connor lo levantó en brazos y lo llevó a la casa.

—Prepararé unos sándwiches, papá. ¿Os queda mucho aquí a los niños y a ti?

—Una media hora —respondió Mick—. Después, todos iremos a echarnos una siesta, ¿verdad, chicos?

Henry lo miró muy serio.

—Yo ya no echo la siesta, abuelo Mick.

—Yo tampoco —apuntó Davy.

—Bueno, pues yo sí —terminó Mick.

—Y también vuestro primo —dijo Connor—. Si después de almorzar no tenéis sueño, jugaré con vosotros, ¿vale?

—Henry te ganará —dijo Davy presumiendo de su hermanastro—. Se le dan muy bien los juegos.

Connor se rió.

—Entonces tendré que tener cuidado con el juego que elijo. Tengo el récord en alguno de ellos.

Mick sacudió la cabeza.

—¿Sigues siendo ese niño tan competitivo que odiaba que le ganaran? —le preguntó a Connor.

—Claro que sí —respondió él guiñándole un ojo—. Nos vemos en casa.

Una hora más tarde, Connor había dado de comer a los niños, después había puesto a dormir la siesta a su hijo antes de meterse en el estudio con Davy y Henry. A pesar de sus protestas, a Davy le entró sueño antes de que pudiera encender el equipo de vídeo. Connor lo llevó arriba, volvió y se dirigió a Henry.

—¿Seguro que no prefieres descansar un poco?

—Preferiría jugar. Davy no me lo pone difícil y el abuelo y Kevin no entienden cómo funciona el juego.

—¿Tan bueno eres?

—Buenísimo —dijo Henry con una demostración de confianza en sí mismo poco común en un niño que acababa de encontrar su lugar en su nueva familia.

–¿Quieres apostar algo? Si ganas, te llevo al pueblo a tomar un helado. Si yo gano, tú invitas.

–No lo hagas –dijo Kevin entrando en la habitación con un puñado de galletitas–. Tu tío Connor hace trampas.

Connor se giró hacia su hermano indignado.

–Claro que no. Si alguien hace trampas aquí, ése eres tú, hermano.

–¿Desde cuándo? –preguntó Kevin y agarró el mando a distancia.

Detrás de ellos, Henry se reía.

–Estáis locos, chicos.

Kevin sonrió a su hijo adoptivo.

–No eres el primero que se fija en eso, hijo. ¿Qué te parece si tú y yo formamos equipo contra este as de los videojuegos?

Henry asintió con entusiasmo.

–¡Genial!

–No me parece justo –dijo Connor–, pero vamos allá.

Una hora después, había acabado con los dos y estaba mirando a Kevin con satisfacción.

–¿Quién llora ahora? En mi futuro puedo ver un helado de nata con doble ración de chocolate caliente.

–Vale, de acuerdo, de acuerdo, nos inclinamos ante tu superior destreza –dijo Kevin guiñándole un ojo a Henry–. ¿Por qué no subes y miras a ver si se ha despertado Davy? Tendríamos que irnos a casa –miró a Connor–. Se suponía que tenía que llevarle a Mick a Heather, pero supongo que preferirás hacerlo tú mismo –lo miró fijamente–. ¿O no?

–Yo lo llevaré –dijo Connor con la voz repentinamente tirante–. Entonces, cuando vinisteis a Baltimore la otra noche, ¿sabías que Heather y Mick estaban viviendo aquí?

–Culpable.

–Y no viste necesario mencionarlo –dijo Connor con tono acusatorio.

–Ey, esto es algo entre vosotros dos. El resto no somos más que inocentes espectadores.

–Inocentes, ¡y una mierda! ¿Desde cuándo algún O'Brien

se ha mantenido al margen en situaciones como ésta? Todos sois un puñado de entrometidos.

Kevin ni hizo intención de negarlo.

–Bueno, pero ya lo sabes, ¿no es eso lo que importa? Por cierto, ¿alguna idea de lo que vas a hacer ahora?

Connor suspiró.

–Ni idea.

La expresión de Kevin se iluminó.

–Yo tenga una.

–Y eso lo dice el hombre que no se mete en nada –dijo Connor–. Olvídalo, hermano. Guárdate tus ideas. Si quiero tu opinión, te la pediré, y puedes hacer circular este mensaje al resto de la familia.

Kevin se rió.

–Tienes que estar de broma. Tú mismo lo has dicho: entrometerse es la afición de la familia. El único modo de tratar este tema con Heather en privado es que los dos os vayáis del país.

Connor pensó en la tienda que Heather había abierto: era tan bonita y acogedora como lo había sido su casa. Dudaba que ella la hubiera abierto para abandonarla, y él no tenía ningún derecho a sugerirle algo parecido. ¿Qué podía ofrecerle aparte de más de lo mismo? Era triste, pero todo lo que le prometiera iría acompañado de condiciones; unas condiciones que ella ya no aceptaría.

Y eso significaba que estaban estancados, en un punto muerto, sin una solución clara a la vista.

Capítulo 3

A las seis en punto, una vez se había marchado la última clienta, Heather cerró con llave la puerta de su tienda y comenzó a contar el dinero recaudado ese día. Las ventas habían sido aceptables para ser comienzo de temporada, pero mucho tendrían que mejorar las cosas si quería pagar las facturas y mantenerse con ese negocio.

Cuando alguien llamó a la puerta, alzó la mirada esperando encontrarse a Shanna con los niños, pero era Connor el que estaba allí, con su hijo en brazos.

—Shanna tenía lío en la tienda, así que Kevin ha ido a recoger a Davy y a Henry. Le he dicho que yo te traería al pequeño Mick —dejó a su hijo en el resplandeciente suelo de madera.

A pesar de que hacía semanas que había empezado a caminar, cuando quería moverse deprisa, Mick siempre recurría al gateo. Y así fue cómo cruzó la tienda hasta llegar a las piernas de su madre.

—¡Hola, chico grande! —dijo Heather alzándolo en brazos antes de mirar a Connor—. Gracias. ¿Alguna cosa más?

—Pensaba que podríamos ir a comer algo —le dijo él con las manos metidas en los bolsillos traseros de su pantalón. Se le veía sorprendentemente vulnerable para tratarse de un hombre que podía hacerse respetar ante un tribunal y cambiar las opiniones de un jurado.

—¿Por qué?

–¿Para ponernos al día de cómo nos va?

Fue más una pregunta que una respuesta, lo cual, de nuevo, mostró lo incómodo que se sentía él. Heather sonrió a pesar de su determinación de mantener las distancias. Sería demasiado fácil olvidarlo todo y volver a caer en una relación con ese hombre, una relación que no iría a ninguna parte, no porque no se amaran, sino porque él no lo permitiría. Por mucho que le doliera, tenía que seguir recordándose que lo que él podía darle no era suficiente.

–Gracias, pero creo que no –respondió ella en voz baja.

–Serán sólo una hamburguesa y unas patatas fritas, no un compromiso de por vida –protestó.

–¿Y no es exactamente ése el problema? Connor, cena con tu familia o con algún amigo. Mañana nos vemos.

–Tú y yo somos amigos. Echo de menos a mi mejor amiga.

–Yo también –admitió ella–, pero las cosas no son así de sencillas. Ya no. Lo que estás ofreciéndome no es suficiente para mí. Me debo a mí misma y al pequeño Mick no conformarnos con tan poco.

–Las amistades duran mucho más que la mayoría de los matrimonios –contestó él, manteniendo lo que había dicho con demasiada frecuencia en el pasado cuando defendía su decisión de no casarse.

–Probablemente porque los amigos son mucho más compasivos que los maridos y las mujeres –respondió Heather, como ya había hecho antes–. O porque la gente no comprende que hay que trabajar para mantener un matrimonio. Las relaciones nunca son estáticas. Tienen que evolucionar con el tiempo a medida que los individuos que la conforman van cambiando también.

Connor frunció el ceño.

–Aún crees en el matrimonio, ¿verdad? A pesar de todas las muestras que hayas visto de que no dura o de que la gente acaba siendo desgraciada, aún tienes esa visitón optimista de que el amor puede con todo.

–Así es. Sé que crecí con un asqueroso ejemplo en mi

vida, pero precisamente eso me hizo querer intentarlo para asegurarme de que mi propio matrimonio es todo lo que pueda ser. Sé que tengo lo que hace falta para superar los baches.

–Entonces, ¿por qué no ver esto como uno de esos baches y lo superas? –preguntó él con aparente frustración.

–¿Con qué fin? –sacudió una mano cuando él no le dio ninguna respuesta–. No importa. Ya hemos pasado por todo esto antes. ¿Por qué seguir dándole vueltas? Respeto tu decisión, Connor, pero no estoy de acuerdo.

–Yo nunca te he mentido, Heather –dijo Connor con la voz cargada de frustración–. Sabías lo que pensaba casi desde el mismo día que nos conocimos. No cambié las reglas en el último momento.

–No estoy acusándote de eso. Sólo pienso que es muy triste que hayas hecho esa regla basándote en lo que sucedió con tus padres. Ya han superado el pasado. ¿Por qué no puedes hacerlo tú? –ladeó la cabeza y lo observó–. ¿Sabes que espero? Espero que no te pases la vida sin correr riesgos, sin aferrarte a la vida. Si sigues reprimiendo una parte de ti, sin comprometerte nunca con nadie, será un desperdicio.

–Actúas como si el matrimonio fuera el único compromiso que importa –dijo él irritado–. No es más que un pedazo de papel, Heather. Eso es todo. Es lo fuerte que dos personas quieren que sea.

–¡Oh, Connor! –exclamó ella sacudiendo la cabeza pesarosamente. Sabía que él pensaba así, y probablemente eso era lo más triste de todo–. Nunca vamos a ponernos de acuerdo en esto. Creo que deberías irte. Tengo cosas que terminar aquí y después tengo que dar de cenar a Mick y meterlo en la cuna.

Por un momento, él pareció que quisiera prolongar la discusión, pero entonces se limitó a asentir y se marchó.

–¡Papá! –dijo el pequeño Mick mirándolo.

Heather abrazó a su hijo un poco más fuerte.

–Mañana verás a papá, cielo. Y también al abuelo y a todos los tíos.

Independientemente de si Connor estaba cerca o no, por lo menos su hijo no tendría carencias de unas fuertes figuras masculinas, pero ella no podía evitar desear que su papá fuera el más importante de todos.

En lugar de irse a casa, Connor fue hasta La Posada, en Eagle Point, con la esperanza de encontrar allí a su hermana Jess. Jess era la más pequeña, lo que significaba que seguía pensando que él era increíble y maravilloso, a pesar de que todo apuntaba a lo contrario.

Mejor dicho, ella estaba soltera, lo que significaba que tenía poco que decir en el tema de su renuencia a casarse con la madre de su hijo. El resto de sus hermanos ahora estaban felizmente casados y felices, tanto que no entendían su punto de vista. Lo que no podía comprender él era cómo podía ser así teniendo en cuenta el ejemplo con el que todos habían crecido.

Encontró a Jess en la abarrotada oficina del pequeño hotel con una montaña de papeles esparcida por el escritorio.

—¿Esto es lo que haces para divertirte un sábado por la noche? —dijo él sentándose en una silla y poniendo los pies sobre la mesa.

—Es final de mes y aún no he tocado estos papeles —contestó ella—. Si Abby ve todo este jaleo, no me dejará en paz.

—Creía que nuestra hermana mayor había contratado un contable para ocuparse de las facturas —dijo Connor refiriéndose a la intervención de Abby unos años antes para evitar que el hotel cerrara por bancarrota antes, si quiera, de haber abierto sus puertas.

—Y lo hizo, pero aún hay cosas que sólo yo sé hacer —dijo Jess con un suspiro—. Es la parte más aburrida del trabajo.

—Y por eso, esa parte la has desatendido.

Ella asintió.

—Exacto. Por lo menos no le estás echando la culpa a mi

desorden de déficit de atención. Todos los demás, sí. Siempre que hago algo mal, es por el síndrome. Estoy cansada de que la gente lo utilice como una excusa cuando se me olvida algo. A veces un error es un error.

–¿Estás refiriéndote a un error específico o a ti misma? –preguntó Connor estrechando la mirada–. Porque nadie llama «error» a mi hermana.

Ella esbozó una amplia sonrisa.

–Gracias, pero a veces eso es exactamente lo que soy. Seguro que Abby se alegraría de informarte sobre todos los errores que he cometido. Apuesto a que lo tiene apuntado en una lista.

Odiaba oír a Jess hablar así sobre sí misma porque la joven había superado muchas dificultades para conseguir todo lo que tenía.

–Al final has tenido éxito con el hotel, Jess –le recordó–. Deberías estar orgullosa. El resto lo estamos, incluida Abby.

–Yo también –admitió y suspiró–. Supongo que esta noche tengo uno de esos días tristes.

Ella se echó atrás y puso los pies sobre la mesa.

–Entonces, ¿qué te trae por aquí, sobre todo un sábado por la noche? ¿Has venido a ver a Heather y al niño? ¡Ya era hora!, si no te importa que te lo diga.

–Sinceramente, ni siquiera sabía que se habían mudado aquí –admitió–. ¿No te parece fatal? Heather no me había dicho ni una palabra.

–Seguro que pensaba que no te interesaría.

–Sí, eso es lo que me ha dicho.

–¿Y te interesa?

–Si dependiera de mí, el pequeño Mick y ella seguirían viviendo conmigo en Baltimore –dijo Connor con franqueza y después suspiró–. Pero entiendo por qué se fue, porque no le daba lo único que quería.

–¿Una alianza?

–Exacto.

–¿Es por la alianza o por el compromiso?

Connor pensó en la pregunta.

—Diría que por la alianza. Estaba comprometida con ella al cien por cien y ella lo sabía.

—Pero, ¿no ves que la alianza es prueba de ello? —preguntó Jess mirándolo—. Entiendo qué quiere decir.

Connor frunció el ceño.

—Creía que estarías de mi lado.

—¡Ey! Siempre estoy de tu lado, pero eso no significa que no pueda ver otro punto de vista. Además, suelo saber qué piensan las mujeres, que es más de lo que puedes decir tú porque, de lo contrario, no estarías metido en semejante jaleo.

—Entonces, ¿crees que debería casarme con Heather?

—No, si no la amas —respondió su hermana de inmediato y sonrió—. Pero creo que sí —se encogió de hombros—. Entonces, otra vez, ¿qué sabes sobre ello? Mi propia experiencia en el tema de las grandes pasiones necesita un buen repaso. No he estado con nadie más de un minuto y eso está haciendo que papá se ponga muy nervioso. Uno de estos días se va a hacer con mi vida amorosa para intentar arreglarla. Si puedes mantenerlo distraído con tu relación durante… digamos… otros diez años, te lo agradecería.

Connor la observó con gesto divertido.

—¿Papá tiene a alguien en mente para ti?

—Nadie específico, pero lo he visto mirando fijamente a todo hombre soltero que está en la misma habitación que yo, sopesando qué clase de candidato sería —tembló—. Es embarazoso. No me extrañaría que ofreciera alguna especie de dote para lograr que me hagan pasar por el altar.

Connor la miró pensativo.

—Debes de valer, por lo menos, un par de vacas y un rebaño de ovejas, ¿no crees?

—No tiene nada de gracia.

—Mira, si no quieres arriesgarte a que papá se entrometa, entonces ve a buscar al hombre que quieras. Eso lo hará frenarse.

—Lo dices como si fuera tan sencillo como elegir el melocotón más dulce y maduro de un árbol a mediados de julio. En este pueblo las opciones son mínimas.

–Diriges un hotel lleno de turistas –le recordó él.

–Hombres que están disponibles no vienen a un pequeño hotel romántico junto al mar. ¿Lo harías tú?

Connor se estremeció.

–Ahora que lo mencionas, no. De acuerdo, empieza a ofrecer paquetes vacacionales para reuniones de negocios. Pronto abrirá el nuevo campo de golf. Seguro que podrías hacer que un bufete de abogados, por ejemplo, viniera a pasar el fin de semana para mantener reuniones y jugar al golf.

Inmediatamente, a Jess se le iluminaron los ojos.

–¡Es una idea genial! Podría diseñar un folleto especial anunciando pequeños retiros corporativos y enviarlos a todos los bufetes de abogados y otras empresas de Baltimore y Washington.

Apartó los papeles de su escritorio, encontró una libreta y comenzó a tomar notas, totalmente concentrada. Era como si Connor no estuviera allí.

Al cabo de un rato, él tosió sutilmente para llamar su atención y ella sonrió tímidamente.

–Perdona. Me he emocionado con la idea, y deberías estar orgulloso porque ha sido tuya. Y ya sabes que tengo que escribirlo todo cuando lo tengo fresco o por la mañana ya se me habrá borrado totalmente de la cabeza.

–Me sentaría aquí toda la noche para pensar en más ideas, pero para serte sincero, me muero de hambre. ¿Te apetece cenar conmigo?

A ella se le iluminó la cara.

–¡Vamos a Brady's a tomar pastel de cangrejo! Ahora que eres un gran abogado, puedes invitarme.

–Estará abarrotado un sábado por la noche –protestó él–. Podríamos comer aquí. Se dice por ahí que tienes un chef de primera.

–La cocina ya ha cerrado. No nos quedamos abiertos hasta tarde hasta que la temporada empieza. Pero no te preocupes por entrar en Brady's. Dillon me deja colarme por la puerta de atrás. Bueno, me grita por hacerlo, pero aún no me ha detenido nunca.

–Y todo porque tú le presentaste a su mujer –le respondió Connor. Se levantó–. De acuerdo, vamos. Podemos sentarnos en la zona de la barra y mirar a los solteros. Puede que alguno de los dos tenga suerte.

Jess le dio una palmadita en la mejilla.

–Tú ya eres más afortunado de lo que debería ser ningún hombre. Sólo tienes que despertar y verlo.

Connor refunfuñó.

–¿Tú también vas a subirte al carro?

–Claro que sí. Aprecio a Heather y adoro a vuestro niño. Y tú, hermano, deberías ir con ellos antes de que alguien te los quite –le sonrió–. Y no es que me esté entrometiendo, claro.

–Claro.

En la familia O'Brien todo el mundo tenía una opinión y carecía de timidez para expresarla. ¡Una pena!

De la noche a la mañana el tiempo primaveral se había vuelto invernal. Las temperaturas cayeron, unas oscuras nubes se extendían por el cielo y lo que comenzó como una lluvia el sábado por la mañana pasó a convertirse en aguanieve a la hora del almuerzo. Heather pensó en llamar a Megan para cancelar su visita, pero sabía que al hacerlo no sólo estaría privando a Connor y a su hijo de pasar un rato juntos, sino que parecería como si estuviera huyendo de él asustada.

Ya tenía al pequeño Mick en brazos y estaba preparada para salir cuando Connor apareció en la puerta.

–¿Qué estás haciendo aquí? –preguntó ella, sin dejarle pasar más allá de la puerta. Y no sólo porque estuviera empapado por haber corrido desde el coche hasta su apartamento, sino porque no quería que entrara en su santuario.

–Las carreteras están muy resbaladizas. No quería que

condujeras hasta la casa y pensé que podría pasar a recogerte –se agachó delante de Mick–. Hola, colega, ¿preparado para ir a casa del abuelo?

–*Abelo* –repitió el pequeño Mick asintiendo con entusiasmo.

Aunque Heather odiaba admitirlo, ese gesto no le pasó desapercibido.

–Gracias, pero son unos pocos kilómetros, Connor. Seguro que no habría pasado nada. Además, la sillita del niño está en mi coche.

–Yo también tengo una –dijo encogiéndose ante la mirada de sorpresa de ella–. La compré hace un tiempo. Me parecía lo más lógico para no tener que cambiar la tuya a mi coche cuando Mick estuviera conmigo.

–Tienes razón. Es lógico. De acuerdo, vamos contigo.

Connor frunció el ceño.

–¿Dónde está tu abrigo? Hace mucho frío. No me sorprendería que esta noche acabara nevando.

–¿A estas alturas de marzo?

–Puede pasar –insistió él–. Y llévate también una bufanda y unos guantes. Siempre se te olvidan los guantes.

Heather ocultó una sonrisa mientras buscaba en el armario el abrigo, los guantes y la bufanda que, de algún modo, habían acabado en el suelo en lugar de en sus bolsillos. Connor tenía razón. Rara vez malgastaba tiempo buscándolos y él siempre estaba recordándoselo. Era uno de esos pequeños detalles que habían demostrado que se preocupaba por ella.

Si hubiera llevado una lista con notas sobre su relación, esa lista habría contenido más puntos positivos que negativos, pero ni todos ellos juntos podían compensar el aspecto más negativo de todos: la oposición de Connor a pensar en el matrimonio.

«Borrón y cuenta nueva», pensó mientras lo seguía hasta el coche.

–¿Qué hiciste anoche? ¿Estuviste con tus padres?

Él negó con la cabeza.

–Jess y yo fuimos a Brady's a cenar. Estaba abarrotado, así que nos sentamos en la barra.

–¿Buscando solteros? –preguntó ella sabiendo que la barra solía estar ocupada por los hombres y mujeres solteros durante las noches de fines de semana.

Connor le lanzó una fría mirada.

–¿Te habría importado?

Heather pensó en ella. Lo cierto era que odiaba la idea de que Connor estuviera con otra mujer o que, si quiera, la mirara, pero ¿cómo podía decírselo? Era ella la que lo había abandonado a él.

–Ey, Jess y tú sois jóvenes y atractivos. Serías unos buenos partidos.

–¿Detecto cierta reserva en ese comentario?

Ella se obligó a mirarlo a la cara.

–No tengo derecho a criticar nada que hayas elegido hacer, Connor. Ya no estamos juntos.

–Pero, ¿te molestaría que empezara a salir con alguien aquí en Chesapeake Shores?

–¿Por qué estás insistiendo en este tema? ¿Es que tu ego necesita que admita que lo odiaría? De acuerdo, lo odiaría, pero con el tiempo los dos seguiremos adelante con nuestras vidas. Así son las cosas.

–¿Es que estás saliendo con alguien?

–Oh, ¡por el amor de Dios! –dijo ella con tono impaciente–. Esto no es un concurso para ver quién de los dos empezará a salir con otro antes, Connor. Apenas he tenido tiempo de respirar, y mucho menos de pensar en salir con hombres. ¿Tienes alguna idea de cuánto supone crear un negocio y cuidar de un bebé de un año?

Él pareció aliviado por la respuesta, pero su tono fue de disculpa.

–Supongo que no sería asunto mío si estuvieras saliendo con alguien –dijo antes de mirarla apenado–. ¿Cómo hemos llegado a este punto? Desde el día en que nos conocimos, no he mirado a otra mujer y tú nunca miraste a ningún hombre. Esos sentimientos no han cambiado, y aun así aquí estamos, hablando tonterías y haciendo preguntas sobre la vida social del otro como si apenas nos conociéramos. Estamos intentando actuar como si las respuestas no importaran, cuando los dos sabemos que sí que nos importan.

Ella oyó pena en su voz y se vio alargando la mano para tocar la suya, posada sobre el volante.

–Siempre hemos sido más que amigos, Connor. Compartimos un hijo, eso por un lado. Pero va a llevarnos tiempo descubrir un modo de solucionar esta nueva relación. A veces será incómodo, complicado y frustrante, pero tenemos que encontrar un modo de hacer que funcione. Tampoco quiero que terminemos odiándonos y siendo incapaces de estar juntos en una misma habitación.

Él suspiró.

–Yo tampoco quiero eso.

Ella forzó una sonrisa.

–Sabes bien que el hecho de que los dos aparezcamos juntos hoy va a poner a funcionar las lenguas de toda tu familia, ¿verdad? ¿Estás preparado para eso?

–Ey, eres tú la que está viviendo aquí ahora. Tendrás que enfrentarte más a la presión que yo. ¿Estás preparada?

–Supongo que tendré que estarlo –lo miró a los ojos–. Hemos tomado la decisión correcta, Connor.

–Fuiste tú la que tomó la decisión –corrigió él con un tono de enfado–. No me cargues a mí con ello. Yo estaba feliz con cómo eran las cosas.

–Claro, separarme a mí y al niño de tu familia era genial para ti –contestó con sarcasmo–. Significaba que nadie más que yo podía decirte que estabas actuando mal. Y, claro, yo tampoco podía decir nada porque básicamente hice el pacto de actuar según tus normas el día que accedí a irme a vivir contigo.

Él frunció el ceño ante la acusación.

–¿Te obligué yo a mudarte conmigo?

–Claro que no. Simplemente diste por hecho que tenía que amarte tanto como para no dejarte jamás.

–Jamás dijiste que fueras infeliz con nuestra situación –se quejó él–. Ni una sola vez.

–Sopesé las opciones de vivir contigo siguiendo tus normas o sin ti, y te elegí a ti. No lo lamento, Connor. De verdad que no. Los años que pasamos juntos fueron increíbles.

–¿Qué cambió?

–Cuando llegó el pequeño Mick, comencé a ver las cosas de un modo distinto. Quería más de los dos.

–Deberías habérmelo dicho.

–¡Oh, por favor! Cada vez que intentaba decirte lo que sentía, tú ponías esa cara como si estuviera traicionando tu confianza, así que me callaba. Y cuando vi tu actitud hacia el matrimonio cada vez más negativa con cada caso de divorcio en el que trabajabas, tuve que aceptar que jamás cambiarías. Eso significaba que era yo la que tenía que hacer una elección, y la única que tenía sentido era marcharme de casa y seguir adelante con mi vida.

Lo miró con auténtico pesar.

–Y para que lo sepas, no fue fácil, y hay veces en las que lo lamento, pero aún sé que fue lo correcto.

–Tal vez lo fue para ti –dijo él de mala gana–. Pero, ¿qué pasa con nuestro hijo? ¿Fue mejor para él?

–Al final lo será –insistió ella–. Si los dos cooperamos, crecerá sabiendo que ambos lo queremos.

–¿Del mismo modo que todos nosotros terminamos sabiendo lo que sentía mi madre? Crecimos pensando que nos había abandonado. Ni papá ni ella intentaron mostrarnos lo contrario.

–Y ésa es la razón por la que tú y yo haremos todo lo posible por asegurarnos de que el pequeño Mick no se sienta abandonado por nadie –contestó Heather–. Tenemos que intentarlo, Connor. Nosotros somos los adultos y podemos hacerlo porque los dos comprendemos lo importante que es, ¿verdad?

Él la miró y suspiró.

–De acuerdo –dijo con obvia renuencia.

Paró delante de la casa.

–Ve entrando tú.

Intentando ponerle un poco de humor a la tensa situación, ella contestó bromeando:

–No quieres que te vean entrando por la puerta con nosotros. Me pones en el ojo del huracán.

Él le sonrió.

–Sí, eso es.

De nuevo, ella puso la mano sobre la suya.

–Vamos a hacer que esto funcione –le aseguró–. No sé cómo, pero lo lograremos porque tenemos que hacerlo.

–Claro que sí –respondió él, aunque no parecía muy seguro.

Heather vaciló, pensando que debería decir algo más, algo que le hiciera sonreír de verdad, pero no se le ocurrió nada. Porque la única cosa que quería, ceder y volver con él a Baltimore, era la única cosa que no podía acceder a hacer. Por lo menos, no si no quería remover su conciencia.

Capítulo 4

Thomas O'Brien no estaba seguro de qué le había llevado hasta Chesapeake Shores, sobre todo en semejante y lóbrega mañana de domingo. Normalmente limitaba sus viajes a las Navidades y a las ocasionales visitas a su madre. Ahora que Nell ya pasaba de los ochenta, intentaba hacer esas visitas con mayor frecuencia, pero normalmente en un momento en el que no tuviera que ver ni a su hermano Mick ni al resto de la familia. Mick y él podían ponerse a discutir en diez segundos en sus mejores días. En los peores, apenas lograban intercambiar una palabra civilizada. Últimamente las cosas estaban mejor, pero no le gustaba tentar a la suerte.

A pesar de esa preocupación, cuando se había despertado esa mañana en su pequeño apartamento en Annapolis, Thomas había querido ir a casa. Últimamente se había sentido especialmente intranquilo. Su trabajo con la fundación que estudiaba la situación medioambiental de la bahía era frustrante y le quitaba todo el tiempo, pero su pasión por el tema no había decaído. La mayor parte del tiempo era lo suficientemente gratificante como para superar cualquier bache y, normalmente, llenaba los tremendos vacíos que habían quedado en su vida social desde su último divorcio.

Recientemente, sin embargo, no podía evitar reconocer que algo faltaba en su vida. Es más, cada vez que pasaba algún rato con Mick, ahora que su hermano y Megan estaban juntos de nuevo, sentía que él también quería tener su propia familia. Estar con sus hermanos mayores, Mick e incluso Jeff y su familia, le recordaba todo lo que había perdido por centrarse en el trabajo. Sus dos matrimonios habían sido tan breves que nunca le había dado tiempo a pensar en hijos, y ahora sentía esa carencia más que nunca.

A decir verdad, aunque acababa de cumplir los cincuenta, había echado a perder dos matrimonios debido a su obsesión por los temas medioambientales y por proteger la bahía que tanto amaba. Últimamente, en lugar de tomarse alguna copa con algún compañero o voluntario que trabajaba en la fundación, su vida personal estaba más seca que las aguas de la bahía unos años atrás. Ahora el ecosistema estaba recuperándose poco a poco, pero no su vida.

Cuando llamó a la puerta de Mick, fue Megan quien abrió. Le sonrió e inmediatamente le hizo pasar.

–Pasa, hace un tiempo horrible –le dijo dándole la bienvenida amablemente.

–¿Tenéis sitio para uno más en la mesa? –preguntó él levantando a su cuñada del suelo con un gran abrazo.

–Siempre tenemos sitio para ti –le aseguró ella–. ¿Por qué no has llamado para avisarnos de que venías? –le sonrió–. ¿Te daba miedo que Mick te dijera que no podías?

Thomas se rió.

–Ya no puede asustarme más. Estando nuestra madre y tú, además de Kevin, tengo aliados.

–Claro que sí –dijo Megan–. Ahora, venga, pasa. Estábamos a punto de sentarnos, así que has llegado justo a tiempo.

–Tal vez será mejor que primero vea a Mick para que no se caiga sobre el asado al verme –la miró esperanzada–. Porque eso es lo que vamos a cenar, ¿verdad? Lo he olido al abrir la puerta.

–Sí, eso es. Mick está en el estudio. Ve a verlo mientras termino de sentar a todo el mundo. Me puede llevar un rato porque los niños están absortos con uno de esos videojuegos que tanto les gustan.

Thomas recorrió el pasillo hasta el estudio de su hermano y lo encontró allí dentro, fumando en pipa.

–Si mamá te ve aquí dentro con esa cosa, le va a dar un ataque –dijo al entrar tímidamente–. Soportaba que papá fumara en pipa porque no era capaz de negarle nada. Él decía que fumar en pipa le recordaba a estar de vuelta en Irlanda.

–A mí me pasa lo mismo. Me recuerda a los viajes que hacíamos –respondió Mick mientras lo miraba sorprendido–. ¿Qué te trae por aquí? No sueles aparecer más que en Navidad.

–Es el único momento en el que sé que soy bienvenido de verdad –admitió Thomas–. ¿Te parece bien? ¿Crees que podremos comportarnos como dos hombres civilizados?

Mick se encogió de hombros.

–Eso siempre es una proposición algo dudosa, pero creo que hemos hecho un buen trabajo haciendo las paces últimamente. Estuviste a mi lado cuando te necesité mientras intentaba que Megan volviera a casarse conmigo, y eso no lo olvidaré nunca.

–Claro que, tampoco has olvidado todos mis pecados del pasado, ¿verdad? –dijo Thomas, refiriéndose al hecho de, en un intento de proteger el medioambiente de la zona, haber dado el drástico paso de denunciar a Mick a las autoridades cuando Jeff y él estaban construyendo Chesapeake Shores.

–Tienes razón. Eso no voy a olvidarlo –dijo Mick–, pero la verdad es que ahora que he tenido tiempo de pensar, admiro el modo en que defendiste eso en lo que creías, incluso aunque en su momento fuera un perjuicio para mí.

Thomas lo miró incrédulo.

–¿Lo dices en serio?

–Sí, pero te llamaré mentiroso si lo repites. La familia disfruta pensando que nos llevamos mal.

–A los O'Brien les gusta que haya pequeñas contiendas, ¿verdad? ¿Has visto a Jeff últimamente?

–Lo he visto por ahí, aunque no nos hemos sentado a tomar un café en Sally's, si eso es lo que quieres saber. Sé que gestiona nuestras propiedades, aunque la mayor parte del tiempo cuando quiero saber algo al respecto, le pregunto a su hija. Susie es una chica lista.

–Sí que lo es –respondió Thomas–. ¿Crees que se casará con ese joven que dice que no está saliendo con ella?

–Eso es todo un enigma. Por mí diría que ya tendrían que haberse casado, pero Jeff parece no ser consciente de la situación. Pero bueno, dime, ¿qué haces aquí? No has venido para discutir un poco conmigo, ¿verdad? ¿Ha sido la carne a la cazuela de mamá lo que te ha traído hasta aquí?

–A decir verdad, me sentía solo –admitió Thomas–. Pero si se lo dices a alguien, diré que estás mintiendo.

La expresión de Mick mostró sorpresa.

–Nunca antes te había oído decir eso. ¿Qué está pasando?

–Esta mañana me he despertado y me he dado cuenta de que en mi vida no había ni una sola persona a la que le importara qué iba a hacer hoy. Espero que sepas lo afortunado que eres.

–Créeme, lo sé –respondió Mick mirándolo con gesto de preocupación–. Lo que necesitas es una mujer en tu vida, y tal vez incluso tener hijos. No eres demasiado mayor como para tenerlo todo, si eso es lo que quieres. Creía que estabas felizmente casado con tu trabajo. Está claro que tus mujeres pensaban eso.

–Es verdad. No hay duda de que he sacrificado a dos buenas mujeres por pasar todo el tiempo volcado en el trabajo –lamentó Thomas–. Lo cual no significa que no eche de menos tener a una persona a mi lado que confíe en mí, alguien con quien compartir mi cama o reírme al final del día. Debiste de echar eso en falta cuando Megan se fue.

–Ni lo dudes. Por lo que he oído, ninguna de tus dos exmujeres se ha vuelto a casar. Llámalas.

Thomas sacudió la cabeza.

–Es extraño poder volver atrás. Megan y tú lo habéis logrado y, créeme, te envidio por ello, pero en mi caso no funcionará. Esos vínculos ya están rotos. Y también es culpa mía.

–Bueno, seguro que hay mujeres en Annapolis que estarán deseando salir contigo. Tienes una carrera de éxito y llevas los genes de belleza de los O'Brien, así que no eres tan difícil de ver. Si necesitas unas cuantas lecciones para resultar encantador, podría decirte algunos trucos.

Thomas se rió.

–El encanto no es mi problema, ni tampoco lo es la falta de abundancia de mujeres disponibles.

–Entonces, ¿cuál es el problema?

–Que no he encontrado a la apropiada –le respondió a su hermano–. Y ya que no es nada probable que esté sentada en tu mesa para cenar, deberíamos dejar el tema por el momento. El guiso de mamá y la compañía de tu familia serán suficientes para consolarme un día más. Gracias por no echarme de casa.

Mick echó una mano sobre el hombro de su hermano mientras salían del estudio.

–Mamá no lo permitiría y yo no querría intentarlo.

Thomas saboreó ese extraño momento de paz entre los dos. Ir allí había sido la mejor decisión que había tomado en mucho tiempo, incluso aunque eso supusiera ver lo mucho que le faltaba a su vida.

De algún modo, Heather había terminado en la mesa del comedor sentada entre Connor y Mick, que le había cedido su habitual sitio en la cabecera de la mesa a su hermano Thomas. Ella lanzó una mirada de desesperación hacia Shanna, sentada al otro lado, pero la mujer de Kevin se limitó a sonreír. A su lado, Connor se movía inquieto, lo que reflejaba que estaba tan incómodo con la situación como ella.

Mick le pasó un plato de panecillos recién hechos, de ésos que la gente ya no se molestaba en hacer en casa.

–Toma dos –le dijo–. Tienes que engordar un poco. Ir detrás de ese niño requiere mucha energía.

–Heather está bien, papá –dijo Connor–. Déjala tranquila.

–Sólo estoy diciendo que debería estar fuerte, sobre todo cuando no tiene un hombre a su lado para ayudarla –contestó Mick.

–Hay muchas mujeres solteras que se ocupan de su trabajo y de sus hijos y no pasa nada –dijo Heather, aunque ninguno de los hombres le prestó atención.

–¿Llegas bien a fin de mes con la tienda? –preguntó Mick.

Heather se sonrojó.

–Va mejorando cada semana.

–Si necesitas algo, dilo –dijo Mick–. Me aseguraré de que lo tengas. Eres parte de esta familia, aunque tu apellido no sea O'Brien porque ese niño lleva sangre O'Brien.

Connor empezó a levantarse de la silla, pero una mirada de advertencia de su abuela hizo que volviera a sentarse.

–Papá –dijo con voz tensa–, si Heather y el pequeño Mick necesitan algo, yo me ocuparé. No son asunto tuyo.

Mick lo miró con el ceño fruncido.

–La familia es la familia –le respondió con rotundidad.

Sintiendo que estaba a punto de estallar una bomba, Heather los miró a los dos.

–Mi hijo y yo estamos bien. Si necesitamos ayuda de alguien, sé cómo pedirla. Ahora, ¿por qué no disfrutamos de la comida que nos ha preparado Nell? El guiso está delicioso.

–¡Sí que lo está! –dijo Thomas con entusiasmo–. Mamá, sigues haciendo la mejor carne a la cazuela que he probado nunca.

–Quiero que me enseñes, abuela –dijo Bree–. Jake dice que soy un desastre en la cocina.

–Porque no tienes paciencia –respondió Nell–. Y empeorará cuando tengas el bebé que esperas. No tendrás ni dos segundos para concentrarte en la comida que estás preparando.

–¡Pues vaya ánimos me estás dando! –dijo Jake con un exagerado gruñido.

Nell le lanzó una mirada de reproche.

–Deja de quejarte. Ese bebé es tuyo, hombrecito, y me aseguraré de que no os muráis de hambre como hice cuando Megan estaba ocupada con todos vosotros.

Bree sonrió.

–Gracias, abuela.

Abby había escuchado la conversación en silencio y después se giró hacia su abuela.

–No te has ofrecido a pasar por mi cocina –dijo fingiendo un puchero–. Yo también soy madre trabajadora.

–Con un marido que trabaja en casa –apuntó la abuela–. Y una niñera –los señaló a todos con el dedo–. Que a ninguno se os ocurra nada. No pienso llevaros la comida a todos a estas alturas de mi vida. Un día de estos espero que alguien prepare también estas comidas de domingo.

Heather se rió ante los gruñidos que oyó a su alrededor.

–Por favor, que no sea mamá –suplicó Kevin.

Megan alzó la mirada ante el comentario, riéndose.

–Te aseguro que eso no es nada probable. Como Bree, puedo evitar que muráis de hambre e incluso no envenenar a nadie, pero nada podría parecerse a las comidas de Nell. Voto porque elijamos y entrenemos a alguien –miró a Kevin–. ¿No tenías que preparar comidas para una multitud cuando estabas trabajando en Urgencias? No hay ninguna regla que diga que los hombres no pueden ocuparse de las comidas familiares, ¿verdad?

Kevin palideció.

–Eh, eh, un momento –comenzó a decir, pero Shanna ya estaba asintiendo–. Hace unos spaghetti con albóndigas fantásticos y su lasaña tampoco está nada mal.

Mick miró a su hijo mayor.

–¿Dónde has aprendido a cocinar, hijo? ¿En Gianelli's? Te aseguro que no has podido aprender cocina italiana de la abuela.

–Ey, si me metéis en la cocina, comeréis lo que sepa cocinar –contestó Kevin.

Heather se rió con la conversación. Esa familia tenía algo que siempre lograba tenerla encantada. Mientras crecía como hija única siempre había imaginado escenas como ésa y ahí estaba, en mitad de una de ellas... aunque sin llegar a formar parte de la misma.

Lanzó una mirada hacia Connor y vio que estaba observándola con ternura. Sabía lo mucho que había deseado eso y comprendía lo que significaban para ella momentos como ésos. Aunque hubieran seguido juntos bajo sus términos, se habría sentido como una extraña por muy bien que todos la recibieran.

De pronto, y conteniendo las lágrimas, Heather apartó su silla, murmuró una excusa y salió corriendo del comedor.

Recogiendo su abrigo del armario del vestíbulo, salió y cruzó el jardín, ajena a la lluvia que caía. De pie junto al acantilado, contempló la bahía. El mar estaba agitado, igual que los sentimientos que se acumulaban en su interior.

–¿Heather?

Era Connor, por supuesto. Se giró y lo vio sujetando su bufanda, sus guantes y un paraguas. Fue casi suficiente para ponerle una sonrisa en la boca. Casi, pero no suficiente del todo.

–Deberías entrar –le dijo con gesto de preocupación.

Ella negó con la cabeza. No quería enfrentarse a las miradas curiosas que se preguntaban en silencio qué la había incomodado tanto como para salir corriendo. Vio esas mismas preguntas en el rostro de Connor, incluso aunque él debería haber sabido muy bien cuáles eran las razones.

–¿Quieres que te lleve a casa? Puedo llevar al bebé más tarde.

Ella lo miró con gesto de agradecimiento.

–¿Te importaría?

–Si eso es lo que quieres de verdad, lo haré encantado.

–Es lo que quiero –dijo ella de inmediato.

–Entonces, bien –contestó él, aunque parecía algo decepcionado.

Fueron hasta el coche, entraron y encendió la calefacción, a pesar de que llegarían a su apartamento antes de que empezara a calentar. Condujeron en silencio durante los pocos minutos que tardaron en llegar al callejón que se extendía por detrás de las tiendas y los apartamentos.

–Lo siento –dijo cuando ella estaba a punto de abrir la puerta.

Heather se detuvo y lo miró a los ojos.

–¿Por qué?

Él parecía estar buscando las palabras correctas.

–Sé lo mucho que deseabas formar parte de una gran familia y debe de ser duro verte en medio de la mía.

Ella asintió.

–Es sólo que me hace pensar en lo que podría haber sido. No te culpes. No es que me pusieras una promesa delante de las narices para luego arrebatármela.

Él sacudió la cabeza.

–Pero en cierto modo, eso es exactamente lo que hice y lo siento. Nunca quise hacerte daño.

Heather suspiró.

–Lo sé. A veces las cosas suceden sin más. Debería entrar y tú tienes que volver. Por favor, discúlpate ante todos de mi parte.

–No es necesario que te disculpes. Te veo en unas horas, ¿vale? Esperaré a que el bebé se haya echado la siesta antes de traerlo a casa. Así tú también tendrás tiempo para descansar.

–Lo más probable es que esté abajo. Tengo que hacer algunas cosas en la tienda.

–Tienes que descansar más.

–Cuidar de mí ya no es tu trabajo –le contestó ella, intentando protegerse del modo en que esas atenciones la hacían sentir. Podría ser una ilusión, pero se sentía mimada.

Él se encogió de hombros.

–No puedo evitarlo. Es difícil romper los viejos hábitos. Te traeré algo de comida cuando vuelva. Apenas has tocado tu plato y te has perdido el postre. Al parecer, la abuela ha hecho su pastel de manzana y no hay nada mejor que eso. Te traeré una porción.

Ella se rió.

–Eres igual que tu padre. Estás intentando que me ponga como una vaca.

Connor se estremeció ante la comparación y después ignoró el comentario.

–Te traeré la tarta y me quedaré aquí sentado hasta que te la comas. Al final, me lo agradecerás.

La tentación de acercarse y besarlo fue, de repente, demasiado abrumadora. Se forzó a abrir la puerta del coche y salió corriendo sin responder. Sólo después de estar arriba en su apartamento, con la puerta cerrada y a salvo, soltó el aire que había estado conteniendo.

¡Necesitaba ayuda! Cuando un O'Brien encendía su encanto y mostraba su lado más tierno y atento, ¿qué mujer podía resistirse? Pero ella sabía que tenía que hacerlo. Su futuro dependía de ello.

Cuando Connor había visto a Heather de pie junto al acantilado con la lluvia cayendo sobre ella, había querido desesperadamente rodearla con sus brazos y llevarla a casa, meterla en su cama y pasar el resto de la tarde reconfortándola con el calor de su cuerpo. Pero se había conformado con darle sus guantes, su bufanda y su paraguas porque había sabido que ella no le habría permitido hacer nada más. Su cauta mirada había sido una advertencia.

Y ahora, alejarse de su apartamento sabiendo que ella estaba disgustada y que él era el culpable, había sido igual de difícil.

Pero ninguna de esas dos cosas lo prepararon para volver a entrar en la casa y enfrentarse a las miradas inquisidoras de toda su familia.

–¿Dónde está Heather? –preguntó Megan con gesto de absoluta preocupación.

—La he llevado a casa —le respondió a su madre—. Quiere disculparse por haberse marchado así. No se encontraba bien.

—Seguro que se ha sentido desplazada —dijo Mick mostrando una sorprendente perspicacia para tratarse de un hombre que solía ignorar las sutilezas.

Desde el otro lado de la mesa, Abby lo fulminaba con la mirada.

—Connor, no comprendo por qué estás siendo tan imbécil. Todo el mundo puede ver que amas a esa mujer.

—Y es verdad —dijo él—. Pero eso no es suficiente.

—Bueno, claro que no —dijo Mick molesto—. Es la madre de tu hijo y tiene derecho a esperar que la trates con honestidad. Eso es lo que yo espero de ti también. Y no quiero oír más esa tontería de que no crees en el matrimonio.

—Pero es que no creo —dijo Connor con tono beligerante y girándose hacia el resto de la familia—. Y si alguno os habéis sentido ofendidos por este comentario, no ha sido mi intención. Vivís vuestra vida del modo que queréis, así que permitidme a mí hacer lo mismo.

—¿Aunque con eso estés perdiendo a la mujer que dices amar y a tu hijo? —le preguntó Thomas con delicadeza—. Todos queremos que seas feliz. Si puedes decirnos que lo eres, entonces que Dios te bendiga.

—¿Y bien? Vamos, dinos lo feliz que eres.

Connor se quedó en silencio y lo único que lo mantuvo sentado en la silla fue saber que salir corriendo del comedor sería un acto de cobardía.

—Ya es suficiente —dijo su abuela—. Connor tiene que encontrar su camino, al igual que lo habéis hecho los demás. Megan, Jess, ¿por qué no recogéis la mesa y saco la tarta y el helado?

Aliviado, Connor suspiró y Kevin lo miró divertido.

—¿No creerás que te has librado del todo, verdad? —le preguntó su hermano mayor.

—Esperaba que sí.

–Pues me parece que no –le dijo Trace.

–Es más, algo me dice que están tomando fuerzas –añadió Jake.

–No vas a ganar esta batalla, Connor –le dijo su padre–. Cásate con ella.

–¿A pesar de pensar que el matrimonio acaba rompiéndote el corazón? ¿Incluso a pesar de que veo pruebas de ello cada día? –se dirigió a su tío–. ¿Y qué me dices de ti? Te has divorciado dos veces. Sabes que un pedazo de papel no garantiza nada.

Thomas le lanzó una mirada compasiva.

–Estar casado fue lo mejor de mi vida. Quise a mis dos mujeres, así que no vas a conseguir que discuta contra la felicidad que proporciona el matrimonio. Cuando funciona, merece la pena todo el esfuerzo que haces porque salga bien.

–Y aun así, aquí estás, con nosotros un domingo por la tarde –contestó Connor.

–Y daría lo que fuera porque no fuera así. Volvería con cualquiera de mis dos mujeres, si ellas me aceptaran, pero tristemente he destruido esas posibilidades. Si surge la oportunidad y encuentro otra mujer a la que ame, no tardaré ni un minuto en volver a pasar por el altar.

–No digas eso delante de la abuela –le advirtió Kevin–. Sabes lo que opina del divorcio por el tema de la iglesia. Para ella, papá y mamá nunca se divorciaron, así que esa boda que celebraron el día de Nochevieja no fue más que una renovación de los votos. Seguro que está poniéndote un montón de velas después de haber pasado por dos divorcios.

Thomas se estremeció.

–Créeme. He oído la opinión de mi madre sobre el tema más de una vez y sólo digo que cuando se trata del matrimonio, soy un creyente. La gente está destinada a pasar su vida con un compañero y a amarse incondicionalmente.

–Otro triunfo de la esperanza por encima de la realidad –dijo Connor cínicamente.

Una vez más, la expresión de Thomas se llenó de pena.

–¿Qué tenemos si perdemos la esperanza? ¡Pero si incluso en el fondo de la caja de Pandora había esperanza!

Connor miró a su alrededor en busca de un aliado, pero todo el mundo estaba asintiendo ante el comentario de Thomas. Abby le sonrió.

–Te superamos en número, hermanito. Ríndete.

–Jamás –dijo, como de costumbre. Que todos siguieran ciegos ante las trampas del matrimonio, porque él no caería en ella. Por cada pareja que había en esa habitación, él podía encontrar otras cinco hundidas en la miseria. Si pasaran un solo día en su despacho, escuchando una historia tras otra de corazones rotos, se quitarían esas gafas de color de rosa que llevaban.

–Seguid viviendo en vuestro mundo de sueños –les dijo levantándose–. Yo voy arriba a ver a mi hijo.

–Te vas a perder la tarta de la abuela –dijo Bree impactada–. Nunca te pierdes la tarta de la abuela.

–Tener un poco de paz y tranquilidad merecerá ese sacrificio. Aseguraos de dejar una porción para que se la lleve a Heather.

Una sonrisa se extendió en el rostro de su hermana mientras se tocaba la barriga.

–Pero puedo comerme la tuya, ¿verdad? Después de todo, tengo que comer por dos.

A pesar de cómo se sentía, Connor se rió.

–Toda tuya, Bree, siempre que Jake esté seguro de que puede llevarte rodando hasta casa después de comer.

–Cuento con ello –dijo Jake rodeando a su mujer por los hombros–. Por eso me he traído la carretilla.

Bree le dio un codazo en las costillas.

–Pagarás por esto.

Connor los miró con aire triunfante.

–¿Veis lo que quiero decir? Unas palabras imprudentes e, incluso, las parejas más felices pueden tambalearse.

Bree miró a su marido con una expresión de absoluto enamoramiento.

–No creo que tengas que preocuparte por eso en nuestro caso, hermanito. Estaremos juntos para siempre.

–Amén –dijo Jake besándola–. Una riñita de vez en cuando o un codazo en las costillas anima las cosas.

Una sonrisa se extendió en el rostro de Bree.

–Estamos animados todo el tiempo.

–Y así es como ha terminado embarazada –añadió Jake.

Connor escuchó la conversación esperando oír una nota falsa, algo que indicara que las cosas no eran tan maravillosas como Bree y Jake querían creer, pero al parecer, era exactamente lo que parecía: eran absolutamente felices.

Y se alegraba por ellos. De verdad que sí, a pesar de que eso supusiera una pequeña brecha en su sólida teoría. Después de todo, en toda regla había una excepción.

Capítulo 5

Después de secarse y de cambiarse de ropa, Heather bajó las escaleras hasta la tienda tal y como le había dicho a Connor que haría. A decir verdad, su motivación tenía poco que ver con el trabajo y mucho con no estar en su apartamento cuando Connor volviera con el pequeño Mick. Ahora mismo ese apartamento era su refugio, un lugar sin recuerdos de Connor. Era exactamente lo que necesitaba si quería empezar de nuevo.

Si Connor la visitaba allí, aunque fuera por unos minutos, existía el enorme riesgo de que ello pudiera cambiar lo que sentía por su nuevo hogar. Tendría que luchar contra unas imágenes de él allí, sentado, aunque fuera por unos pocos minutos, en su nuevo sofá. Su aroma podría quedarse pegado en los cojines y ya era bastante difícil no pensar en él. Por eso no lo había dejado pasar del umbral cuando antes se había presentado allí inesperadamente.

Abajo, pasó una hora organizando papeles, abrió una caja de telas nuevas y colocó los rollos en el muestrario. Después, tomó la colcha que había prometido hacerle a Megan, otra escena de Chesapeake Shores, en esa ocasión una imagen de la casa de los O'Brien mirando a la bahía. Llevaba días simplificando el diseño, utilizando fotos para obtener no sólo las imágenes que quería, sino los colores que capturarían la escena. Había reunido las telas y había empezado a trabajar el día antes en los ratos que había tenido libres en la tienda.

Aunque a lo largo de los años había hecho varios patrones de colchas tradicionales, encontraba una satisfacción especial y libertad creativa al hacer esa colcha de arte folclórico. Si Megan estaba en lo cierto en lo de su talento, esas colchas harían que su tienda no se pareciera en nada a ninguna de la región.

Y si decidía hacer escenas costumbristas para sus clientes, probablemente podría cobrar más por ellas. O podía reunir una colección de esas colchas e incluso hacer una exhibición. Podría hacerlo ahí mismo, o podría convertirlo en un evento más formal haciéndolo en la respetada galería de arte de Megan. Eso podría hacer que los precios subieran aún más, sospechaba, aún un poco asombrada por lo mucho que Megan valoraba su trabajo con las colchas.

Sentada en una mecedora que había colocado junto al escaparate para tener mejor luz, cosió una sección de la casa de los O'Brien con esas diminutas puntadas que había aprendido a hacer de su madre.

Como siempre, pensar en Bridget Donovan la llenaba de nostalgia. ¿Cómo habían dejado que las cosas acabaran tan mal entre ellas? Por supuesto, era porque ambas se habían posicionado fuertemente y no había vuelta atrás, muy parecido a lo que había sucedido entre Connor y ella.

Irónicamente, siempre se había creído capaz de transigir y razonar, pero cuando algo importaba tanto, no había cabida para la transigencia.

Se preguntó cómo se sentiría su madre si supiera que había abandonado a Connor. ¿Se alegraría o lo vería como una cosa más que criticarle? No había forma de saberlo sin levantar el teléfono o ir a visitarla, pero ella no estaba dispuesta a hacer ninguna de esas dos cosas. Aún no, al menos. Tenía que establecerse primero en su nueva vida y entonces, tal vez, podría soportar uno de los interrogatorios de su madre o las miradas de decepción de su padre.

Un golpecito en la puerta le hizo alzar la mirada y vio a Connor con su hijo en brazos. Apartó la colcha y los dejó pasar. Connor dejó al pequeño Mick en su parque, donde inmediatamente comenzó a jugar con sus juguetes, y asintió hacia la tela que tenía sobre su regazo.

–¿Estás trabajando en algo nuevo?

–Es para tu madre. Le gustó mucho otra de mis colchas, así que estoy haciendo una parecida para ella. Aunque aún llevo poco.

Connor se acercó y la miró de cerca antes de dirigirse a Heather con gesto de sorpresa:

–¡Es nuestra casa!

Heather sonrió.

–Qué bien que la hayas reconocido, no sabes qué alivio.

–La verdad es que es impresionante. ¿Has hecho otras como ésta? Sólo me acuerdo de cuando hiciste la que tienes colgada en el escaparate.

–Ése es un diseño más tradicional –le explicó–. Es la clase de colcha que encontrarías en una casita de playa, creo. Por lo menos, ésa es la teoría de tu madre y he vendido algunas a gente que tiene aquí casas de fin de semana. Les encanta el aspecto anticuado de este tipo de colchas, y son perfectas para la camas de hierro envejecido y de bronce que tanta gente encuentra en las tiendas de antigüedades de la zona.

–¿Las has hecho todas? ¿De dónde has sacado el tiempo?

Ella se rió.

–¡No! No soy tan rápida. He encontrado unas excelentes costureras de colchas en la zona y les he comprado algunas. Hasta el momento me he resistido a comprar una máquina para hacerlas, pero puede que tenga que acabar haciéndolo si me siguen encargando muchas y no puedo con todo.

–¿Puedes ganar suficiente dinero haciendo colchas?

Ella se encogió de hombros.

–Eso espero, pero también voy a dar clases. Y además de que ya tengo a gente apuntada, van a tener que comprarme material. Y he repartido algunos folletos, así que se está corriendo la voz de que tengo telas, y muchas mujeres han estado viniendo a comprar patrones y tejidos para hacer sus propias colchas.

Él vaciló y entonces dijo:

–Supongo que no tengo derecho a decir esto, pero estoy orgulloso de ti, Heather. Está claro que estás muy ilusionada con esto y que tienes muchas posibilidades de convertirlo en un éxito.

Ella se sintió agradada por su comentario.

–Cruza los dedos o terminaré otra vez dando clases.

Estaba medio en broma, pero Connor pareció tomarla en serio.

–¿Tan terrible sería eso? Las escuelas de por aquí no serían tan duras como las de Baltimore. Sería una experiencia completamente distinta. ¿No lamentas estar desperdiciando tu licenciatura?

–La verdad es que no. Nunca sentí enseñando lo que siento cada mañana cuando entro aquí sabiendo que este negocio es mío. Connor, dudo que puedas imaginar lo que es esto, lo que es descubrir algo sobre lo que sientes pasión y que se convierte en tu profesión. Jamás pensé que mi amor por la costura de colchas pudiera ser algo más que una afición, pero aquí estoy.

Él frunció el ceño.

–¿Crees que no comprendo esa clase de pasión? Es exactamente lo mismo que yo siento por la ley.

Heather lo miró con escepticismo.

–No estoy segura al cien por cien de eso.

–¿Qué quieres decir?

–Para serte sincera, siempre he pensado que te gustaba la ley como un modo de vengarte, no de impartir justicia.

Él pareció horrorizado por el comentario.

–No me tienes en muy buena consideración, ¿verdad?

Ella vio dolor en sus ojos y lamentó haber sido tan sincera.

–Oh, Connor, no es eso. Te quiero. Por eso mismo me cuesta tanto ver lo que te estás haciendo con los casos que aceptas. Sé que suena dramático, pero casi siento que estás vendiendo tu alma.

–Los casos que acepto, y gano por cierto, me permitirán

convertirme en socio de un prestigioso bufete de abogados, lo que significa que a tu hijo y a ti nunca os faltará de nada –respondió a la defensiva.

–Te agradezco que quieras mantener al pequeño Mick, pero podríamos salir adelante con menos. Preferiría que fueras feliz de verdad.

–Podrías asegurarte eso volviendo a casa –dijo él e ignoró el comentario antes de que ella pudiera responder–. Bueno, no importa –la miró con resignación–. Sé que eso no va a pasar, no ahora, que al parecer te has forjado una nueva vida.

Por un instante pareció que Connor quisiera decir más, y Heather esperó preguntándose si estaría a punto de dar el paso y besarla tal y como debería haber hecho unos meses atrás. Sus besos, siempre embriagadores, siempre persuasivos.

Pero la alegría y la satisfacción que encontraba en sus brazos era fugaz, porque una vez que volvía a posar los pies en el suelo, tenía que enfrentarse a la misma realidad. Connor y ella estaban más unidos de lo que se podía estar. No podían crecer juntos como lo hacían las parejas casadas.

En lugar de acercarse, ahora él se apartó. Metió las manos en los bolsillos como si temiera hacer un movimiento que fuera rechazado.

–Supongo que debería irme. Tengo que repasar unos casos esta noche.

–Más divorcios, por supuesto –dijo, y en cuanto esas palabras salieron de su boca, lamentó el tono acusatorio de las mismas.

Tal y como esperaba, la expresión de él cambió de inmediato y volvió a mostrarse a la defensiva.

–¡Claro! Eso es a lo que me dedico.

–Y se te da muy bien. Tus clientes tienen suerte de tenerte. Lo único que digo es que es muy triste estar rodeado de gente tan desgraciada y amargada.

Él la miró fijamente a los ojos.

–Heather, ¿no lo entiendes? La gente que está pasando

por un mal momento emocional tiene que tener a alguien a su lado con quien pueda contar para proteger sus intereses.

–Claro que lo entiendo –dijo ella–, pero es tan duro para ti como para ellos. Cada vez que te metes en un caso, te desilusionas más y más con el matrimonio.

–No seas ridícula –dijo él–. Yo soy un elemento neutral y objetivo, ¿recuerdas?

Ella sonrió.

–Ojalá eso fuera verdad.

–Es verdad.

–No, Connor, te tomas cada caso como algo personal y lo utilizas como una prueba más de que los matrimonios no pueden funcionar. Dime, ¿de qué parte estás estos días? ¿Siempre de la del marido? ¿O has empezado a aceptar a mujeres como clientes, al menos en algún momento?

–La mayoría de mis clientes son hombres. ¿Qué quieres decir con eso?

–Que en cada caso estás intentando vengarte de lo que crees que tu madre le hizo a tu padre hace tantos años. Como he dicho antes, sigues siendo ese niño que intenta vengarse porque su madre los abandonó a los dos.

–¡Eso es absurdo!

–¿Ah, sí?

Se mantuvieron la mirada, pero él fue el primero en pestañear.

–No pienso volver a tener esta discusión. Tengo que irme.

Ella dejó pasar el tema y asintió.

–Conduce con cuidado.

Junto a la puerta, Connor vaciló una vez más, pero salió sin decir ni una palabra. Heather lo vio marchar y suspiró.

¿Cómo no podía ver que mientras se centrara en desintegrar matrimonios jamás encontraría la felicidad que merecía?

Uno de los juguetes de Mick cayó a sus pies en ese momento. Aliviada por la distracción, se rió mientras se acercaba al parque para sacarlo de allí.

–¿Cansado de que te ignoren?

–Mamá –contestó el niño dándole palmaditas en la cara.

Ella inhaló el aroma de su champú y de su crema.

–Por muy mal que las cosas vayan entre tu padre y yo, te tengo y ése es el mayor regalo que podrían darme. Siempre querré a tu papá por eso.

–¿Papá? –dijo el niño mirando hacia la puerta.

–Volverá pronto –le prometió. Y tuvo que pensar cómo se prepararía para el siguiente encuentro, porque estaba claro que no sería fácil.

Absolutamente descontento por la conversación que había mantenido con Heather y por cómo su familia parecía haberlos aceptado a ella y a su hijo en sus vidas, Connor regresó a Baltimore decidido a no pensar en ellos. Tenía mucho trabajo con el que mantenerse ocupado, incluyendo un par de casos que serían muy complicados.

El lunes a primera hora tenía una cita con un director de cine que había estado rodando en Baltimore, se había instalado allí y después se había llevado a la protagonista a vivir con él. Por supuesto, la prensa sensacionalista se había hecho eco de la noticia. La mujer del director, que residía en Los Ángeles, estaba furiosa por la publicidad, más que por la infidelidad, y quería acabar con él durante el proceso de divorcio. A pesar del atroz comportamiento del hombre, Connor no estaba dispuesto a que esa mujer se llevara un centavo más del que se merecía.

Para ser sincero, había aceptado el caso más por su valor publicitario que por el deseo de defender el mal comportamiento del hombre. Si podía evitar que a Clint Wilder lo dejaran pelado de dinero, eso lo convertiría en el mejor abogado de divorcios de la región y pasaría a ser socio del bufete cuando terminara el año.

Mientras pensaba en ello, recordó los comentarios desdeñosos de Heather. Bien, tenía razón, al menos hasta cierto punto. Pero, ¿qué tenía de malo querer tener éxito? ¿No era eso lo que quería la mayoría de la gente, ser el mejor en su profesión?

Aun así, el lunes por la mañana escuchó la versión de Wilder sobre la sórdida historia sin poder evitar pensar cuál sería la reacción de Heather. Le horrorizaría que defendiera a ese hombre. Hasta él mismo había tenido sus reservas, sobre todo cuando Wilder se había pavoneado de que no era la primera vez que se había acostado con la protagonista de sus películas, pero sí la primera que su mujer había quedado humillada públicamente por ello.

—No sé qué esperar —dijo el director sonando verdaderamente desconcertado—. Está en casa con los niños, ¿qué tengo que hacer? Mira, ofrécele la casa, dinero para la manutención de los niños y alguna especie de pensión mensual.

Le entregó a Connor un trozo de papel con algunas cifras. Connor las miró y sacudió la cabeza. Esa cantidad jamás colaría. No, cuando ese hombre ganaba millones.

—Mire, haré lo que pueda, pero puede que no sea fácil solucionar todo esto. Ha estado casado mucho tiempo y no es la primera vez que se ha desviado del camino. El abogado de su mujer podría aplastarle. Si ella tiene un jurado compasivo, usted acabará pagando tres o cuatro veces esta cantidad.

El director le lanzó una mirada que probablemente intimidaría a todos sus actores.

—No dejes que eso suceda. ¿Comprendido?

Connor asintió. Lo único que podía hacer era ofrecerle su mejor consejo porque, al fin y al cabo, la decisión era de su cliente.

—Volveré a llamarle en cuanto haya hablado con el abogado de su esposa.

—Dile a esa pequeña rata que tengo mucha mierda que puedo echarle encima. Si quiere ponerse dura, yo me pondré más, y me quedaré con la casa y los niños. Ella acabará con nada. Antes de estar conmigo no era nadie y va a volver a la misma situación.

Connor sintió cómo se le heló la sangre ante las palabras del hombre. A pesar de ser uno de esos abogados que se tiraba a la yugular, seguía aferrándose a tenerle un respeto mínimo a las mujeres aunque, por desgracia, había tratado con demasiados hombres que creían que su comportamiento debería quedar libre de todo escrutinio. Normalmente le gustaba que la otra parte se quedara temblando después del juicio, pero después de la conversación con Heather era él el que estaba temblando y retorciéndose porque la actitud de ese hombre le parecía de lo más cruel.

Irónicamente, no era el rostro de Heather el que veía, sino el de su abuela. Pudo oírla recordándole una y otra vez que Megan se merecía un respeto, por muy furioso que estuviera por lo que le había hecho a la familia. La abuela se quedaría consternada ante un hombre como Clint Wilder, un hombre dispuesto a acabar públicamente con la reputación de su esposa movido únicamente por la avaricia.

Al final, Connor sabía que el director acabaría ganando porque eso era lo que él hacía, pero por primera vez no se sentía bien con lo que estaba haciendo.

Cuando un directivo del bufete, Grayson Hudson, entró en su despacho y le preguntó por el caso, Connor se encogió de hombros.

—Me traerá mucha publicidad —dijo como si eso fuera lo único que importara.

—Tú sólo asegúrate de que la imagen del bufete no acabe manchada —le dijo Grayson—. Eres muy bueno en lo que haces, Connor. Por eso yo mismo te contraté cuando Cynthia y yo nos separamos, pero ten cuidado y asegúrate de no dejar que la esposa de ese hombre quede como la Madre Teresa, ¿entendido?

Connor pensó en las referencias veladas de Wilder al pasado de su esposa.

—Lo dudo, señor.

—Haz tu trabajo, es lo único que te pido.

—No se preocupe por eso. Siempre lo hago.

Después de todo, ¿no era él conocido en su familia por tener poca esperanza en la raza humana? No dejaba nada al azar, y aunque tenía la palabra de Clint Wilder de que su esposa guardaba muchos trapos sucios, cinco minutos después de que el hombre saliera de su despacho, había puesto a trabajar a un detective privado para que la investigara. No entraría en un tribunal sin saber todo lo que tenía que saber sobre la parte a la que se enfrentaba.

Aunque, ¿utilizar sus trapos sucios? Ésa era otra cuestión y una que aún no sabía cómo llevar.

A pesar de estar inmerso en el trabajo, Connor no era capaz de sacarse a Heather de la cabeza. Cada vez que redactaba un argumento de ataque de un caso, oía su voz cuestionando sus tácticas. Estaba resultando insoportable.

Era insoportable no poder sacársela de la cabeza y lo único que se le ocurría para solucionarlo era darle un empujón a su vida social.

Durante las últimas semanas, había pasado las noches visitando cada bar de la ciudad con varios colegas de su bufete y, aunque había conocido a muchas mujeres atractivas e inteligentes, ninguna había podido igualarse a Heather. Su imagen lo perseguía.

Hacía intención de levantar el teléfono varias veces al día, tentado a llamarla para poder oír el sonido de su voz. Incluso tenía una excusa pensada: diría que sólo llamaba para preguntar por el niño. Era lamentable que estuviera pensando en recurrir a eso.

Al final, se resistía porque sabía que ella lo descubriría, ya que cualquiera de la familia podría contarle cómo estaba Mick, no era necesario que le preguntara a ella. Además, ella misma le dejaba mensajes con regularidad informándole. Pero esos mensajes eran demasiado breves y demasiado insatisfactorios. Lo que él necesitaba era una conversación de verdad.

Estaba claro que tenía que esforzarse un poco más porque no había forma de sacársela de la cabeza y seguir adelante con su vida.

Le pidió una cita a la siguiente mujer que conoció y pasó una noche con ella en uno de los mejores restaurantes de Baltimore, pero lo único que parecía importarle era si había conocido a alguno de los protagonistas de la película de Clint Wilder. Invitó a salir a más mujeres durante las siguientes semanas, pero finalmente llegó a la conclusión de que estaba perdiendo el tiempo.

El sábado por la mañana de la semana de Pascua, se subió a su coche y volvió a Chesapeake Shores con la excusa de que llevaba mucho tiempo sin ver a su hijo. Por alguna razón, culpaba a Heather por ello, a pesar de que varios de sus mensajes habían incluido una oferta para llevarle a Mick de visita.

Cuando llegó a la casa, encontró a la abuela en la cocina donde todos los niños estaban coloreando huevos de Pascua. Aunque la sala estaba hecha un desastre y la abuela parecía superada, tenía los ojos brillantes cuando lo miró. Le entregó a su hijo, que se aferró felizmente a su cuello. La sonrisa del niño ante la llegada de Connor le hizo sentirse mejor de inmediato.

–Quítate esa ropa tan bonita y ven a ayudarme –le ordenó su abuela–. Si no tengo cuidado, voy a terminar con el pelo teñido de rosa.

–Te quedaría maravilloso –le dijo Caitlyn con solemnidad.

–También podemos teñir el mío –añadió Carrie–, pero lo quiero azul –se puso a bailar por la cocina–. ¿No pensáis que estaría preciosa?

–Guapísima –dijo Connor riéndose. Hacía días que no se sentía tan alegre. Sus sobrinas gemelas, con sus inesperadas observaciones y comentarios espontáneos, podían animarlo en un santiamén. Estar con los niños y con el resto de la familia era exactamente lo que necesitaba.

–Ahora mismo vuelvo –le prometió a su abuela.

Llevándose al pequeño Mick con él, se puso una camiseta y unos vaqueros viejos y salió corriendo a la cocina donde dejó a su niño en una trona.

–¿Cómo te has dejado convencer para hacer esto? –le preguntó a su abuela.

–Hoy trabaja todo el mundo. Es una semana de mucho ajetreo en el pueblo, así que Shanna, Heather, Bree y tu madre están en sus tiendas. Abby ha ido a ayudar a Bree a repartir flores. Parece que este fin de semana todo el universo está enviando ramos de Pascua a alguien en Chesapeake Shores.

–¿Dónde está papá?

–Mick ha visto el jaleo que hay aquí y ha dicho algo sobre tener que ir a ver uno de esos lugares de construcción de Hábitat para la Humanidad –se rió–. Pero me vengaré. Cuando hayamos terminado, me marcharé y dejaré que él lo limpie todo. Eso es lo que más alegría me da de volver a mi casa estos días. Ahora, ve a ayudar a tu hijo. Se le da mejor teñirse las manos que teñir los huevos.

–Ayúdame a mí también, tío Connor –le suplicó Davy.

Henry, que seguía adaptándose a su nueva y bulliciosa familia, se echó atrás tímidamente.

Connor sacó tres huevos cocidos de una canasta que había sobre la mesa.

–Vamos, chicos, dejad que un maestro os muestre cómo se hace. Agarrad una pintura. Primero haremos un diseño, ¿de acuerdo?

Los diseños no fueron muy buenos, pero no importó. Connor guió los diminutos dedos del pequeño Mick mientras dibujaban un apenas reconocible pato. Davy dibujó algo que se parecía a Santa Claus, aunque boca abajo podría haber sido un conejito. Era imposible averiguar qué era y, probablemente, arriesgado preguntar.

Connor miró a su otro sobrino, el hijo adoptado de Kevin. Henry escribió su nombre con bonitas letras y después hizo dos huevos más para Kevin y Shanna. A Connor le conmovió ver lo mucho que estaba esforzándose el chico por intentar encajar en su nueva familia. Kevin y Shanna, que había sido la madrastra de Henry en su anterior matrimonio, adoraban al chico. Y Davy estaba emocionado de tener un hermano mayor.

Henry miró vacilante a Connor.

–¿Crees que debería hacer uno para mi padre también? Ya les he enviado a él y a mis abuelos una tarjeta. Shanna me ha ayudado a elegirla.

–Si quieres hacer un huevo para tu padre, encontraremos un modo de hacérselo llegar –le prometió Connor intentando imaginar lo duro que debía ser estar separado de su familia biológica porque el alcoholismo de su padre y su enfermedad de hígado habían hecho imposible que Henry siguiera a su lado.

El pequeño rostro de Henry se iluminó inmediatamente.

–¡Genial!

Mientras tanto, Carrie y Caitlyn estaban dibujando diseños con colores alegres y después mojando los huevos en los tintes más chillones.

–¡Los nuestros son mejores! –anunció Carrie saltando en la silla.

–No es un concurso –la reprendió la abuela.

–Es verdad –le dijo Connor–. El concurso será mañana, cuando veamos quién puede encontrar más huevos en el jardín –le hizo cosquillas a su jactanciosa sobrina–. Y os garantizo que ganaré yo.

–Eres demasiado mayor para jugar –le dijo Caitlyn–. Sólo los niños pueden buscar huevos.

–Ey, yo soy un niño –protestó Connor.

–No es verdad –respondió Carrie riéndose.

–Oh, cielo, me temo que tu tío Connor es un niño grande –dijo la abuela como lamentándose–. Aún no he visto en él ni una señal de madurez.

–¡Ey! –protestó él.

–Dudo que quieras que explique todas las razones que tengo para pensar así –dijo la abuela mirándolo fijamente.

Connor suspiró.

–No es necesario.

–No me lo parecía.

–Voy a limpiar a Mick y se lo llevaré a su madre.

–Me parece muy buena idea –dijo la abuela–. Asegúrate de si va a comer con nosotros mañana después de ir a la iglesia.

Connor asintió. De algún modo, la idea de lanzarle esa invitación para una sencilla reunión familiar con la esperanza de oír un «sí» resultaba más tentador que todas esas citas que había tenido en las últimas semanas.

Y pasar una tarde tranquila pintando huevos de Pascua con su hijo y sus sobrinos era mil veces mejor que tratar con todos los Clint Wilder del mundo. Al parecer, a pesar de los miedos de Heather, él no se había sumido tanto en el lado oscuro como para no verlo.

Capítulo 6

Durante la ausencia de Connor durante las últimas semanas, Heather había logrado establecer un nuevo ritmo de vida y sacárselo de la cabeza. Tenía los días ocupados con la tienda, conociendo a sus clientas habituales, e incluso entablando amistad con algunas de ellas, y evitando que su hijo hiciera travesuras. Las noches eran más complicadas, cuando la oscuridad se alzaba a su alrededor y la nueva cama que había comprado se le hacía demasiado grande y vacía.

Claro que había recordatorios de ese tipo por todas partes. Por un lado, su hijo era igual que su padre y que su abuelo, pero ella había logrado llegar a distinguirlos en su cabeza. Ahora el pequeño Mick era su vida y Connor era su pasado. Sólo tenía que seguir recordándoselo. Se aseguró de que lo haría mejor cada día.

Por desgracia, había más cosas que no podía controlar. La familia de Connor solía aparecer allá donde ella iba, y eso era tanto una bendición como una maldición.

Aun así, a cada día que pasaba veía cómo iba haciéndose más fuerte y se convencía más de que estaba siguiendo el camino correcto. Todo estaba marchando tal como había esperado.

Y, sin embargo, lo único que hizo falta para cambiar su manera de pensar fue ver a Connor en la puerta de su tienda con su agotado hijo en brazos. En ese momento, toda su resolución se redujo a cenizas y su traicionero corazón comenzó a dar saltos.

¿Por qué tenía que estar tan guapo, incluso despeinado y con la ropa arrugada que parecía sacada de su época de instituto? Una cosa era que la volviera loca cuando estaba recién afeitado y vistiendo un Armani y otra era que le revolucionara el corazón verlo con un aspecto totalmente descuidado. Era un recordatorio más de que lo que la cautivaba eran ese hombre y el encanto que tenía.

Intentó ocultar su reacción girándose rápidamente hacia una de las estudiantes de su recién estrenada clase de confección de colchas. Connie, la cuñada de Bree, y Laila, la cuñada de Abby, habían sido dos de las primeras en apuntarse a la clase y Heather sentía que se harían buenas amigas más allá del hecho de formar parte de la gran extendida familia O'Brien. Se habían quedado después de la clase para hacerle un montón de preguntas.

Connie pareció sentir la repentina distracción de Heather, se giró y vio a Connor en la puerta.

–Vaya, vaya, mira quién está aquí –y comenzó a reírse cuando Connor entró–. Parece que alguien lleva más pintura encima que los huevos de Pascua.

Heather siguió la dirección de su mirada y vio que, efectivamente, la camiseta de Connor parecía teñida por un aficionado... o por un par de diminutas manos. También tenía una mancha azul en la mejilla. Su pelo, por lo general cuidadosamente peinado, estaba de punta y ligeramente ondulado. Una vez más lo vio absolutamente encantador y devastadoramente atractivo.

–Feliz Pascua, Connor –dijo Laila y sonrió–. Ojalá mañana alguien meta a un hombre como tú en mi cesta de huevos.

Connie le dio un codazo en las costillas.

–¡Cuidado! Está ocupado –y miró a Heather.

–La verdad es que no lo está –contestó Heather con voz suave y quitándole a su hijo de los brazos.

–Ey, yo no he dicho que quiera a Connor –protestó Laila–. Sólo he dicho que querría un hombre como él –esbozó una amplia sonrisa–. Pero sin sus defectos.

Heather se fijó en que las mejillas de Connor se sonrojaron, incluso aunque conocía a esas dos mujeres prácticamente de toda la vida, estaba indirectamente emparentado con ellas y debería estar acostumbrado a sus bromas y comentarios.

–Ey, no me tratéis como si fuera una vieja pelota de fútbol. Tengo sentimientos. Vamos a hablar de vuestras vidas amorosas un rato.

–Por desgracia, yo no tengo vida amorosa –contestó Laila y después se le iluminó el rostro–. A lo mejor podrías traer al pueblo a un par de amigos abogados. Necesitamos carne fresca, ¿verdad, Connie?

–Por mí, perfecto –asintió Connie.

La mirada de Connor se posó en Heather.

–¿Y tú?

–Conozco a tus compañeros –respondió ella mirándolo a los ojos–. Y no me interesa –se dirigió a Laila y a Connie–. Son unos adictos al trabajo de lo más aburridos.

–Ah, ya me conozco a los de esa clase –dijo Laila–. Bueno, será mejor que me vaya. Le prometí a Abby y a Trace que cuidaría de las niñas para que puedan pasar una noche solos.

–Y yo tengo que volver a casa antes de que Jenny se marche con su ligue –apuntó Connie–. Aunque su toque de queda no ha cambiado en dos años, si no se lo repito diez veces antes de que salga por la puerta, siempre dice que se le ha olvidado a qué hora tenía que volver. Después discutimos sobre si debería castigarla por llegar tarde.

–Nos vemos el sábado –les dijo Heather algo atribulada mientras la dejaban a solas con Connor.

–Cuidado con esas dos –le dijo él con una sonrisa–. Te llenarán la cabeza de historias de mi juventud.

–Sé todo lo que tengo que saber sobre ti, así que dudo que pudieran decir algo que me influyera –lo miró con curiosidad–. ¿O es que saliste con alguna de ellas?

–¿Te molestaría si lo hubiera hecho? –preguntó él casi esperanzado.

–No, era sólo por curiosidad. Son muy guapas e inteligentes.

–Sí que lo son, pero Connie es unos años mayor y cuando yo empecé a salir con chicas, ella ya estaba saliendo en serio con el hombre con el que al final se casó.

–Ahora están divorciados –le recordó Heather.

–Una madre soltera con una hija adolescente no estaría interesada en mí. Además, Jake me patearía si saliera con su hermana. Y lo mismo haría Trace. Es muy protector con Laila. Mis dos cuñados saben lo que opino del matrimonio y se opondrían totalmente a que estuviera con sus hermanas.

–¿Sabes lo que no entiendo? –dijo ella llevándose en brazos a la trastienda a un pequeño Mick ya dormido para meterlo en su parque–: ¿Cómo puedes estar con Jake y Bree, Trace y Abby, Kevin y Shanna, e incluso tus padres, y no ver lo felices que son?

–No puedo negarte que ahora parecen felices –admitió Connor sorprendiéndola.

–¿En serio?

Pero entonces tuvo que continuar y arruinarlo todo añadiendo:

–Pero no durará. Nunca dura. Además, las apariencias pueden engañar. Fíjate en todos los años que mis padres se han hecho unos desgraciados mutuamente. La gente pensaba que estaban bien y entonces todo se vino abajo y mi madre se marchó.

–Y, aun así, por alguna razón pensaste que tú y yo podríamos estar juntos para siempre, siempre que no lo legalizáramos. ¿No ves lo absurdo que es?

–Tal vez no tenga sentido para ti, pero no puedo cambiar lo que siento –dijo él a la defensiva y cerró el tema–. Mira, la abuela quiere que te pregunte si comerás mañana con nosotros. ¿Estarás allí?

Heather pensó en lo maravilloso que era sentirse parte de esa gran y bulliciosa familia, sobre todo en fechas señaladas, pero no estaba bien. Ella no era una O'Brien y seguir fingiendo que lo era resultaba demasiado doloroso. Lo había aprendido tras la anterior visita de Connor.

–Creo que mañana el pequeño Mick y yo pasaremos solos el día de Pascua.

Connor estrechó la mirada.

–Por mí. Mira, por favor, no apartes al pequeño Mick ni lo prives de ir a buscar los huevos de Pascua con sus primos. Si te hace sentir más cómoda, volveré a Baltimore por la mañana. De todos modos, nadie espera que pase aquí este fin de semana. No será para tanto si me marcho.

–Rotundamente no. Ésta es tu familia y deberías pasar esta fiesta con ellos. Soy yo la que no debería estar.

–Eso no es verdad. Significas mucho para ellos, sobre todo para mis padres. Y nuestro hijo debería estar allí.

La miró fijamente.

–Por favor, Heather.

Ella suspiró. Tenía claro que cada vez que lo viera, sus viejas heridas se abrirían de nuevo.

–De acuerdo, iremos siempre que tú no te vayas por nuestra culpa.

Connor la miró aliviado.

–De acuerdo. Allí estaré también –acercó un taburete al mostrador, se sentó y la miró con intensidad–. ¿Sabes lo que no entiendo?

Ella lo miró con gesto divertido.

–¿Qué?

–Estuvimos juntos varios años y creía que nos conocíamos, que podíamos hablar sobre cualquier cosa. Ahora apenas podemos estar en la misma habitación sin sentirnos incómodos.

–Eso es lo que pasa cuando la gente rompe, Connor. Algunos logran reestablecer la relación, pero otros no. Incluso los que acaban siendo amigos de nuevo necesitan mucho tiempo. ¿Puedes imaginarte a algunas de las parejas de cuyos divorcios te ocupas sentados a la misma mesa un día de fiesta con toda la familia?

–Para nada –admitió con una sonrisa–. Ahora mismo, por ejemplo, estoy llevando el divorcio de Clint Wilder y no estoy seguro de si yo mismo querría cenar con él. No quiero ni imaginarme lo que debe de sentir su mujer.

Heather lo miró impactada.

–¿Estás reconociendo de verdad que tiene motivos para estar furiosa por lo que le ha hecho?

–Bueno, por supuesto que sí.

–Y, aun así, por lo que he leído, parece que piensas que va a sacar muy poco con el acuerdo de divorcio.

–¿Estás siguiendo la prensa sensacionalista? –preguntó él sorprendido–. No sueles leer esa clase de cosas.

Ella se encogió de hombros.

–No he podido evitar verlo en la tienda. Una fotografía bastante comprometida de Wilder con la otra mujer ocupaba la primera plana. Reconocí el nombre y me dio la sensación de que, ya que vive en Baltimore, tú estarías involucrado en el caso.

Él curvó los labios en una sonrisa de satisfacción.

–¿Te has informado del caso por mí?

–No dejes que se te suba a la cabeza. Claro que tenía curiosidad –lo cierto era que sintió miedo mientras buscaba el nombre de Connor en el artículo. Ver que estaba relacionado con el complicado divorcio era otro deprimente ejemplo de la clase de elecciones que Connor estaba tomando en su carrera, de la clase de gente que lo rodeaba.

–¿Y no lo apruebas?

–Da igual si lo apruebo o no.

–Pero sí que tendrás una opinión al respecto y seguro que puedo adivinar cuál es. Crees que estoy trabajando para otro capullo que intenta salir de su matrimonio sin pagar por las consecuencias de sus actos.

Ella no vio razones para negarlo.

–¿Tú no?

–Heather, no eres mi conciencia.

–Créeme, lo sé. ¿No acabo de decir que da igual si yo lo apruebo o no?

Él suspiró.

–Y, aun así, tu opinión sí que me importa –admitió, pero como si odiara haberlo hecho, alzó las manos y se apresuró a decir–: Será mejor que me vaya. La abuela quiere que la ayude esta noche. Va a cocinar un jamón en su casa y quiere que lo lleve a casa de mis padres.

Heather pensó en detenerlo para hacerle comprender lo que pensaba, pero sabía que no tenía sentido. Había tenido esa misma conversación demasiadas veces y casi siempre terminaba del mismo modo... amargamente. Cuando creía que le había hecho entrar en razón, las elecciones de Connor demostraban que había malgastado saliva.

–Hasta mañana entonces.

En cuanto se fue, ella cerró la tienda con llave, recogió a Mick del parque y subieron a su apartamento para enfrentarse a una noche más solos. No la ayudó en nada saber que su vida no tenía por qué ser así, que podía estar con Connor esa noche y todas las demás de su vida.

Por muy tentador que era, sabía que jamás tendría suficiente sin un compromiso real de por vida. Y tenía que aceptar que un compromiso así era uno que él era incapaz de hacer.

Una hora después, Heather había dado de comer a Mick y lo había metido a dormir cuando el teléfono sonó. Para su sorpresa, era Connie.

–Espero no haber despertado al niño. Estaba sola en casa compadeciéndome de mí misma después de que Jenny se hubiera marchado y he pensado que tú también podrías sentirte igual. Estar encontrándote a Connor todo el tiempo no debe de ser muy sencillo.

–Es terrible –dijo Heather de inmediato y suspiró–. Y maravilloso.

–Oh, cariño, ¡recuerdo lo que es eso! –dijo Connie comprensivamente–. Cuando el padre de Jenny y yo nos separamos, era una tortura cada vez que lo veía en la gasolinera o en el supermercado. Pero te prometo que la cosa mejora con el tiempo. Claro que, en mi caso, me ayudó que acabara mudándose a Michigan, donde ahora, si Dios es verdaderamente bueno, estará amargado y congelándose el trasero diez meses al año.

—Pero creo que te importará un bledo —dijo Heather con una carcajada.

—Ni lo más mínimo —respondió Connie—. Te he llamado para ver si querías una pizza o algo. Puedo pasarme por tu casa para no tener que despertar al pequeño Mick y sacarlo.

—Me encantaría tener compañía —dijo Heather aliviada por no tener que pasar otra noche sola—. Llamaré para pedir una pizza.

—No te molestes. Ya la recojo yo de camino. ¿Tienes refrescos o vino o llevo también?

—Tengo refrescos light, pero no tengo vino.

—Me vale. Hasta luego.

Heather empezó a ordenar el apartamento, pero entonces el teléfono volvió a sonar. Resultó que era Bree, la cuñada de Connie y hermana de Connor.

—¿Qué tal? Sé que Connor está aquí, y he pensado que te haría falta animarte un poco.

—Veo que os funciona bien el canal de cotilleos —la red de cotilleos dentro de la familia O'Brien funcionaba más rápido que Internet.

—Claro. La verdad es que estaba buscando algo que hacer. Jake está pintando la guardería esta noche y no quiere que respire la pintura. Te juro que es una suerte que el bebé vaya a llegar en menos de un mes, porque no sé cuánto más podría soportar que esté pendiente de mí.

Heather se rió.

—Pues a mí me parece que es muy dulce. Deberías haber visto a tu hermano cuando me quedé embarazada. Aunque estaba agobiado por el trabajo que se llevaba a casa de la oficina, siempre lo pillaba mirándome como si le diera miedo que se me fuera a abrir la barriga. Y la noche que me puse de parto, estaba tan nervioso que casi tuve que conducir yo hasta el hospital.

–Oh, espera a que lo vea –dijo Bree riéndose–. ¡Pienso restregárselo! Bueno, si no estás ocupada, podría pasarme por tu casa.

–Vente –dijo inmediatamente–. Connie va a traer pizza. Seguro que habrá suficiente para uno más.

–¿Te has fijado en cómo estoy comiendo estos días? La llamaré al móvil y le diré que traiga dos.

–Hasta luego, entonces.

Cuando colgó, Heather no podía parar de sonreír. Por primera vez desde la universidad, estaba haciendo amigas. Sí, de acuerdo, Bree era la hermana de Connor, así que era un poco arriesgado, probablemente, y Connie era familia política de los O'Brien por el matrimonio de Bree con Jake, pero aun así eran unas mujeres con cuya compañía disfrutaría; unas mujeres que claramente entendían la montaña rusa emocional en que había estado subida.

–Esto es bueno –murmuró mientras echaba hielo en unos vasos y servía sus refrescos.

Y por primera vez desde que se había mudado a Chesapeake Shores, se sintió de verdad como si no sólo estuviera abriendo un negocio, sino también haciéndose hueco en una comunidad que sería su hogar.

Cuando oyó la primera llamada a la puerta, Heather se encontró allí no sólo a Bree, sino también a Jake.

–Ha insistido en subir las escaleras conmigo para asegurarse de que no me caía –le explicó Bree con un tono exagerado de disgusto, aunque con un enorme brillo en la mirada.

–Deja de quejarte, mamá –dijo Jake–. Hasta que este niño salga al mundo, donde pueda cuidar de él directamente, tú y yo seremos uno. Acostúmbrate.

Bree lo fulminó con la mirada.

–¿Significa eso que en cuanto el bebe nazca se llevará

toda tu atención? ¿Soy para ti solamente una especie de incubadora?

Él no logró contener una sonrisa.

–Creía que eso era lo que querías, que dejara de estar pendiente de ti. Te he oído decirlo hace diez minutos.

Heather alzó una mano.

–Ya vale, chicos. El objetivo es tener un bebé feliz y saludable y una madre satisfecha y contenta, ¿verdad?

–Sí –respondieron los dos.

–Así me gusta, que estéis de acuerdo –dijo Heather y empujó delicadamente a Jake hacia la puerta cuando él no mostró intención de marcharse–. Tu hermana y yo cuidaremos de ella durante las próximas horas. Vete, ponte a pintar, tómate una cerveza y relájate.

A regañadientes, Jake retrocedió.

–Si me necesitas, llámame, ¿vale? –le dijo a Bree justo cuando Connie llegaba con dos cajas de pizza. Él olfateó el aire–. O quizá podría quedarme.

Connie lo miró.

–¿De verdad quieres decirles a tus amigos que has pasado la noche del sábado en una fiesta de chicas? He traído *Love Story*. Piensa en tu imagen, hermanito.

Él gruñó ante la mención de tan lacrimógena película.

–Me largo de aquí –pero en lugar de irse inmediatamente, volvió a entrar para darle un beso a Bree–. Llámame cuando quieras irte a casa.

–Yo la llevo –dijo Connie.

Jake no parecía muy seguro.

–Te la devolveré de una pieza. ¡Y ahora sal de aquí o empezaré a contar historias sobre ti que ni siquiera tu mujer conoce!

Eso finalmente lo hizo salir del apartamento.

Bree se dejó caer en el sofá.

–Quiero a ese hombre, pero necesito un poco de espacio.

–Espera a que tengas que necesitarlo por las noches para dar de comer al bebé y cambiar pañales –predijo Connie–. Te costará averiguar dónde se está escondiendo.

Heather pensó en los días de recién nacido de Mick y en lo mucho que Connor se había ocupado de él.

–La verdad es que Connor fue impresionante con eso –dijo al dar un mordisco a la todavía humeante pizza. Después de masticar pensativamente, añadió–: Tal vez ayudó que se quedaba hasta altas horas de la madrugada trabajando en sus casos, pero no podría deciros cuántas veces lo he encontrado medio dormido en una silla con un archivo en una mano y el bebé durmiendo en su pecho.

–¿Y los pañales? –preguntó Bree escépticamente.

–También cambió unos cuantos.

Connie la miró incrédula.

–¿Y, aun así, lo abandonaste? –en cuanto esas palabras salieron de su boca, pareció avergonzada–. Lo siento. No es asunto mío.

–No pasa nada –respondió Heather–. A veces yo también me pregunto si estaba loca.

–Bueno, Connor es mi hermano y lo adoro –dijo Bree al sacar otra porción de pizza de la caja–, pero entiendo por qué hiciste lo que hiciste. El matrimonio importa. Significa algo cuando dos personas están ante un sacerdote o un juez y dicen «sí, quiero».

–Debería ser así –dijo Connie, dando un sorbo a su refresco–. Claro que cuando yo me casé, lo único que significó para mi marido fue que estaba comprándose una cocinera y una limpiadora permanente. Jenny me robaba todo mi tiempo y mi atención –sacudió la cabeza–, y él era un cerdo egoísta. ¡No sé cómo no pude verlo antes!

–Aun siendo una gran creyente en el matrimonio –dijo Bree–, creo que todas nos engañamos a veces y vemos lo que queremos ver en un hombre. Fijaos en el error que cometí con mi llamado «mentor» en el teatro de Chicago. Me convencí de que estaba enamoradísimo de mí cuando en realidad estaba enamorado del sonido de su propia voz. Yo no era más que el público que lo adoraba –dijo avergonzada–. ¡Y pensar que podría haber perdido a Jake para siempre por un hombre así!

Heather escuchó a las dos mujeres y encontró consuelo en lo que estaban diciendo.

–Así que las dos habéis pasado por momentos difíciles y habéis sobrevivido –comentó.

–¡Más que sobrevivir! –dijo Bree–. Yo he prosperado. Ahora soy mucho más feliz de lo que jamás pude imaginar. Adoro mi floristería y tener mi propio teatro es increíble. He escrito mi primera obra en años y espero producirla la próxima temporada.

–Y puede que yo no haya encontrado a un hombre excitante en, digamos, los últimos cinco años o más –añadió Connie–, pero tengo una hija maravillosa, un hermano fantástico y una vida bastante buena. Incluso disfruto trabajando en la guardería para Jake.

Se puso seria, dejó a un lado la porción de pizza que acababa de sacar de la caja y confesó:

–Sinceramente, no sé qué demonios voy a hacer el próximo otoño cuando Jenny se vaya a la universidad. No puedo imaginarme sola en esa casa.

–Podrías venderla y comprarte una de esas casitas pequeñas tan monas que están construyendo a las afueras del pueblo –sugirió Bree. Miró la pizza con anhelo, se estremeció al perder la batalla contra su fuerza de voluntad y tomó otra porción.

Connie sacudió la cabeza.

–Me temo que el síndrome del nido vacío me va a sacudir con más fuerza de lo normal –dijo desconsolada.

–Necesitas una afición –le aconsejó Bree.

–Ya me he apuntado a las clases de costura de Heather.

Bree sacudió la cabeza.

–No te ofendas, pero necesitas una que te ayude a conocer hombres.

Connie la miró divertida.

–¿Tienes una de ésas?

–Podrías trabajar como voluntaria en mi teatro. Hay un montón de cosas que podrías hacer.

–¿Y cuántos hombres hay allí que no estén casados o no sean gays?

–Tienes razón. De acuerdo, ¿qué otros intereses tienes?

Cuando Connie se quedó en silencio, Heather preguntó:

–¿Te gusta leer? Shanna tiene un club de lectura en su tienda. Me lo comentó el otro día.

–Creo que no. No me gusta la presión de tener que leer algo con una fecha límite –dijo Connie y miró a Bree–. Aunque sí que compré esos libros que me recomendó tu tío Thomas cuando dio esa charla para Shanna. Me gusta el trabajo que hace.

–Pues trabaja como voluntaria –dijo Bree emocionada–. Es perfecto. Es una gran causa. Kevin puede ponerte al día o puedes pasarte por casa mañana. El tío Thomas vendrá a la comida de Pascua, estoy segura. Nunca se pierde una celebración. Podrá darte ideas él mismo. Y trae también a Jenny.

–No puedes invitar a dos personas más a la cena –protestó Connie.

–Claro que puedo. Si hay algo que nos encante a los O'Brien, es una mesa llena de gente. Así papá no centra toda su atención en nosotros y no se entromete tanto. Y la abuela cree que tener invitados hace que todos nos comportemos mejor –se encogió de hombros–. Además, siempre hay comida suficiente para un regimiento. Prométeme que estarás allí. No quiero imaginaros a Jenny y a ti solas. Heather también vendrá, ¿verdad?

Heather asintió.

–Ven. Será agradable tener otra cara amiga entre tanta multitud de O'Brien.

–Háblalo con Megan y con Nell e iré –dijo Connie finalmente–. Ahora, vamos a poner la peli. A lo mejor si soltamos suficientes lágrimas, quemaremos algunas de las calorías que hemos consumido.

–Lo dudo mucho –dijo Bree tocándose la barriga–. Últimamente, sólo con mirar la comida engordo.

–Claro, pero es que has hecho algo más que sólo mirar la pizza –bromeó Connie–. Seguro que te has comida una entera.

–Culpable –admitió Bree sin arrepentimiento–. ¿Podríais no decírselo a mi marido, por favor? Empezará a obsesionarse e insistirá en que dé un paseo con él en cuanto me levante mañana.

–Tu secreto está a salvo con nosotras –prometió Heather.

Se sentaron en el sillón y se pasaron una caja de pañuelos de papel.

–Ya sabemos cómo termina, así que es mejor que estemos preparadas.

–¿Y el chocolate? –preguntó Bree–. ¿Tienes chocolate?

Heather se rió mientras sacaba una bolsa de galletas de chocolate de un cajón.

–Aquí tienes, aunque no entiendo cómo puedes comer después de tanta pizza –dijo mientras Bree tomaba una.

–Siempre hay sitio para el postre.

En menos de dos horas, estaban llorando según los títulos de crédito ocupaban la pantalla.

–Justo lo que necesitaba –dijo Connie secándose las lágrimas de las mejillas. Se levantó–. Ahora, será mejor que te lleve a casa, Bree, o Jake se presentará aquí aporreando la puerta. Y, además, tengo que volver a casa para asegurarme de que Jenny llega a su hora.

Con las mejillas empapadas, Heather las acompañó a la puerta.

–Muchas gracias por venir. Ha sido muy divertido.

–Lo repetiremos –prometió Connie–. Hasta mañana.

Bree intentó abrazarla, pero su barriga se lo ponía difícil. Se encogió de hombros y se conformó con un beso en la mejilla.

–Hasta mañana.

Heather las vio bajar las escaleras y entrar en el coche de Connie antes de cerrar la puerta con una sonrisa.

No se había equivocado. Chesapeake Shores estaba convirtiéndose en su hogar.

Capítulo 7

Cuando Connor llegó a casa de la abuela, para su sorpresa se encontró allí a Jess y a Will. Se agachó y besó a Nell antes de darle un abrazo a su hermana.

–Siempre te ha gustado probar el jamón en cuanto sale del horno –le dijo a su hermana y después se dirigió a Will–: ¿Qué te trae por aquí?

–Espero ser el segundo en probarlo. Además, había oído que te pasarías por aquí y he pensado que podríamos ir a tomar algo después de ocuparnos de las tareas que nos tenga preparadas tu abuela.

–Hay que llevar el jamón a la casa grande. Y también las tartas. Después, sois libres.

A Will se le iluminaron los ojos.

–¿También hay tarta?

La abuela le lanzó una mirada de advertencia.

–No te atrevas a probarlas. Si quieres tarta, tendrás que esperar a mañana.

Will sonrió esperanzado.

–¿Es eso una invitación oficial?

–Por supuesto –dijo la abuela–. A estas alturas ya deberías saber que siempre eres bienvenido. De pequeño siempre estabas por aquí, así que eres como de la familia. Y ahora que tus padres se han ido a vivir a Florida, imagino que te sentirás muy solo en los días de fiesta. Piensa en nuestra casa como si fuera tuya.

Will le dio un beso en la mejilla.

–Gracias –se giró hacia Connor–. Bueno, ahora que ya me he ganado una invitación a la fiesta de mañana, ¿qué me dices de lo de esta noche? ¿Estás disponible?

–Cuenta conmigo –dijo Connor de inmediato–. Jess, ¿tú qué dices?

Ella le lanzó a Will una mirada de desconfianza.

–Depende. ¿Vamos a salir por ahí y a divertirnos o vas a empezar a psicoanalizarme otra vez?

–No yo no te psicoanalizo –le contestó indignado y después se corrigió–: Al menos, no todo el tiempo.

–Oh, por favor, si no puedes evitarlo –contestó Jess–. Si quiero consejos de un loquero, contrataré a uno.

A pesar de la animosidad de su tono, Will le guiñó un ojo.

–Pero soy el mejor de la zona y, por suerte para ti, trabajo gratis para la familia y los amigos.

Connor los miró a los dos, fijándose en la tensión de Jess y en la diversión de Will.

–¿Estoy perdiéndome algo? ¿Por qué estáis así?

–Oh, estos dos llevan así desde que eran adolescentes –dijo la abuela–. Uno de estos días uno de los dos se despertará y olerá las rosas.

Jess se giró bruscamente hacia su abuela.

–¿Qué estás sugiriendo? No estoy interesada en él, es totalmente mentira.

–Lo mismo digo –dijo Will, aunque él parecía menos seguro.

Connor se rió y echó un brazo sobre los frágiles hombros de su abuela.

–No sé cómo no me he dado cuenta antes, pero tienes toda la razón. De pronto noto como mucho calor aquí dentro. ¿Deberíamos dejarlos solos para que solucionen las cosas?

–¡Ni te atrevas! –dijo Jess bruscamente–. Y si hace calor aquí dentro, es porque ese estúpido horno está encendido –alzó las manos al aire–. Me largo de aquí. Vosotros dos podéis salir por ahí solos. No me apetece nada pasar mi noche de sábado con un par tan patético.

Connor hizo una mueca al verla salir corriendo de la cocina. Oyó la puerta cerrarse y se giró hacia Will.

–Lo siento, colega. No tenía ni idea.

–Estáis imaginándoos cosas –dijo Will–. Jess es como una hermana para mí. Eso es todo.

La abuela sacudió la cabeza con lástima.

–¡Y tú eres el del doctorado! En mis días, los hombres no eran ni la mitad de espesos. Luchaban por la mujer que querían en lugar de actuar como tontos hasta que era demasiado tarde –su mirada de disgusto iba dirigida a los dos–. Llevad el jamón y las tartas a la casa. Yo me voy a dormir. Quiero ir a la misa de primera hora.

Cuando salió de la cocina, Connor miró a su amigo. Por lo general admiraba lo perspicaz que era su abuela con la gente, pero no le hacía tanta gracia cuando sus comentarios también iban dirigidos a él.

–¿De verdad somos los tontos que nos ha acusado de ser?

–Lo más probable –le confirmó su amigo.

–Lo que me temía.

Por desgracia, el único modo de cambiar el camino que estaba siguiendo, ignorar todo lo que creía sobre el matrimonio, le resultaba absolutamente inaceptable.

Connor iba por su tercera copa en Brady's cuando se dirigió a Will para decirle:

–Exactamente, ¿desde cuándo sientes algo por mi hermana?

Will se negó a mirarlo a los ojos.

–No siento nada por ella.

–Mírame a los ojos y dilo –le ordenó Connor.

Will suspiró y se giró aunque sin llegar a mirarlo fijamente a los ojos.

–No siento nada por Jess –respondió como si hubiera entrenado la frase.

Connor se rió.

–Necesitas mucha más práctica para engañarme con eso, amigo mío. Y, bueno, ¿has hecho algo al respecto? ¿Le has pedido que salga contigo?

–Jess ha dejado muy claro la opinión que tiene de mí –respondió Will–. Ya la has oído. La aterroriza que la psicoanalice, que diseccione cada palabra que dice y la convierta en un caso de estudio o algo así.

–¿Es eso lo que quieres hacer?

–¿Has visto a tu hermana? –preguntó Will con incredulidad–. ¿Es eso lo primero que se te vendría a la mente?

Connor sintió que era su deber de hermano tragarse la carcajada que quería soltar.

–¡Ey, es mi hermana! Cuidado con lo que dices.

Will suspiró.

–Lo único que digo es que no pienso en Jess como en un caso de estudio.

–Pues entonces, díselo.

–¿No crees que ya lo he hecho? –alzó una mano–. Bueno, ya basta. Vamos a hablar de Heather y de ti. ¿Cómo va la cosa?

–No va –admitió Connor–. Y no lo hará mientras me niegue a ceder y a casarme con ella. No entiendo por qué no le basta con el hecho de que la ame y quiera que ella y nuestro hijo vivan conmigo. Que yo sepa, le he ofrecido un compromiso de por vida.

–Y, por supuesto, ella no lo acepta.

–Claro, aunque no lo entiendo.

–Tal vez sea porque ve que hay una especie de vacío en ese compromiso, como si mañana cambiaras de opinión y pudieras abandonarlos así, sin más.

–Podría hacer lo mismo si estuviéramos casados –le discutió Connor–. La gente lo hace todo el tiempo.

–Pero si tienen que ocuparse de todos los asuntos legales, muchos se lo piensan dos veces –dijo Will–. No pueden abandonar a la otra persona sin más.

Connor lo miró con incredulidad.

–¿Ah, no? ¿Sabes cuántas personas que vienen a mí han intentado arreglar las cosas? Tal vez el diez por ciento. La mayoría salen corriendo al primer signo de problemas.

–¡Venga ya! –protestó Will–. Eso no puede ser. Seguramente no te cuentan todos los detalles sobre lo que han intentado para salvar su matrimonio. Para cuando van a verte, ya están listos para dar el siguiente paso.

–Les pregunto cuánto tiempo hace que sienten que su matrimonio tiene problemas y qué han hecho para mejorar las cosas –dijo Connor.

–¿Y?

–Para demasiados de ellos, el divorcio es la primera opción, no la última.

Will se quedó como atribulado por su respuesta.

–Pues eso es muy triste.

–Estoy de acuerdo. A pesar de mis creencias y de lo que todos en mi familia piensen sobre mis opiniones con respecto al tema, incluso animo a mis clientes a buscar consejo profesional, a acudir a un terapeuta. Después de todo, sé lo que es ser un niño atrapado en mitad del divorcio de sus padres y eso no se lo deseo a nadie. Pero casi nadie me hace caso. Sólo quieren dar por finalizado su matrimonio. Tal vez debería insistir, pero no lo hago.

Miró a Will con curiosidad.

–¿Y tú qué? ¿Haces muchas terapias matrimoniales?

–Algunas, pero por lo general suele ser sólo una parte la que acude a pedir ayuda y la otra se niega a participar. Cuando eso sucede, el divorcio es prácticamente inevitable.

–¡Pues ahí lo tienes! –dijo Connor con actitud triunfante–. Tú también lo ves. El matrimonio no tiene sentido cuando lo más normal es que termine y acabe rompiendo corazones.

Will sacudió la cabeza.

–Lo siento, colega, pero yo no lo veo así. Creo que es el único paso a tomar cuando dos personas se aman de verdad.

–No es más que una alianza y un papel.

–Simbolizan mucho más –insistió Will–. Representan un compromiso, seguridad y sentimientos que merece la pena cuidar y alimentar durante toda tu vida.

–O hasta que dejen de ser todo eso –le corrigió Connor cínicamente. Suspiró–. Esto es deprimente. Vamos a hablar de otra cosa.

–Pero ésta es la conversación que importa –dijo Will mirándolo fijamente–. Vamos, Connor, sabes que es así. Tu futuro con Heather y con tu hijo corre peligro. Ella ya te ha abandonado. A menos que te comprometas, uno de estos días encontrará a alguien más y ya será demasiado tarde para ti.

–Comprometerme es una cosa, pero ella quiere que ceda.

–Hazme caso, si no cambias de opinión, seguirá adelante con su vida y, ¿podrás vivir con ello?

Connor no quería pensar en eso.

–Ten cuidado o me negaré a salir contigo también. Jess no es la única que no quiere que se pasen la noche psicoanalizándola.

–Pues entonces, para no perderme la invitación de mañana, prometo no decir nada sobre el amor o el matrimonio. ¿Qué me dices de los Orioles? ¿Crees que tienen alguna oportunidad esta temporada?

Connor sonrió.

–La temporada acaba de empezar y aún soy optimista. Fui a Camden Yards a ver la inauguración de la temporada; el bufete tiene abonos de palco para la temporada. Tendremos que llevar a Mack, a Kevin, a Trace y a Jake uno de estos días a ver un partido.

–Me parece genial –dijo Will–. ¿Alguna vez te arrepientes de no haber probado suerte en el béisbol profesional? Eras muy bueno.

Connor sacudió la cabeza.

–No, no lo era. Puede que ganara alguna temporada en las ligas menores, pero habría perdido el tiempo. Decidí estudiar Derecho y tener un trabajo para toda la vida.

–Resulta interesante que optaras por el derecho matrimonial –comenzó a decir Will, aunque Connor lo detuvo con una fría mirada.

–Ya estás otra vez, analizando.

–¿Qué quieres que haga? Es mi trabajo. Hay gente que lo ve como algo positivo, una ventaja, en lugar de como una amenaza.

–¡Yo no veo tus opiniones como una amenaza!

–¿En serio? ¿Ni siquiera cuando desafían tu bonita y ordenada visión del mundo?

Connor forzó una sonrisa porque cualquier otra respuesta habría sido delatadora.

–No. Simplemente me resulta irritante.

Will sacudió la cabeza.

–Tal vez deberíamos limitarnos a mirar a las mujeres que hay aquí esta noche.

–Por fin un plan que puedo apoyar –dijo Connor, girando su taburete para tener una mejor vista.

Pero, por desgracia, a esa hora del sábado por la noche de un fin de semana de fiesta, el lugar estaba casi vacío. A su lado, Will suspiró, se terminó la cerveza y dejó la botella sobre la barra.

–Me largo. No es que no me apasione tu compañía, pero por lo menos si estoy en casa y dormido, una mujer sexy puede aparecer en mis sueños.

Connor asintió.

–Te sigo.

Además, la única mujer con la que de verdad quería estar, sin duda, estaría en casa durmiendo. Aunque, por desgracia, ni en su casa ni en su cama.

–¿Sabes de verdad dónde has escondido todos los huevos? –le preguntó Kevin a Connor cuando la familia se reunió para la típica búsqueda de los huevos de Pascua el domingo por la mañana después de misa. Parecía un director en un parque de atracciones con su silbato colgando del cuello y su carpeta en una mano.

–¿Qué más da? Son de plástico. No van a apestar el jardín como los de verdad que escondiste aquel año cuando te encargaste tú.

–Todos hemos aprendido muchos desde entonces –dijo Kevin con tono desagradable–. Por lo menos, algunos lo hemos hecho. Al parecer, tú no tanto.

Heather escuchó divertida la conversación y se giró hacia Bree, que estaba sentada junto a ella en el porche.

–¿Estos dos siempre han sido así?

–La verdad es que peor. Connor es un competidor nato, quiere ganar a todo. Probablemente por eso es tan bueno en los tribunales. Perder nunca es una opción para él. Normalmente Kevin es más tranquilo, pero Connor siempre ha tenido la habilidad de sacarlo de sus casillas. La mayoría de las veces creo que lo hace a propósito, para ver cuánto tarda Kevin en ponerse histérico.

Mientras hablaban, Kevin tenía una mirada de exasperación.

–El plástico es genial –le dijo a Connor–. No olerá mal, en eso tienes razón, pero mientras que la mayoría de los huevos tiene caramelos dentro, que no es una pérdida tan grande, otros tienen dinero.

Connor de pronto se sintió algo intranquilo.

–Serán sólo unos centavos, ¿verdad?

Kevin asintió.

–Algunos. Y algunos tienen billetes de un dólar. Papá ha metido incluso un billete de cinco en algunos. Ahora, puede que perderle el rastro a cinco pavos no suponga mucho para un abogado de primera, pero para esos niños es mucho –le dio una palmadita a la carpeta–. Por eso le dije a papá que apuntara lo que ponía en los huevos, para poder comprobarlos al final de la búsqueda. Hay treinta con caramelos, doce con veinticinco centavos, cinco con un dólar y cuatro con cinco. Le he dicho que era mala idea esconder tanto dinero, pero ha insistido.

–El caso es que sabrás si falta alguno.

–Pero no dónde está, tonto.

Heather se rió, aunque intentó ocultarlo cuando Connor miró hacia ella.

–Vale, vale –dijo él–. Si no aparece alguno de los huevos con dinero, yo lo pondré.

–¿Y a quién se lo vas a dar? –preguntó Kevin–. ¿A papá? Porque no puedes elegir a un niño al azar y dárselo. Tendríamos una rebelión.

Bree miró a Heather y puso los ojos en blanco.

–Alguien tiene que parar a estos dos y decirles que empiecen con la búsqueda. Los niños están poniéndose nerviosos.

–A mí no me mires. Son tus hermanos. Yo no soy más que una inocente espectadora.

–Pues entonces supongo que me toca a mí –dijo gruñendo–. Levántame de esta silla.

Heather la ayudó a levantarse y vio cómo se situaba entre sus dos hermanos. Agarró el silbato que colgaba del cuello de Kevin y sopló.

–¡La búsqueda ha comenzado oficialmente! –gritó ante la mirada de sus hermanos.

–¡Ey! –dijo Kevin–. Yo estoy al mando.

–Pues haz algo.

–Claro que el consejo llegó algo tarde porque los niños ya estaban corriendo de un lado para otro, agarrando huevos y metiéndolos en sus cestas. El pequeño Mick gateaba tras ellos, pero no tenía oportunidad de competir.

–¡Connor! –gritó Heather y señaló a su hijo–. ¿Y si le ayudas un poco?

Al ver el problema, él lo levantó en brazos y lo llevó directamente a las jardineras que había junto a la casa donde, inmediatamente, encontraron varios de los coloridos huevos de plástico.

–¡Ey, eso no es justo! –gritó Caitlyn, indignada, con las manos en las caderas–. El tío Connor sabe dónde están todos los huevos.

–No todos –murmuró Kevin.

Abby salió de la casa a tiempo de oír la discusión.

—Caitlyn, preocúpate de encontrar tus huevos. Siempre te ayudábamos cuando eras tan pequeña como tu primo.

Caitlyn se quedó momentáneamente sorprendida por la reprimenda y después salió corriendo y gritó de alegría cuando encontró un huevo al momento.

—¿Necesitan Megan y Nell ayuda en la cocina? —le preguntó Heather a Abby.

—No. Acaban de echarme —contestó Abby—. La abuela sigue un sistema y apenas deja que esté mi madre.

—Me encanta tu familia —dijo Heather e inmediatamente lamentó haberlo dicho cuando Abby y Bree la miraron con compasión. Alzó una mano—. Olvidad lo que he dicho. Seguro que las dos ya sabéis lo afortunadas que sois. Eso es lo único que quería decir.

—No, no es eso —dijo Abby mirando a Connor con disgusto—. Si no tuviera tan claro lo mucho que os quiere al niño y a ti, le patearía el trasero por cómo te está tratando. Incluso para ser un O'Brien, está llevando la testarudez a nuevas cotas.

—Podríamos conchabarnos contra él —sugirió Bree.

—No, rotundamente —respondió Heather aterrorizada ante la idea—. Puede que no esté de acuerdo con la opinión que tiene Connor sobre el matrimonio, pero no puedo negar que cree en cada palabra que dice sobre el tema. No tiene sentido intentar hacerle cambiar de idea. Yo ya me he rendido.

—Pues es una pena —dijo Abby.

Connor, que llevaba en brazos a un agotado Mick, las oyó al llegar al porche y se sentó al lado de Heather.

—¿Qué es una pena?

—No importa —se apresuró a decir Heather.

Abby inmediatamente se levantó y le extendió la mano a Bree.

—Nos necesitan en la cocina —dijo, a pesar de haberle dicho a Heather hacía sólo un momento que la habían echado.

Connor miró a sus hermanas.

–¿Qué les pasa? ¿Estaban agobiándote?

–Claro que no. Me caen muy bien tus hermanas.

–A mí también –dijo él–. Pero eso no significa que no puedan llegar a ser exasperantes. Si se meten contigo o te hacen sentir incómoda, dímelo.

–No pasa nada.

–Pero…

Decidida a no seguir con el tema, miró al pequeño Mick, que parecía estar a punto de quedarse dormido.

–Bueno, ¿cuántos huevos habéis encontrado papá y tú?

Él agarró uno verde intenso y se lo mostró.

–Huevo –pronunció contento.

–¿Sabe que puede que tenga caramelos dentro? –le preguntó a Connor.

–Por suerte no. Y a los demás les hemos prohibido comérselos ahora. De lo contrario, sería imposible sentarlos a comer.

–¿Cómo va la búsqueda de esos huevos cargados de dinero? ¿Ya han aparecido los de dólar y los de cinco?

Connor sonrió con picardía.

–Claro.

–¿Qué quieres decir con «claro»? Hace poco más de media hora a Kevin estaba a punto de darle un ataque –abrió los ojos de par en par al entenderlo todo–. ¿Has dicho que no sabías dónde estaban los huevos para ponerlo nervioso, verdad? ¿Has hecho un mapa?

Él sacó un detallado esquema de su bolsillo trasero. Cuando ella sacudió la cabeza, Connor dijo:

–Ey, tenía que divertirme un poco, ¿no? Este año no iban a dejarme buscarlos.

Heather se rió.

–Eres terrible.

–En eso parece coincidir todo el mundo –dijo y la miró a los ojos–. Antes te gustaba mi lado de chico malo.

Y aún le gustaba, pero sabía que admitirlo sería un gran error.

–Sin comentarios.

Él sonrió.

–Cielo, ¿no sabes que evadir algo es igual que admitirlo?

–No apliques tu lógica de tribunal conmigo.

–No es lógica de tribunal. Es naturaleza humana. La gente que no puede pronunciar una mentira, recurre a la evasión –la miró pensativo–. Podría demostrártelo.

–¿Demostrarme qué?

–Que aún te gusta el chico impetuoso que hay en mí.

–No lo creo –respondió Heather, decidida a no dejarse engañar por sus tretas.

Pero antes de saber lo que pretendía, él se había levantado y estaba inclinándose hacia ella. Con su hijo en un brazo, posó el otro sobre la silla de Heather. Vaciló un segundo, y al instante la besó en los labios.

Heather se forzó a permanecer pegada a la silla, a no responder de ninguna manera ante ese beso. Pero Connor era muy paciente y allí se quedó, muy cerca, provocándola, hasta que ella vio cómo su fuerza de voluntad perdía ante el ingenio y el poder de los labios de él, y no pudo más que reaccionar.

El beso pareció durar una eternidad… y, aun así, no lo suficiente. Le recordó todo lo que había, y no había, entre los dos.

Al momento, él se apartó con los ojos brillantes y una mirada pícara.

–Confirmo lo que he dicho.

Cuando ella pudo respirar y hablar sin que se le quebrara la voz, preguntó:

–¿Te das cuenta de la que acabas de organizar?

Él la miró como si no la entendiera y ella asintió hacia el público que los observaba en silencio: Mick, que acababa de salir al porche para avisar de que la comida estaba preparada, Kevin, Trace, Jake y todos los niños que volvían contando sus huevos con la esperanza de ganar el gran premio del día, una tarjeta regalo de la juguetería. Todos estaban allí, frente a ellos, boquiabiertos.

–Bueno –dijo Mick sonriendo–, me alegra ver que has entrado en razón.

–Ha sido sólo un beso, papá. No es lo que crees.

–Lo que yo creo no importa. Lo que importa es lo que cree Heather. ¿Qué va a pensar de un hombre que por un lado deja muy claras sus intenciones y que, por el otro, va por ahí robándole besos?

–Heather sabe exactamente lo que está pasando –dijo Connor y la miró–. ¿Verdad?

Aunque una parte de ella se moría por creer que algo había cambiado, sabía bien que no era así.

–Todo está clarísimo –respondió con tirantez.

Mick la miró con demasiada compasión y eso la hizo querer echarse a llorar. Para evitar quedar como una idiota, se levantó, le quitó a Connor el niño de los brazos y entró en la casa.

–Tengo que llevarlo a dormir la siesta –dijo, aunque dudaba que se creyeran la excusa por muy verdad que fuera. Todo el mundo sabía que estaba huyendo de Connor y de sus sentimientos.

Capítulo 8

Megan miraba a Nell con preocupación. Su suegra llevaba horas de pie en la cocina después de haber ido a misa, y aunque no mostraba signos físicos de cansancio, el agotamiento sí que se reflejaba en sus ojos y en su piel, más pálida de lo habitual. Eso le hizo pensar que todos tenían que ser más considerados con Nell, debido a su edad, a pesar de que era algo que horrorizaría a la mujer.

–Nell, siéntate aquí conmigo a tomar una taza de té –insistió Megan, que ya estaba calentando el agua–. Las dos llevamos de pie demasiado rato, nos merecemos un descanso antes de que empiece la verdadera locura en la casa. Si esta familia aumenta mucho más, tendremos que contratar un catering y alquilar un local para celebrar estos eventos.

–Venga, ya sabes que nunca renunciaría a esto. Y no es hora de descansar. Tenemos que sacar la comida a la mesa –a pesar de la protesta, sí que se sentó junto a la mesa de la cocina, cerró los ojos y admitió–: ¡Ay, qué bien!

–Y no nos sentiremos culpables por esto ni un segundo –añadió Megan–. Los niños están encantados buscando los huevos y los demás no van a morirse de hambre si las dos nos relajamos unos minutos.

Nell aceptó la taza de té que Megan le había preparado y suspiró.

–Odio admitirlo, pero tienes razón en una cosa. Puede que esto esté haciéndose demasiado para mí.

Fue una sorpresa oír esas palabras saliendo de la boca de Nell, y es que Megan nunca había oído a su suegra admitir que estaba haciéndose mayor. Tampoco era normal que no la hubiera criticado por haber preparado el té con bolsitas en lugar de con té suelto, tal y como ella prefería. Estaba claro que ya no era la de antes, y eso preocupó a Megan más todavía.

–Bueno, pasará un tiempo hasta que volvamos a tener una celebración familiar como ésta –le dijo Megan, eligiendo sus palabras cuidadosamente–. Aunque las comidas de los domingos no son menos caóticas. ¿Qué te parecería dejar de hacerlas todas las semanas y reducirlas a una vez al mes?

–¡Por Dios, no! –exclamó la mujer inmediatamente–. No es una tradición que quiera romper. Me gusta tener a todo el mundo sentado a esta mesa y creo que hace que los más jovencitos vean la importancia de la familia.

–De acuerdo –dijo Megan. Lo cierto era que ella estaba de acuerdo, pero no le gustaba ver a Nell tan cansada. Pronunció las siguientes palabras con más cuidado todavía–. Pero, ¿por qué no pensamos en algo para darle un enfoque distinto a las comidas y que sean menos extenuantes?

Nell la miró con escepticismo.

–¿Cómo por ejemplo? ¿No irás a decirme que quieres romper con esta tradición y que cada uno de la familia vaya por su lado? ¿No acabo de decirte que me niego a eso?

–La verdad es que estaba pensando en celebrar las comidas aquí, como de costumbre. Tú podrías preparar uno de los platos preferidos de la familia, como tu guiso de carne o la ternera con col, y después todos los demás podrían traer un plato.

Nell parecía horrorizada.

–Esa especie de comida comunitaria es para la iglesia, no para reuniones familiares.

Megan insistió, a pesar de las claras objeciones de Nell.

–No hace mucho tú misma dijiste que todos tenían que aprender a cocinar tus especialidades. ¿No crees que sería la forma ideal de enseñarles? Dale una receta a cada uno de tus nietos y después pasa algo de tiempo con ellos enseñándoles a hacerla. Ellos también deberían implicarse en los preparativos de las comidas familiares.

A pesar de su inicial negatividad ante el tema, Nell parecía cada vez más intrigada por la idea.

–Eso me daría la oportunidad de ver más a mis nietas, que siempre están tan ocupadas. No sé cuándo fue la última vez que paseé un rato a solas con Abby, ahora que siempre está yendo a su oficina de Baltimore. Y aunque Jess esté al final de la calle, el hotel le quita todo su tiempo. En cuanto a Bree, tiene su teatro y su floristería y un bebé en camino. Pronto no le quedará nada de tiempo libre, así que estaría bien asegurarme un poco de ese tiempo con cada una.

–Exacto –dijo Megan sintiéndose triunfante–. Y yo me encargaré de tener la casa preparada porque, como todos hemos decidido, la cocina se me da fatal.

–No hemos decidido nada parecido. No se te da fatal. Es más, el domingo que viene lo voy a dedicar por completo a enseñarte a preparar mi carne a la cazuela. Siempre ha sido el plato favorito de Mick, y también de Thomas. Jeff, en cambio, prefiere el pollo asado con puré de patatas y salsa de carne. Le enseñaré a su mujer el secreto para que la salsa salga perfecta.

–¿Entonces te gusta la idea de pasarle tus recetas a la próxima generación?

–Sí, siempre que nadie piense que me estoy haciendo vieja y frágil y empiece a tratarme como si estuviera en las últimas –dijo con energías y ánimos renovados.

Megan le sonrió.

–Nadie se atrevería a hacerlo. Aún te queda mucha vida, Nell. Todos estamos seguros de ello.

–Pues entonces, supongo que no puedo defraudaros –dijo la anciana levantándose–. Vamos a llevar esta comida a la mesa. Creo que me ha entrado hambre y eso es raro últimamente.

Megan se fijó en que había recuperado el color y que sus ojos volvían a brillar. Sin embargo, tendría que recordarles a los demás, con mucha discreción por supuesto, que Nell no era invencible. Tenían que buscar modos de cuidar de ella sutilmente sin hacerla sentir como si ya no les hiciera falta, porque lo cierto era que Nell siempre había sido el aglutinante que mantenía unidos a los O'Brien.

Mientras todos entraban para la comida de Pascua, Heather fue a buscar a Megan.

—Odio tener que darle tanta importancia a esto, pero por favor, no hagas que me siente al lado de Connor —le suplicó.

Megan la miró primero con sorpresa y después con comprensión.

—No hay problema. Te sentarás en el otro lado de la mesa junto a mí —dijo y añadió sarcásticamente—: Así, estando conmigo, te asegurarás de que él no se acerca —señaló una silla situada entre la suya y la de Nell—. Vamos —le dijo.

Cuando Connor entró y vio a Heather en el otro extremo de la mesa, frunció el ceño, pero no hizo intención de acercarse. Se sentó entre su prima Susie y su primo Matt.

Una vez habían bendecido la mesa y los platos empezaron a pasar de mano en mano, Megan agarró el tenedor y miró a Heather.

—¿Ha pasado algo antes? ¿Habéis discutido?

Heather sacudió la cabeza.

—Sea lo que sea, puedes contármelo —le recordó la mujer—. Soy la madre de Connor, pero me gustaría pensar que las dos estamos haciéndonos amigas.

—Aquí no puedo, y mucho menos ahora —contestó Megan forzando una sonrisa. Se giró deliberadamente hacia la madre de Connor—. El jamón está absolutamente delicioso.

Nell le dio una palmadita en la mano.

—Gracias, querida. A Connor siempre le ha encantado el jamón asado. ¿Quieres que te enseñe a prepararlo?

Heather sabía lo que la mujer estaba haciendo, dando por hecho que ella algún día tendría que saber cómo complacer a Connor preparándole su plato favorito, pero no pudo evitar asentir.

—Me encantaría —en las raras ocasiones en las que había estado con Nell a solas, había encontrado sus consejos de lo más acertados y su cálida actitud totalmente reconfortante.

—Entonces fijaremos un día y te enseñaré —dijo Nell y la agarró de la mano—. Todo saldrá bien, ya lo verás. Mi nieto puede ser un tonto, pero tiene un buen corazón que está lleno de amor por ti.

—Sé que tiene un buen corazón —dijo Heather ignorando el comentario sobre el hecho de que Connor la amara—, pero no estoy segura de que lo sepa. Estoy convencida de que cree que carece de corazón y que nadie lo tiene.

—Pero entonces le demostrarás lo contrario, ¿verdad?

Heather se quedó asombrada por la fe que Nell había puesto en ella, pero no compartía su opinión.

—Ya lo he intentado.

—Pues inténtalo más. Ese niño que tenéis no se merece menos.

—Sí —respondió Heather con voz suave y mirando furtivamente a Connor—. Sí, no se merece menos.

Pero parecía cada vez menos probable que pudiera encontrar un modo de asegurarse de que el pequeño Mick tenía la familia que se merecía.

Connor no sabía cómo había podido tragarse su comida sabiendo que, una vez más, había molestado a Heather. Sin embargo, no estaba seguro de si había sido el beso en sí lo que la había enfurecido o el hecho de que hubieran tenido público. Tan sólo había intentado demostrarle que tenía razón y, en realidad, lo había logrado, pero esa sensación momentánea de triunfo se había desvanecido cuando había entrado en el comedor y la había visto sentándose entre su madre y su abuela. Cuando veía un desaire, lo reconocía.

En cuanto la comida terminó y la familia se levantó de la mesa, se formó un caos: unos salieron al jardín a jugar a la pelota y otros empezaron a recoger. Connor dio por hecho que Heather estaba escondiéndose en la cocina, pero cuando fue a comprobarlo, vio sólo a sus hermanas Jess y Abby y a su prima Susie.

–¿Habéis visto a Heather?

–Se ha ido a casa con el pequeño Mick –respondió Abby y añadió–: ¿Es que no te ha dicho que se iba?

–No, porque si me lo hubiera dicho, no estaría aquí preguntándooslo –contestó irritado–. ¿No se encontraba bien?

–Imagino que ya estaba harta de que le lanzaras señales confusas, hermano –le dijo Jess–. He oído lo de ese beso que le has dado delante de todos.

–Todos nos hemos enterado –añadió Abby–. La has avergonzado.

Él se sentó en la mesa de la cocina.

–Sólo intentaba demostrarle algo.

Abby le tiró un paño.

–Bueno, si vas a quedarte aquí esperando que te demos consejos, al menos puedes secar las ollas y las sartenes.

–No os he pedido consejo –farfulló, pero se levantó, agarró una de las sartenes y miró a Abby–. ¿Tienes alguno?

–Siempre está el obvio –apuntó Susie–. Un anillo de compromiso sería un excelente comienzo –y con gesto de ensoñación, añadió–: Me pregunto si me comprometeré alguna vez.

–Claro que sí –le dijo Abby y sonrió–. Podría pasar pronto si Mack y tú dejarais de jugar y admitierais que estáis locos el uno por el otro.

Connor escuchó la conversación y les recordó:

–Ey, se suponía que estábamos hablando de Heather y de mí.

–Pues te puedes aplicar el mismo consejo –dijo Abby–. Deja de jugar y haz algo. De lo contrario, pienso presentarle a Heather al primer hombre atractivo que me encuentre.

Connie entró en la cocina justo en ese momento.

—¿He oído que estás ofreciendo hombres atractivos a la gente? Ponme en la lista de espera.

—¡A mí también! —añadió Jess.

Connor las miró a todas con gesto de enfado y se centró en Abby que, como la mayor, solía hacer exactamente lo que decía que haría.

—No quiero oír que estás buscándole citas a Heather —la advirtió.

Abby le lanzó otra de sus inocentes miradas.

—¿Por qué no? Si a ti no te interesa…

—Yo nunca he dicho que no me interese. Amo a esa mujer, ¡maldita sea!

Cuando estallaron los aplausos, él sacudió la cabeza.

—No estáis siéndome de ayuda. Es como si pertenecierais a una especie de hermandad.

—Ey, hermano —dijo Jess—, querías consejo y aquí lo tienes. No le eches la culpa al mensajero si no es lo que querías oír.

Connor no vio sentido a seguir dándole vueltas a lo mismo. La mujer con la que de verdad tenía que hablar no estaba en esa habitación.

Sin embargo, cuando llegara el momento, no tenía la más mínima idea de lo que le diría.

Thomas no podía soportar tanto alboroto en la casa. Por mucho que le encantaban las habituales comidas de domingo y las celebraciones familiares, no tardaba mucho en gravitar hacia el agua en cuanto le surgía la oportunidad. Como la marea estaba alta y no dejaba más que una estrecha tira de arena a lo largo de la orilla, salió al muelle y se sentó en un banco.

En días como ése, lamentaba no haberse quedado con una de las casas que Mick había construido en Chesapeake Shores para él. Había tenido la opción de hacerlo, como uno de los constructores, pero Mick y él habían tenido diferencias y no había podido imaginarse viviendo cerca de su hermano mayor. Su mujer en aquel momento también había querido residir en la gran ciudad, así que establecerse en Annapolis había tenido más sentido. Por lo menos se había quedado en la bahía, aunque ahora vivía en un pequeño apartamento porque la mayoría de su sueldo iba destinado a mantener a sus dos exmujeres.

Ante el sonido de unas pisadas sobre los envejecidos tablones, alzó la mirada y vio a Connie, la hermana de Jake, vacilando a medio camino y le indicó que se sentara a su lado.

—¿Tú también necesitabas escapar? Vamos, hay sitio en el banco.

—¿Estás seguro? Parece que estés muy pensativo.

Thomas se encogió de hombros.

—Supongo que sí —y al no querer admitir lo que estaba pensando, improvisó diciendo—: Siempre que estoy junto a la bahía, mi mente tiende a vagar por las cosas que debería estar haciendo para asegurarme de que se recupera y, ya que no puedo hacer nada por mejorar su estado ahora mismo, me vendría muy bien una distracción.

Connie se sentó a su lado.

—Esto es precioso. A veces olvido lo afortunada que soy de vivir en un lugar tan maravilloso.

—Ojalá más gente apreciara Chesapeake y pusiera algo de su parte para asegurarse de que sigue estando así —dijo lamentándose.

Se fijó en que los ojos de la mujer se habían iluminado con su comentario.

—La verdad es que esperaba hablar contigo de esto. Oí tu charla cuando Shanna y tú organizasteis esa recaudación de fondos el año pasado. Me compré varios de los libros que recomendaste y me gustaría saber qué puedo hacer para involucrarme en la causa. No sé si podría ser de ayuda, pero estoy dispuesta a hacer lo que haga falta. Enviar cartas, hacer llamadas, lo que sea.

Thomas la miró sorprendido.

–¿De verdad quieres trabajar como voluntaria? ¿No me equivoco al pensar que eres madre divorciada y que trabajas para Jake? ¿Tienes tiempo?

–La verdad es que mi hija se irá a la universidad en otoño, así que estoy empezando a prepararme para lo que será estar sola. Tengo que desarrollar algún interés o afición, y preservar la bahía es algo que me importa de verdad.

Thomas jamás rechazaba a un voluntario entregado. Había estado dándole vueltas a una idea desde que había dado aquella charla para Shanna y tal vez había llegado el momento de ponerla en marcha.

–¿Qué tal tus habilidades de organización?

Connie se rió y sus ojos marrones se iluminaron.

–Tú mismo lo has dicho: soy madre divorciada y trabajo. Se me da genial hacer malabares con varias cosas a la vez.

–¿Te llevas bien con Shanna?

–Claro.

–¿Qué te parecería si las dos organizarais algunos actos parecidos al que hice el año pasado? Vendré a dar una charla, ella venderá libros, e intentaremos recaudar no sólo dinero, sino también conciencia para con la causa. Me gustaría dar varias charlas a lo largo de la bahía durante el verano.

–¡Es una idea fantástica! –dijo Connie de inmediato–. Me encantaría trabajar en ello. ¿Crees que podría acercarme a la oficina central de la fundación para ver qué investigaciones están llevando a cabo y ponerme al día? Y me encantaría salir en barco cuando estéis trabajando en uno de vuestros estudios. Creo que trabajaré mejor si sé de lo que hablo.

Thomas quedó encantado tanto con su entusiasmo como con su profesional enfoque.

–Llámame cuando tengas tiempo y lo haremos. Además, Shanna, tú y yo deberíamos reunirnos pronto para hablar de todo esto. Ya se lo he mencionado, pero vi que se quedó un poco abrumada por la idea de tener que organizarlo todo ella sola. Además, Kevin me mataría si le robara toda la atención de su mujer.

–Shanna y yo podemos con esto, no hay problema. Y también pondré a mi hija a trabajar hasta que se marche a la universidad. Le vendrá bien pensar en otras cosas que no sean chicos durante el verano.

Thomas se rió.

–Dudo que puedas evitar que una adolescente piense en chicos.

Connie suspiró.

–Pero al menos tengo derecho a soñar, ¿no?

–Claro que sí. Después de todo, fue el sueño de Mick lo que levantó este pueblecito. La librería de Shanna es su sueño, igual que la tienda de colchas que ha abierto Heather. Incluso Megan ha cumplido su sueño con la galería de arte –miró a Connie–. Aparte de evitar que tu hija esté pensando todo el tiempo en chicos, ¿cuál es tu sueño?

Su expresión se ensombreció y la luz de sus ojos se apagó.

–Hace tiempo que renuncié a esa clase de sueños –respondió en voz baja.

En su voz no había autocompasión, sólo una nota de lamento que rompió el alma de Thomas.

–Un día de éstos puede que me hables de esos sueños –dijo él con ternura–. Lo bueno que tienen los sueños es que nunca es demasiado tarde para cumplirlos.

Connie sacudió la cabeza.

–A veces sí que es tarde –se forzó a sonreír–. Bueno, ya basta. Además de pasar un día maravilloso con tu familia, ahora tengo una ocupación emocionante y que de verdad merece la pena. Te llamaré para hacer esa visita.

Thomas asintió.

–Estaré esperando impaciente.

Para su sorpresa, mientras ella se alejaba, se dio cuenta de que era la primera vez en muchos años que estaba ilusionado con algo, aparte de con su trabajo. Claro que eso también podría considerarlo trabajo, aunque no le daba esa sensación. Era como si acabara de conocer a su alma gemela en extrañas circunstancias.

Heather no se quedó del todo sorprendida al abrir la puerta y encontrarse allí a Connor, ya que se había esperado su visita desde que se había marchado de casa de los O'Brien.

–Quería pasarme por aquí antes de volver a Baltimore para asegurarme de que estás bien.

Ella se cruzó de brazos.

–Estoy bien.

–¿No vas a invitarme a pasar?

–No.

Connor la miró impactado.

–¿Por qué no? ¿Tienes a alguien ahí dentro que no quieres que conozca?

–No seas ridículo.

Él frunció el ceño.

–Bueno, ¿qué tendría que pensar? La gente no le da la espalda a sus amigos sin razón.

–Los amigos no avergüenzan a sus amigos delante de otra gente.

–Entonces, estás enfadada por lo del beso. Lo que me imaginaba.

–Connor, ¿por qué has hecho eso delante de tu familia? –le preguntó exasperada–. Ya me cuesta bastante marcar los límites. Estoy haciendo lo que puedo para asegurarme de que tu hijo está rodeado de tu enorme familia, y tú vas a hacer imposible que siga haciéndolo.

–Lo siento. No he pensado en eso –admitió–. Sólo intentaba demostrarte que lo que sientes por mí no ha cambiado.

–Yo nunca he dicho que hubiera cambiado. Sólo te dije que nuestra relación ya no era como antes. Besarme para demostrar una estupidez no va a hacer que cambie de opinión, ni mucho menos.

–De nuevo, lo siento mucho. Si me dejas pasar, lo escribiré cien veces en un papel. Eso es lo que la señorita Brinkley me obligaba a hacer cuando me portaba mal en clase.

Heather contuvo una sonrisa.

–Entonces me sorprende que tuvieras tiempo de hacer cualquier otra cosa.

–Era un desafío –admitió él con una amplia sonrisa.

Cuando ella no dijo nada, añadió:

–¿Por qué no me dejas entrar en tu apartamento? Dime la verdad, por favor.

Heather vaciló y entonces optó por la sinceridad.

–Haría que todo fuera muy difícil. Este apartamento es mío y del pequeño Mick. Nunca has estado aquí y, gracias a eso, no te veo por todas partes. Si te invito a pasar, todo eso cambiaría.

Connor inmediatamente pareció avergonzado.

–Debería haber pensado en eso porque yo te veo en cada rincón de nuestra casa. Me vuelve loco muchas veces. Allá donde miro veo una fotografía con algún recuerdo especial tras ella.

A Heather le sorprendió que lo hubiera entendido y aún le sorprendió más que estuviera dispuesto a admitirlo. Cuando lo había abandonado, él había fingido indiferencia. Sí, claro, le había pedido que se quedara, había discutido con ella sobre las razones de su marcha, pero al final había aceptado sin más que se había ido. Y eso era algo que ella no se habría esperado jamás. Ahora la hacía sentir bien saber que su ausencia no era algo de lo que él se hubiera recuperado fácilmente.

–Gracias por tu comprensión. Esta transición está siendo muy dura. Aprender a encontrar mi camino entre tu familia sin dejar que me avasallen es complicado. Están por todas partes. Necesito espacio para mí y este apartamento me lo da.

–Es una zona libre de Connor –bromeó él, aunque había pesar en su mirada.

–No siempre será así. Por lo menos, eso espero.

–Encontraremos un modo de que no lo sea –le dijo él y la besó en la frente–. Volveré el fin de semana que viene, Heather.

Sorprendida, ella respondió al recuperar la voz:

–¿El fin de semana que viene? Pero creía que…

–¿Qué? ¿Que estarías a salvo durante varias semanas? Lo siento, pero he descubierto una repentina necesidad de estar con mi familia. Y como mi padre dice en cuanto puede, tengo un hijo que necesita pasar tiempo con su padre.

–Podrías quedarte con Mick todo el fin de semana. Puedo decirle a Abby que te lo lleve a Baltimore el viernes por la mañana.

–Su vida ya ha sufrido demasiados cambios. Ahora su casa está aquí. Como mis padres se marchan a París esta semana por su luna de miel, tendré la casa sólo para mí, así que Mick y yo podremos jugar a los solteros durante un par de días.

Heather se limitó a asentir.

–Bien, pero si me entero de que lo introduces en el mundo de la cerveza, del póquer y de las mujeres, te verás en un grave problema.

Connor se rió.

–Creo que esa preocupación puedes tacharla de tu lista –le aseguró–. Cuando no estemos pescando o con sus primos, tendré un montón de casos en los que trabajar. Será un fin de semana muy tranquilo –alzó la mirada–. Puedes pasarte por casa cuando quieras, de día o de noche, para ver cómo está.

–Oh, seguro que puedo confiar en ti –dijo, decidida a no acercarse a esa casa durante el próximo fin de semana, y mucho menos por la noche y sin que hubiera nadie más allí, cuando su fuerza de voluntad podía estar en su punto más débil y el encanto de él podía resultar devastador.

Connor la miró inocentemente.

–No creerás que intentaría seducirte, ¿verdad?

–Sé que lo intentarías, pero la gran pregunta es, ¿qué haría yo?

–¿Lo ves? Ahora estás provocándome.

–Lo siento, pero no es así –sabía que había cometido un error, así que dijo–: Adiós, Connor –y cerró la puerta tras ella.

Pasaron varios minutos antes de oírlo bajar las escaleras. Algo le dijo que él había estado dudando si volver a llamar a la puerta e intentar presionar un poco más aprovechándose de que ella había dado muestras de debilidad.

Pero la pregunta más importante era, ¿cómo lograría evitarlo el próximo fin de semana? O peor aún, ¿de verdad quería hacerlo?

Capítulo 9

Megan tenía la cama llena de ropa mientras intentaba decidir qué llevarse a París. Mick estaba sentado en una silla, observando la escena con ese gesto de diversión masculino que podía ponerle a una mujer los nervios de punta.

–Ni se te ocurra reírte de mí –murmuró–. Aún puedo decidir quedarme aquí. La verdad es que creo que es mal momento para que nos vayamos, a pesar de que la idea de París en primavera es de las cosas más románticas que puede haber.

–No quieres ir por Connor y Heather –supuso Mick de inmediato demostrándole que era más consciente de lo que sucedía en la familia de lo que ella se creía.

–Mick, no me gusta cómo están las cosas entre ellos –dijo sentándose en un lado de la cama–. Me temo que no van a ponerse de acuerdo nunca.

–Ya que tú eres la que siempre está diciéndome que no me entrometa, le daré la vuelta a la tortilla y te diré lo mismo. Connor hará lo que quiera hacer. No podemos influenciarlo. Los dos ya deberíamos saberlo.

–Es muy triste y me siento como si fuera culpa nuestra por haberle dado el ejemplo que lo ha convertido en alguien tan cínico.

–Puede que le hayamos dado la base, pero él ya es responsable de sus actos –se quejó Mick–. Ojalá volviera aquí y abriera un despacho de abogados. Por un lado, eso haría que estuviera más cerca de Heather y si le sumamos el fuerte vínculo que tienen con su hijo, creo que volverían juntos.

—¿Y qué clase de abogacía podría ejercer Connor en Chesapeake Shores? ¿Contratos inmobiliarios y testamentos? ¿Defender a la gente por infracciones de tráfico?

—Sería mejor que lo que está haciendo ahora.

—No es que no esté de acuerdo, pero ya conoces a nuestro hijo, Mick. En cuestión de semanas, se moriría del aburrimiento.

—No, si está con su familia.

Megan lo miró con incredulidad.

—Pues tú deberías saber bien que no tiene por qué ser así. Tenías a tu familia aquí mismo y eso no fue suficiente para evitar que te fueras al otro lado del país a construir casas. Necesitabas los retos que esos trabajos te ofrecían y a Connor le pasa lo mismo. Necesita ver que su carrera profesional es satisfactoria.

—Mi trabajo era totalmente diferente; yo tenía que ir ahí donde estaba el trabajo.

—Es verdad. No volvamos a tener esa discusión otra vez. Lo único que digo es que Connor se parece mucho a ti. Necesita retos y, por mucho que me encantaría que viviera aquí, no sé si encontraría la clase de reto que le supondría ejercer la abogacía en Chesapeake Shores.

Pero Mick ya estaba teniendo una idea.

—Estoy seguro de que el viejo Porter va a jubilarse uno de estos días y entonces el pueblo se quedará sin abogado. Sí, hay otros en pueblos cercanos, claro, pero a la gente le gusta confiarles sus negocios a gente que conoce. Me parece la oportunidad perfecta para un hombre joven que está empezando.

—¿De verdad crees que Connor cambiaría el puesto de socio por el que tanto ha luchado en un prestigioso bufete de Baltimore por un despacho privado en Chesapeake Shores? Es ambicioso, Mick.

—Sólo hay un modo de descubrirlo —dijo él sin querer rendirse.

Megan lo miró con gesto amenazante.

–Ni se te ocurra ir a hablar con Joshua Porter e intentar manipularlo para que le ofrezca un trato a Connor.

–Claro que no –dijo Mick indignado–. De todos modos, Porter y yo apenas nos hablamos –le guiñó un ojo–. Enviaré a mamá. Lleva años ocupándose de sus asuntos legales.

–Por favor, no metas a Nell en esto –le suplicó ella.

–No la meteré en nada, simplemente le plantearé la idea y ella hará lo que quiera. Deberías saber cómo funciona esto. Tú fuiste la que incitaste a Kevin y a los demás a traer a Connor hasta aquí para que descubriera que Heather vivía en Chesapeake Shores, ¿no? No estás por encima de mí, Megan O'Brien, así que no finjas no ser otra entrometida.

–Culpable –admitió ella–. Lo que me preocupa es que un día de estos toda esta historia nos estalle en la cara.

–Entonces sería bueno que nos pillara fuera de aquí –dijo sonriendo–. Venga, ¿por qué no te olvidas de hacer las maletas y vienes aquí un rato?

Ella vio ese brillo en sus ojos e inmediatamente sintió cómo le ardía la sangre. Sin embargo, uno de los dos tenía que ser práctico.

–Pero nos marchamos mañana.

–Y si hay algo que no te haya dado tiempo a guardar en la maleta, lo compraremos en París. Te compraremos un vestuario totalmente nuevo, aunque claro, podríamos pasar todas las vacaciones desnudos. Después de todo, es nuestra luna de miel.

Ella se apoyó en su pecho.

–Si crees que voy a perder un solo segundo en París encerrada en una habitación de hotel, estás loco, Mick O'Brien.

Él se rió.

–Pues entonces, razón de más para empezar la luna de miel ahora.

Ella sonrió.

–Tienes razón…

Y cuando Mick la besó, se olvidó de Connor, de hacer

las maletas e incluso de París. Y eso era, probablemente, lo que Mick había pretendido.

La mediación entre Clint y Barbara Wilder no estaba saliendo según el plan. Armado con informes de su investigación privada, que demostraba que la señora Wilder, en efecto, tenía un pasado tormentoso, Connor había insistido en reunirse con su cliente para llegar a un acuerdo rápido y amistoso. La mujer del director había volado desde Los Ángeles y había llegado a su despacho exhausta: una mujer diminuta con unos ojos demasiado grandes para su cara que parecía frágil y más joven de lo que era en realidad. Sin embargo, esa sensación de delicadeza y vulnerabilidad se desvaneció en un instante, cuando Clint entró en la sala de reuniones. Ella se levantó y le lanzó una mirada cargada de furia. Su abogada le tocó un brazo y ella se sentó.

—Barbara —dijo él fríamente—, estás hecha una pena.

—Qué galante eres. Me habéis llamado y he venido. Terminemos con esto.

Durante un breve instante, a Connor le pareció ver una expresión de inquietud en la mirada de su cliente, como si jamás se hubiera esperado ver a su mujer rindiéndose. Antes de que Wilder pudiera responder y empezar con la discusión, Connor dijo:

—Creo que todos queremos cerrar esto de la manera más justa posible.

—Tal vez usted sí —susurró Barbara—, pero dudo que Clint lo quiera así. No, si esa oferta que me puso sobre la mesa es una indicación.

—Es una oferta generosa —insistió Connor.

Ella se giró bruscamente hacia él.

—¿En qué universo? Tenemos documentos que demuestran que está ocultando millones de dólares. ¿Se lo ha mencionado? ¿Ha reconocido ante usted la larga lista de aventuras que ha tenido durante nuestro matrimonio?

Clint se echó atrás en su silla, escuchando. Cuando ella terminó, él se dirigió a Connor.

–Supongo que puedes responder a eso.

–Puedo –le confirmó Connor–, pero preferiría que las cosas no se pusieran feas –miró a Barbara a los ojos y en ellos no vio avaricia, sino dolor; no venganza, sino miedo. Y entonces, de pronto y por primera vez desde que se ocupaba de divorcios, vio el otro lado con más claridad, en términos humanos más que monetarios.

Cuando la mujer lo miró a él, tenía lágrimas en los ojos.

–Está claro que tiene las fotografías. Tenía dieciséis años y vivía en la calle cuando accedí a que me fotografiaran desnuda. Me pareció mejor que la otra opción que tenía en aquel momento.

Connor se estremeció ante sus palabras.

–¿La otra opción?

–Prostitución. Una cosa era que me sacaran fotos, pero no creo que hubiera podido venderle mi cuerpo a un hombre tras otro como acabaron haciendo muchas chicas en mi lugar. Era una chica ingenua de Wisconsin. Seguro que ya ha oído la historia. Llegué a Los Ángeles con mucha esperanza, no sabía que sería imposible hacer una audición sin tener agente ni experiencia. Todo el mundo en mi casa me decía que era guapísima y que debería salir en películas. Había tenido el papel protagonista en todas las obras del colegio desde primer curso y, cuando las cosas se pusieron mal en casa, salí corriendo en busca de mi sueño. Pero resultó ser una pesadilla.

Miró a Connor con gesto desafiante.

–No estoy orgullosa de esas fotografías, pero tampoco estoy avergonzada. Hice lo necesario para sobrevivir.

Eso, por supuesto, era la parte que Connor jamás podría haber sabido. Una vez más, tenía que enfrentarse al lado humano de una tragedia muy real y ahora podía oír a Heather gritándole al oído que tenía que tomarse en serio la historia de esa mujer, no utilizarla en su contra.

La señora Wilder le lanzó una mirada cargada de lástima.

–Odio lo que hice. No quiero que se haga público y que mis hijos se enteren –se giró hacia su marido–. Pero si tiene que suceder para obtener lo que es justo, entonces a por ello, Clint. No soy yo la que saldrá de esta situación con mala fama, serás tú. ¡A ver cuántas de tus protagonistas se meten en tu cama una vez que hayan visto cómo has tratado a la madre de tus hijos!

Connor respiró hondo.

–Tiene razón –le dijo a su cliente.

–Me importa un bledo –explotó Clint.

–Tiene dos hijos –le recordó Connor–. A ellos sí que les importará que su padre arrastre a su madre por el fango sólo para ahorrarse unos dólares que se puede permitir perfectamente.

Barbara miró a Connor sorprendida, mientras que su cliente lo miró enfurecido. Todos esperaron.

–De acuerdo –dijo Clint apartando su silla–. Dóblalo, pero es mi última oferta –y salió de la sala.

Barbara Wilder se quedó mirando la puerta.

Su abogada se levantó y le estrechó la mano a Connor.

–Ha hecho lo correcto. Gracias.

–Sí, gracias –respondió con voz suave la señora Wilder y con lágrimas en los ojos–. La parte más triste de todo esto es que ahora, después de todo lo que ha hecho, preferiría tenerlo a él antes que todo el dinero del mundo.

–Estará mejor sin él –le dijo Connor sinceramente.

Ella le sonrió.

–No es usted el primero que me dice eso. Supongo que uno de estos días me lo creeré.

Después de que todo el mundo se hubiera ido, Connor volvió a entrar en su despacho y se sentó queriendo levantar el teléfono y llamar a Heather, decirle lo que había pasado, la epifanía que había tenido. Sí, de acuerdo, tal vez «epifanía» era una palabra demasiado fuerte para lo que había pasado porque simplemente había abierto los ojos y había visto ambos lados de una historia muy triste. No podía evitar preguntarse si eso era bueno o malo; podría hacerlo más humano, pero también podía convertirlo en un abogado menos eficiente, por lo menos en el derecho matrimonial.

Suponía que el viejo dicho era verdad: el tiempo lo pondría todo en su sitio.

Según se acercaba el viernes, Heather iba poniéndose más y más nerviosa. Aunque estaba bastante segura de poder evitar cualquier contacto con Connor, tendrían que pasar juntos más tiempo del que ella preferiría. Tenía el presentimiento de que Connor se aseguraría de ello.

Cuando Bree se pasó a verla de camino al ensayo de su compañía de teatro, la miró con curiosidad.

–¿Por qué estás tan nerviosa? ¿Es por el hecho de que Connor venga a pasar el fin de semana?

–Es que no me esperaba que empezara a pasar tanto tiempo aquí –admitió Heather, incapaz de borrar ese tono lastimero de su voz–. Antes apenas venía a Chesapeake Shores.

–Porque ni tú ni vuestro hijo estabais aquí. Sois lo que lo atrae a venir.

–Es el pequeño Mick –sabía que ella también, pero no quería admitir la verdad. Era demasiado desconcertante–. No sé por qué Connor no ha dejado que Abby le llevara a Mick a Baltimore.

Bree la miró con incredulidad.

–¿En serio? ¿No tienes ni idea de por qué ha preferido venir aquí? ¿De verdad necesitas que te lo deletree?

–Vale, de acuerdo, tal vez sea por mí –admitió con renuencia–, pero ¿por qué ahora? ¿Y con qué fin? Nada ha cambiado. Aún quiero un futuro con él y Connor no.

–Oh, claro que Connor quiere compartir su futuro contigo, pero quiere que sea del modo más fácil.

Sacó una silla de la mesa donde Heather daba sus clases de costura y se sentó lentamente.

–Deja que te cuente algo sobre mi hermano. Las cosas siempre han sido muy fáciles para él. Salió del colegio sin tener que estudiar demasiado, fue una estrella del deporte sin tener que esforzarse mucho, e incluso logró que un gran bufete se fijara en él sin molestarse si quiera. Gana un gran porcentaje de los casos que lleva.

–Creo que se ha esforzado más de lo que crees para conseguir todo eso –le dijo Heather–. Yo estaba a su lado cuando estudiaba día y noche en la facultad y vi todo el tiempo que invirtió para ganar esos casos en los tribunales.

–Lo que quiero decir es que no tiene mucha experiencia a la hora de perder o de tener que luchar para conseguir algo. En cuanto vio que no entraría directo en la liga profesional de béisbol, se retiró. Acepta casos complicados, pero sólo si está convencido de que puede ganarlos. Para él has sido una sorpresa, Heather, porque ha perdido algo que de verdad le importaba. Al principio supongo que se quedaría absolutamente impactado, y ahora que está recuperándose, ha decidido que perder no es una opción.

–Es una batalla que no puede ganar –le dijo Heather decididamente–. No, sin un compromiso.

–Se dará cuenta de ello con el tiempo. Hasta entonces, tendrás que aceptar que vas a tenerlo hasta en la sopa. Si no puedes soportarlo, tendrás que alejarte de Chesapeake Shores.

Heather suspiró, sabía que Bree tenía razón. Sólo tenía que hacerse fuerte y no dejar que la presencia de Connor la afectara. Porque perder el futuro que deseaba para sí, un futuro con Connor y con su hijo, no era una opción. Como tampoco lo era salir corriendo.

Durante todo el viernes, Heather se sobresaltó cada vez que se abría la puerta de su tienda, pero a la hora del cierre seguía sin haber señales de Connor. Tampoco había llamado.

Por suerte, el pequeño Mick era demasiado pequeño como para darse cuenta de que su padre debería haber ido a recogerlo, pero podía imaginar un futuro en que Connor decepcionaría mucho a su hijo con semejante comportamiento.

Furiosa, por lo menos en parte porque se había inquietado tanto por nada, decidió llevarse a Mick a Sally's a cenar. Allí podría aplastar un plato entero de patatas fritas, si quería, y ella podría tomarse la hamburguesa que llevaba todo el día deseando.

Media hora después, apenas les habían servido la comida cuando el pequeño Mick comenzó a sacudir una patata frita en el aire y a gritar:

–¡Papá!

Heather alzó la mirada y vio a Connor saliendo de su coche delante del restaurante. Saludó a su hijo, como si reunirse con ellos allí hubiera sido el plan.

Una vez dentro, esperó a que Heather le hiciera sitio en el banco para sentarse a su lado.

–Llegas tarde.

–¿Yo? No recuerdo haber dicho a qué hora llegaría.

Ella abrió la boca para discutir, pero se dio cuenta de que Connor tenía razón.

–Bueno, da igual.

Él le sonrió.

–Ten cuidado, Heather, o empezaré a preguntarme si me echas de menos.

–Lo dudo. Es sólo que no quería que tu hijo se sintiera decepcionado.

Sin embargo, Connor no pareció tragarse la explicación. Es más, sonrió descaradamente.

–A lo mejor lo he hecho a propósito para ganarme una cena con vosotros dos.

–Era imposible que supieras que iba a salir a cenar con Mick.

–Pero te he encontrado, ¿verdad? Lo cual indica que comprendo tus patrones de comportamiento.

–¿Mis patrones de comportamiento? –repitió ella indignada–. ¿Qué quiere decir eso?

–Cuando estás inquieta o enfadada, siempre te entran

ganas de comer hamburguesas. He llegado tarde. Estás enfadada. *Voilà*, aquí te encuentro, en Sally's.

–¿Tienes idea de lo absolutamente irritante que resultas?

–Lo has mencionado una o dos veces –dijo él mientras avisaba a Sally para pedirle una hamburguesa con patatas–. ¡Y un batido de chocolate también!

–A ti no te gustan los batidos de chocolate.

–No, pero a ti sí. Estoy siendo considerado, ya que sé que tú no te pedirás uno.

–Una vez más, irritante –declaró ella, aunque se sintió conmovida por el aparente esfuerzo de complacerla que él estaba haciendo.

–¿Ni siquiera me he ganado un punto? –le preguntó Connor mientras apartaba el plato de patatas del alcance de su hijo. Nunca le había gustado que el pequeño jugara con la comida y ya había demasiadas en el suelo. Después, le dio una a Mick y miró a Heather–. Vamos, un punto no es para tanto. Dame algo con lo que pueda trabajar.

–Tal vez un punto –cedió ella–. Connor, aunque te diera mil puntos, no estarías satisfecho.

Él hizo caso omiso a su comentario.

Sally le sirvió su comida y Connor le dio un mordisco a la hamburguesa antes de volver a mirar a Heather para decirle:

–¿Qué tal la semana?

–Bien. ¿Y la tuya?

–Interesante. ¿De verdad quieres escucharlo?

Ella vaciló.

–El vaso Wilder, ¿verdad? ¿Has tenido la sesión de mediación?

Él asintió.

–Creo que no quiero saber nada.

Connor sonrió.

–Así no tendrás que comprarte el periódico esta semana.

–¡Como si fuera a hacerlo! Venga, de acuerdo, cuéntamelo.

Connor nunca revelaba detalles de sus casos y esta vez

tampoco lo hizo, pero sí que le contaba cómo se sentía durante los procesos.

–¿En serio? –preguntó ella sorprendida cuando hubo terminado–. ¿Saliste en defensa de su mujer?

–Con mucho cuidado. Después de todo, él era mi cliente. Sólo intenté hacerle pensar en sus hijos y señalé que tenía que ser razonable por el bien de los niños.

–¿Y no te pegó un porrazo?

Connor se rió.

–No, en realidad, a parte de unos portazos que dio al salir, todo fue bastante suave.

–Estoy muy orgullosa de ti.

–Estuve a punto de llamarte –admitió–. Sucedió así gracias a ti. No dejé de pensar en lo que opinarías si conocieras todos los datos que yo sabía.

Heather se sentía más satisfecha de lo que él jamás podría haberse imaginado.

–Has sido compasivo, Connor. ¿No es ésa la mejor justicia que se puede esperar?

Él no respondió inmediatamente, lo cual sugirió que no estaba preparado para ir tan lejos, pero no importaba. Si ese caso le había enseñado que en toda historia había dos partes, tal vez en la siguiente buscaría una. Después de todo, ¿cómo era ese viejo dicho? ¿Todo viaje comienza con un simple paso? Pues bien, Connor acababa de dar su primer paso.

Estaba esperanzado por ver que esa improvisada cena con Heather había marchado bien. En realidad, había hecho lo que le había dicho: calcular su llegada para asegurarse de que se encontrarían en territorio neutral. Existiría un pequeño riesgo, suponía, de que ella no hubiera ido a tomar la hamburguesa, pero Heather era una criatura de costumbres. Era otra de las cosas que adoraba en ella porque normalmente sabía qué esperar, razón por la que había quedado tan impactado cuando lo abandonó. No se lo había esperado.

–¿Te apetece dar un paseo? –le preguntó cuando terminaron de cenar.

Ella lo miró como si estuviera buscando segundas intenciones en su invitación.

–Deberías llevarte a Mick a casa y meterlo en la cama.

–Se quedará dormido mientras paseamos. ¿Recuerdas que le dábamos una vuelta por nuestra calle cuando no dejaba de llorar? Siempre funcionaba.

Heather finalmente asintió con evidente renuencia.

–De acuerdo, pero un paseo muy corto. Estoy agotada.

Al final de la calle, cruzaron Shore Road y después recorrieron el camino hasta la bahía. Hacía muy buena temperatura para tratarse de abril y la agradable noche había hecho que una multitud saliera a pasear. Connor reconoció a varias personas a pesar de haber pasado años desde la última vez que los había visto, y era sorprendente, pero parecía que Heather conocía tantas o más personas que él y los saludó a casi todos por su nombre.

–Me dejas impresionado. Sólo llevas aquí unos meses y ya conoces a medio pueblo.

–Es por lo de tener una tienda. Ya sabes lo curiosa que es la gente de por aquí cuando abre un nuevo negocio. Todos se paran a verlo, aunque nunca se les haya pasado por la cabeza tener o hacer una colcha. Si a eso le sumamos mi relación con los O'Brien, el resultado es que siempre hay gente entrando. Seguro que todos se mueren por preguntarme por nosotros, pero la mayoría están siendo muy educados.

–¿La mayoría? ¿Es que alguien ha estado molestándote?

–No, en realidad, aunque hay gente que no puede contenerse.

–¿Y cómo has reaccionado ante ellos?

–Con la verdad: que tú y yo tenemos un hijo juntos. No hay razón para negarlo.

–Pero la gente no estará juzgándote, ¿verdad? –estaba preparado para saltar en su defensa, si era necesario.

–No, todo el mundo está siendo maravilloso, Connor. De verdad.

Él la miró fijamente.

–Entonces, ¿estás feliz con la decisión de haberte mudado aquí?

Ella se giró hacia él con los ojos iluminados.

–Mucho, Connor. Me siento como en casa y tu familia me está ayudando mucho, sobre todo tu madre.

–Me alegro.

–Eso no ha sonado muy convincente. ¿Es que querías que fuera una infeliz?

–Por supuesto que no. Supongo que esperaba que si esto no funcionaba, pensarías en volver a Baltimore.

–¿Para qué?

–Para recuperar nuestra vida –dijo él, incapaz de no mostrar impaciencia–. A la fantástica y perfecta vida que teníamos no hace mucho tiempo.

–Era fantástica, pero no perfecta, Connor. Por lo menos, no desde mi punto de vista.

–Y vivir aquí, lejos del padre de tu hijo, y estar completamente sola, haciendo malabares para llegar a fin de mes, ¿es mejor? –preguntó incrédulo.

–Sí –respondió ella rotundamente.

–Entiendo.

–¿En serio? ¿De verdad entiendes que estar sola es mejor que estar con alguien que podría dejarme sin más en cuanto las cosas no marcharan bien?

–¿Alguna vez te he dejado cuando las cosas no han ido bien? –preguntó él ofendido.

–No, pero…

–«No» es bastante respuesta. Creo que mis actos hablan por sí solos, Heather. He demostrado mi compromiso para contigo una y otra vez. Un pedazo de papel no haría que ese vínculo fuera más fuerte ni garantizaría que yo fuera a comportarme de un modo diferente en momentos de crisis que puede que no lleguemos a tener nunca.

–Ya está, la misma historia de siempre, Connor. Tú tienes tu punto de vista y yo el mío. Nunca vamos a ponernos de acuerdo, y tenemos que dejar de intentarlo. Lo único que conseguimos es acabar frustrados los dos.

–De eso nada. Tenemos un hijo y te quiero. Jamás dejaré de intentarlo.

–Pero, ¿es que no lo ves? Estarías perdiendo el tiempo. Es hora de seguir adelante con nuestras vidas –alargó la mano y le acarició la mejilla con los ojos empañados–. Me voy a casa, Connor, y tú tendrías que hacer lo mismo.

Antes de que él pudiera reaccionar, ella cruzó la calle y desapareció en un callejón detrás de las tiendas. Podría haberla seguido, pero ¿para qué? Heather no cambiaría de idea sólo porque él quisiera. Además, presionarla no ayudaría. Lamentablemente, la capitulación parecía ser la única opción, pero para él esa opción era inaceptable.

Capítulo 10

El sábado por la mañana, Heather alzó la mirada ante el sonido de la campanilla de la tienda y se sorprendió al encontrarse allí a Abby.

–¿Qué te trae por aquí? Pensaba que últimamente no tenías ni dos minutos libres, y mucho menos tiempo para retomar la confección de colchas.

Abby se encogió de hombros.

–Créeme, no lo tengo. Además, soy una inútil con cualquier trabajo manual. La abuela intentó enseñarme a bordar cuando tenía unos siete años, pero no sólo acababa sangrando siempre, sino que cada puntada acababa siendo un enorme y feo nudo de hilos. Lo mismo me pasó con el crochet. Después de eso, me rendí. Tuvo un poco más de suerte con Bree, pero Jess no podía quedarse quieta lo suficiente como para aprender. Fuimos unas enormes decepciones para ella.

Heather se rió.

–Y eso me lleva a mi pregunta inicial. Ya que no has venido por las clases de costura, que empiezan en media hora, ¿qué haces aquí?

–Pasaba por aquí –dijo, aunque su expresión de culpabilidad decía lo contrario–. ¿Cómo estás?

–Bien.

–Connor tiene a Mick este fin de semana, ¿verdad?

–Sí, está aquí.

–¿Significa eso que esta noche estás libre?

–Abby, ¿de qué va todo esto? Si estás intentando que pase tiempo con Connor, la respuesta es «no».

–No con Connor –admitió antes de sonreír ampliamente–. La verdad es que uno de mis compañeros de Baltimore está en el pueblo este fin de semana. He pensado que te gustaría venir a cenar con nosotros.

Si le hubiera sugerido que se hubieran pasado la noche haciendo puenting, no se habría quedado tan impactada.

–¿Intentas prepararme una cita a ciegas?

–Claro –respondió Abby, como si la idea de buscarle una cita a la madre del hijo de su hermano no fuera ridícula–. Glenn es fantástico. Creo que te gustaría.

–No es que no te agradezca haber pensado en mí, pero ¿qué crees que dirá Connor? ¿De verdad quieres acabar involucrada en nuestro pequeño drama?

–Ya le he dejado caer la idea –dijo Abby alegremente, aunque no miró a Heather a los ojos.

Heather no podía imaginar cómo debía de haber salido aquella conversación.

–¿Y?

Abby vaciló y sonrió.

–La ha odiado, y por eso creo que tienes que aceptar. Lo volverá loco.

–Entonces, ¿estás sacrificando a tu compañero para poner celoso a tu hermano? ¿Quién hace eso?

–Alguien que se preocupa por vosotros dos –respondió Abby sin remordimiento–. Alguien tiene que daros un empujón.

–¿Y qué pasa con Glenn?

–Oh, Glenn tiene una novia intermitente –dijo despreocupadamente–. Creo que es una locura, por cierto, pero lo importante es que él sabe que todo esto es una especie de montaje y le apetece ayudarnos.

Heather sacudió la cabeza.

–Es un juego muy complicado y peligroso, Abby. No quiero participar. Connor y yo siempre hemos sido sinceros el uno con el otro y no quiero que eso cambie ahora.

Abby se quedó decepcionada.

–¿Ni siquiera volverlo un poquito loco? Céntrate en el objetivo, Heather.

–¿Todo vale? No, gracias. Los O'Brien jugáis muy duro, ¿no? Sabía que Connor era así, pero no me había dado cuenta de que era un rasgo de la familia. Me da un poco de miedo.

–Pero somos una familia genial y sabes que quieres formar parte de ella. Mereces formar parte de ella. Tu hijo es un O'Brien, después de todo.

–Pero no quiero hacerlo así –insistió Heather–. Prefiero esperar a que Connor entre en razón. Y si no lo hace, estoy preparada para seguir adelante –unas palabras valientes y que deseaba que fueran verdad.

Abby suspiró.

–Espero que no cuentes con ello porque si a los O'Brien se nos conoce por otra cosa, aparte de por jugar duro, es por nuestra terquedad.

–Sí, ya me he dado cuenta –respondió Heather justo cuando empezó a llegar gente para su clase de principiantes.

Abby se detuvo para abrazar a Connie y a Laila y después se dirigió de nuevo hacia Heather.

–La oferta sigue en pie, por si cambias de opinión. La cena es a las siete.

–No cambiaré de opinión –le aseguró–. Y por tu bien, no le mencionaré esta conversación a tu hermano.

Abby se rió.

–Connor y yo nos hemos llevado mal desde que descubrió que podía lanzar una pelota de béisbol más lejos que él. Una discusión más no nos destruirá. Es más, me gusta la idea de que descubra que he cumplido mi amenaza.

–Entonces, cuando has dicho que le dejaste caer la idea, ¿lo que de verdad hiciste fue amenazarlo con buscarme una cita? ¿Lo hiciste a propósito para ponerlo nervioso?

–Eso es exactamente lo que hizo –confirmó Connie–. Yo estaba allí y la mirada de Connor no tuvo precio. Tengo que admitir que no me esperaba que fueras a llevarlo a cabo.

–Alguien tenía que hacer algo –dijo Abby–. He sido muy franca con mis intenciones y le he advertido y todo.

Connie se rió.

–Eso para los O'Brien tal vez valga, pero para el resto de la gente estarías siendo muy vil –miró a Heather con curiosidad–. ¿Has aceptado?

–Claro que no.

–¡Qué pena! –exclamó Abby y suspiró–. Bueno, esto me va a llevar más tiempo de lo que esperaba. Que os divirtáis cosiendo, chicas.

Salió por la puerta y Heather se quedó mirando.

–¿Qué ha querido decir con que le va a llevar más tiempo? –preguntó mirando a Laila y a Connie–. ¿Qué va a llevarle más tiempo?

–Que Connor y tú volváis juntos, por supuesto –respondió Laila sonriendo–. Abby es muy decidida, por si no te has dado cuenta. Le costó unos quince años, pero al final logró que Mick y Megan volvieran a estar juntos. Su persistencia es de lo más sólida.

–¡Madre mía! –murmuró Heather–. ¿Tengo que advertir a Connor?

–Confía en mí. Lo sabe –dijo Connie–. Cuando Megan se marchó, Abby ayudó a Nell a hacer que la familia se mantuviera unida. No sólo es fuerte, sino que además es muy protectora. Ahora mismo tú y su hermano pequeño sois su proyecto.

–Tienes que ir a su casa y decirle a tu hermano que haga algo para distraer a su mujer –le dijo a Laila.

–¿Cómo por ejemplo? –preguntó ella, divirtiéndose con el estado de pánico de Heather.

–Dile que tienen que hacer un bebé –respondió con lo primero que se le pasó por la cabeza–. No me importa. Sólo que la mantenga ocupada.

–Aunque creo que a Trace no le importaría la idea, no estoy segura de que ni siquiera él pueda salvaros a ti y a Connor ahora que Abby tiene una misión.

–Estoy de acuerdo –dijo Connie sonriendo–. Estás condenada, cariño. Así que agárrate fuerte y disfruta del viaje.

La sonrisa de Laila era más amplia todavía.

–Es más, deberías comprarte Biodramina si tienes tendencia a los mareos.

Aunque el pequeño Mick había cooperado para echarse su siesta de la mañana a tiempo, Connor no podía trabajar. Le costaba concentrarse. No dejaba de pensar en cómo la noche con Heather se le había ido de las manos cuando creía que estaban progresando.

Estaba sentado en el porche con un montón de carpetas de casos y el monitor del bebé al lado cuando Trace subió las escaleras que comunicaban la casa con la playa y cruzó el jardín.

–¿Estás ocupado? –le preguntó su cuñado al sentarse.

–Debería estarlo, pero no. ¿Qué tal?

Trace miró a su alrededor como si temiera que hubiera espías ocultos entre los matorrales.

–He venido a advertirte de que Abby trama algo.

–¿Qué?

–Ha traído a un tipo de su oficina de la ciudad a pasar aquí el fin de semana.

–Me parece que, incluso para tratarse de Abby, está pasándose un poco al restregártelo por la cara de esa manera. ¿Ya le has dado un puñetazo a ese tipo?

Trace se rió.

–No creo que haya venido para ponerme celoso.

Entonces Connor lo entendió todo.

–Mi hermana está cumpliendo su amenaza de buscarle pareja a Heather.

–Eso creo. Para que lo sepas, hace días le dije que era una mala idea, pero está claro que no me escuchó. Ya sabes cómo es tu hermana una vez que se le mete una idea en la cabeza. Puede involucrar a la familia entera.

Connor no estaba seguro de querer conocer la respuesta

a la pregunta más evidente, pero la formuló de todos modos.

–¿Y Heather ha mordido el anzuelo?

–Abby está en su tienda ahora. ¿Alguna vez tu hermana no se ha salido con la suya?

–Bueno, ¿y qué demonios voy a hacer si Heather quiere salir con un estirado corredor de bolsa? –dijo exasperado–. No puedo ordenarle que no lo haga, ¿verdad?

–En las actuales circunstancias, no. Tienes un buen dilema.

–En lugar de regodearte, podrías al menos fingir estar de mi lado –protestó.

–Y lo estoy, por eso he venido a advertirte de lo que está pasando. Pero, ¿qué puedo decir? Tengo que vivir con mi mujer –se levantó–. Nos vemos, colega. Buena suerte.

Connor estuvo echando humo por la noticia durante una hora y, en cuanto oyó a su hijo moverse, subió corriendo a la habitación, le cambió el pañal y lo metió en el coche.

–Tú y yo tenemos que ir a salvar a mami de la malvada hermana mayor –murmuró mientras se dirigía al centro del pueblo.

Con suerte, no sería demasiado tarde.

–¡Vaya, qué sorpresa! –exclamó Laila con sorna cuando sonó la campanilla de la tienda justo mientras la clase estaba terminando–. Aquí está Connor.

Heather levantó la cabeza bruscamente. En efecto, ahí estaba. Pero no su hijo.

–¿Dónde está Mick? –preguntó decidiendo centrarse primero en lo más importante y menos controvertido.

–Lo he dejado con Bree cinco minutos para poder hablar contigo.

Antes de que Heather pudiera responder, Connie dijo:

–A juzgar por la expresión de su cara, debe de haberse enterado de los planes de Abby.

–No estáis ayudando en nada –dijo Connor–. ¿No ha terminado la clase? Marchaos a casa.

–Parece un poco nervioso –comentó Laila, sin intentar controlar su risa.

–Seguro que ha venido corriendo para proteger su territorio –añadió Connie.

Aunque las dos parecían estar divirtiéndose mucho a expensas de Connor, Heather decidió que era momento de parar.

–Dejad de atormentarlo, vosotras dos.

–Connor puede defenderse solito –dijo Laila–. Sólo intentamos apoyarte a ti.

Heather se rió.

–Intentáis molestarlo a propósito.

–¡Hola! –dijo Connor irritado–. Sigo aquí, aunque empiezo a preguntarme por qué.

–¿Quieres que te explique las razones? –preguntó Connie–. Quieres saber si Heather ha aceptado una cita con el amigo de Abby.

Él la miró fríamente y se giró hacia Heather.

–La verdad es que sí, me gustaría tener una respuesta.

–No.

–¿No qué? No, que no vas a responderme, o no, que no has aceptado la cita?

–Le he dicho a Abby que no me interesa, aunque si hubiera aceptado tampoco sería asunto tuyo.

–¿No ves nada malo en aceptar una cita a ciegas preparada por mi hermana?

–Filosóficamente, no.

–Entonces, ¿por qué no has aceptado?

–Porque Abby y tú acabaríais peleados y no quiero que eso suceda. No he querido fomentar esa situación. Es tu hermana.

–Aunque parece que lo ha olvidado –farfulló él.

–Cree que está ayudando –apuntó Laila.

–No necesito su ayuda.

Connie y Laila se miraron con gesto divertido y Heather, queriendo dar por finalizada la discusión, se giró hacia Connor para decirle:

–¿Has pasado por aquí por algo en especial o ellas tienen razón? ¿Estás aquí para proteger tu territorio, cosa que, sinceramente, no te corresponde porque no es tuyo?

–Pensé que te gustaría cenar en casa con Mick y conmigo –dijo, dándoles la espalda a Laila y a Connie.

–No, gracias.

–Pero…

–No es buena idea, Connor.

Él pareció hundido por su rotunda negativa.

–De acuerdo –dijo dirigiéndose a la puerta–. Mañana nos vemos. Te traeré a Mick sobre las cuatro antes de ponerme rumbo a Baltimore.

Ella asintió.

–Genial.

De camino a la puerta, se detuvo para fulminar con la mirada a Laila y a Connie.

–Habéis sido de gran ayuda. Gracias.

–En este momento no somos de tu club de fans, precisamente –dijo Laila.

–Lo tendré en cuenta.

Una vez se hubo marchado, Laila y Connie se dirigieron a Heather.

–A lo mejor deberías ir a cenar con él. Lo está intentando.

–¿Intentando hacer qué? Connor y yo estábamos genial cuando salíamos, y vivíamos bien juntos. Pero, por desgracia, no hay pruebas de que vayamos a pasar al siguiente nivel. Lo que está intentando es volver a lo que ha perdido, no seguir adelante.

–Pero es un buen tipo y está claro que te adora –dijo Connie–. ¿Sabes cuántas de nosotras mataríamos por encontrar eso?

–¿Y estaríais satisfechas aunque la relación no estuviera yendo a ninguna parte? –preguntó Heather con escepticismo.

–Claro que no –respondió Laila–. Haces bien en quererlo todo. Todas queremos eso.

–Pues yo aceptaría con gusto una cita un sábado por la noche –dijo Connie–. Ha pasado demasiado tiempo.

–Pero no estarías con un hombre que no se comprometiera contigo –le dijo Laila–. Sabes que no lo harías.

Connie asintió.

–Tienes razón. Heather, mantente fuerte, aunque eso signifique que el único divertimento de tu vida sea beber con Laila y conmigo un sábado por la noche.

–Genial –dijo Laila–. ¿Qué te parece, Heather? Sabemos que estás libre. Vamos a Brady's a tomar unas copas y a divertirnos un rato.

Heather vaciló, pero entonces pensó en todo el tiempo que había pasado desde la última vez que había salido a tomar algo con amigas.

–Contad conmigo.

–¿A las siete? –sugirió Connie.

–Perfecto. Nos vemos allí.

Mientras accedía, supo que había tomado la decisión correcta. Estar con Connor habría sido más excitante y quedar con el amigo de Abby habría causado ciertas complicaciones, pero salir con Laila y Connie sería una diversión sin complicaciones, algo de lo que había carecido en los últimos meses.

Furioso por haber sido rechazado por Heather, Connor decidió pasar de prepararse unas hamburguesas en la barbacoa y comprarse un pastel de cangrejo en Brady's. Llamó a su hermana, a la hermana que no lo había traicionado, para ver si quería acompañarlo.

–¿Sólo los dos? –preguntó Jess con cautela.

–Y el pequeño Mick –respondió desconcertado por la pregunta hasta que entendió que su hermana estaba refiriéndose a Will–. ¿Aún sigues evitando a Will?

–No estoy evitándolo, sólo preferiría estar con gente que no intenta examinar todos mis defectos.

Connor se rió.

–No tiene gracia –dijo ella indignada.

–Sí que la tiene porque en todos los años que Will ha estado paseándose por nuestra casa, jamás lo he oído decir algo negativo sobre ti.

Jess se quedó en silencio un momento.

–¿En serio? ¿Estás seguro?

–Claro que estoy seguro.

–Seguro que le daba miedo que Kevin o tú le dierais una paliza si lo hacía.

–No lo creo, hermanita. Le gustas.

–Entonces, ¿por qué siempre se mete conmigo cuando estamos juntos?

–¿Estás segura de que eso es lo que hace? Puedes ser un poco sensible cuando se trata de ciertos temas, como tu trastorno por déficit de atención. Te molestas incluso cuando alguien hace un comentario con el que no pretendía ofenderte.

Jess suspiró.

–Tienes razón. Bueno, da igual. No importa si Will viene con nosotros. ¿A qué hora quieres quedar?

–¿A las siete te parece bien? No quiero tener a Mick en la calle demasiado tarde. Se pone nervioso y Dillon me matará si mi niño empieza a llorar y a chillar en su restaurante.

–Kate nos defenderá –dijo Jess refiriéndose a la mujer de Dillon–. Ella se ocupará del niño. Su reloj biológico está en marcha, así que está volcada en los niños últimamente. Dillon está un poco asustado.

–Seguro que lo que le asusta es lo que un embarazo supondría para la gestión de su restaurante –dijo Connor–. Por muy temperamental que Dillon sea en la cocina, es Kate la que tiene a la clientela cómoda y contenta.

–En eso tienes razón –dijo Jess con una risa–. Nos vemos a las siete –vaciló un instante y le preguntó–: Por cierto, ¿soy tu segunda opción de esta noche?

–¿Qué quieres decir?

–¿Por qué no estás con Heather?

–No es una opción.

–¡No me digas que ha aceptado la invitación de Abby para cenar con ese tipo!

A Connor no le sorprendió del todo que Jess también estuviera enterada.

–No, la ha rechazado, pero también me ha rechazado a mí.

–Lo siento, hermano.

–No sé por qué me ha sorprendido –admitió–. Me lo ha dejado perfectamente claro. Yo sigo pensando que cambiará de idea, pero hasta el momento se está manteniendo firme.

–¡Vaya! ¡Una mujer testaruda! –exclamó Jess fingiendo asombro–. ¿Quién iba a imaginarse que un cabezota O'Brien podría verse afectado por una mujer así?

–Pues me ha pasado. Me ha pillado totalmente desprevenido.

Jess se rió.

–Bien por ella.

–Ya hablaremos de tu falta de lealtad familiar cuando te vea –le dijo y colgó.

Aunque la noche no estaba saliendo tal y como se había esperado, la idea de pasarla con su hermana y su hijo en un restaurante tan bueno como cualquier marisquería de Baltimore hizo que se sintiera bastante animado. Es más, una relajante noche de sábado en Chesapeake Shores, donde no tenía que estar pendiente de su imagen pública allá adonde iba, sobre todo después del caso Wilder, era bastante atrayente. No estaba seguro de poder tolerar una estricta y permanente dieta de paz y tranquilidad, pero por el momento le estaba sentado bien.

Como todo sábado por la noche según se acercaba la temporada estival, Brady's estaba abarrotado. Heather pasó la cola de gente que esperaba a que les dieran una mesa en el restaurante y se dirigió a la zona de la barra, donde Connie y Laila tenían una mesa en una esquina.

–Este lugar es una locura –dijo Heather–. Aunque está bien ver que les funciona el negocio a pesar de cómo está la economía.

–Dillon ha logrado mantener unos precios razonables –dijo Laila–. Dice que prefiere tener un restaurante lleno que elevar sus beneficios en cada plato. Hasta el momento, le está funcionando. La gente de aquí sabe que tiene la mejor comida de la zona, y que él no intenta robar con los precios.

Connie y Laila se lanzaron una conspiradora mirada y Connie fue la primera en hablar.

–¿Te has fijado en quién más está aquí esta noche? –le preguntó a Heather bajando la voz.

–¿En la zona del restaurante?

–No, aquí, en el bar –dijo Laila–. En el banco que está al otro lado.

Heather se giró y vio a Connor, a Jess y al pequeño Mick.

–¡Oh, madre mía!

–No te pongas así, no te han pillado en mitad de una cita –dijo Laila aunque Connor estaba mirándola como si fuera así–. Que hayas rechazado su invitación no significa que tuvieras que quedarte sentada en casa y sola toda la noche. Dile que teníamos planes de antes, si te lo pregunta.

–No le debo ninguna explicación, pero es incómodo. ¿Llevan mucho rato aquí?

–Han llegado cuando nosotras. He pensado en decirles que nos sentáramos juntos, pero eso tienes que decidirlo tú. Tenemos un banco grande, por si acaso.

Heather debatió consigo misma.

–Sería lo más educado, ¿no? Quiero decir, no odio a Connor, ni mucho menos, y mi hijo está ahí.

–Yo digo que los invitemos a sentarse aquí –dijo Connie–. Somos familia más o menos, no hay necesidad de crear una enemistad que dure para siempre, como la de Mick y sus hermanos.

–Estoy de acuerdo –apuntó Laila y miró a Heather–. A menos que tú te sientas incómoda.

Heather suspiró.

–Soy adulta y puedo soportarlo. Iré a decírselo.

Cruzó el bar y centró la atención en Jess.

–Estás genial. ¿Qué tal marcha el hotel?

–Esperando que empiece la temporada –respondió, aunque estaba sonriendo por la charla trivial que mantenían y por qué sabía que Heather estaba ignorando a Connor deliberadamente.

Finalmente Heather se forzó a mirarlo.

–Nos preguntábamos si os gustaría sentaros con nosotras. Hay espacio para todos y seguro que agradecen que se quede una mesa libre con lo lleno que está esto.

Él la miró con sorpresa.

–¿Seguro?

–Claro.

Miró a Jess, que ahora sonreía ampliamente.

–¿A ti te parece bien?

–¡Como si fuera a atreverme a decir que no! –murmuró recogiendo su bolso y su bebida para ir al otro lado del bar.

Heather sacó al pequeño Mick de la trona y Connor los siguió con el carro. Cuando se sentaron en el banco, ella se vio entre Jess y Connor. Miró a Laila, que alzó su vaso de cerveza y dijo:

–¡Por las familias felices!

Junto a Heather, Jess se rió y todos brindaron.

Heather suspiró. Si la cena en casa de Abby con un desconocido habría resultado incómoda, ésa prometía serlo más.

Capítulo 11

Aunque Connor estaba satisfecho por cómo se había sucedido la noche del sábado, lamentaba haber estado con Heather por una cuestión de casualidad y no porque ella lo hubiera elegido así. Por otro lado, tenía que dar gracias por el hecho de que ella no se hubiera marchado del restaurante ni se hubiera negado a que se sentaran juntos. Sin embargo, cuando paró a dejar a Mick el domingo por la tarde, iba descontento y preparado para tener una pelea.

En cuanto dejó a su hijo en el parque, se giró para decirle a Heather:

–¿Por qué no me dijiste que ibas a salir con Connie y con Laila cuando te pedí que cenaras conmigo?

–Porque aún no habíamos hecho planes –respondió con exagerada paciencia–. ¿No lo entiendes, Connor? No importa si tengo o no otros planes. No puedo aceptar tener una cita contigo. No quiero hacerte creer que vamos a volver juntos.

Él sacudió la cabeza incrédulo.

–Esto no lo haces por protegerme, Heather. Lo que te pasa es que te da miedo estar conmigo y rendirte.

Ella sonrió.

–Eso está claro, pero ahora mismo mis convicciones y mi voluntad son fuertes, lo cual no significa que quiera ponerme en el camino de la tentación.

–¿Soy una tentación? –dijo él claramente complacido.

–Sí, Connor, eres una tentación.

–Me alegra saberlo. Tendré que estudiar cómo sacarle partido.

–A lo mejor deberías pasar más tiempo intentando descubrir por qué estás tan decidido a no hacer la única cosa que de verdad me haría volver a tu lado.

–¿Que reexamine mis opiniones sobre el matrimonio?

–Claro. ¿Qué te parece ir a un terapeuta? Te propondría a Will, ya que te sientes cómodo con él, pero no creo que fuera lo mejor.

–Eres tú la que tiene un problema y lo ve todo de color de rosa.

–Está claro que no soy el Llanero Solitario cuando se trata de creer en el amor. Miles de personas dan ese paso cada día.

–Y se divorcian un año después… por suerte para mí.

Ella lo miró fijamente.

–¿Te estás oyendo? ¿Te extraña tanto que no quiera estar con una persona tan cínica y negativa? ¿Cómo te soportas a ti mismo? Es más, ¿cómo soportas vivir en un mundo tan oscuro y lúgubre? Tengo claro que no quiero vivir contigo en ese lugar y tampoco quiero que mi hijo crezca con esas creencias.

Connor se sintió como si una fría garra estuviera arrebatándole la vida.

–No irás a pedir la custodia de Mick, ¿verdad?

–Por supuesto que no. Supongo que puedo contrarrestar cualquier mensaje equivocado que el niño oiga de ti.

–Pero, ¿eso es todo? ¿Te has desenamorado de mí porque no comparto tu idílica visión del amor y del matrimonio?

–Por desgracia, no. Te querré siempre. Tienes muchas cualidades maravillosas que admiro. Eres un gran padre, eres divertido e inteligente. Eres considerado y prudente.

–Entonces, me sorprende que no te hayas abalanzado sobre mí ya –dijo intentando ser gracioso.

–¡Oh, Connor! No puedo aceptar una relación que es

menos de lo que podría ser. No quiero eso para mí. No lo quiero para Mick. Y, lo creas o no, tampoco lo quiero para ti. Deberías marcharte.

Connor comenzó a discutir, pero al fin y al cabo, ¿qué faltaba por decir? ¿Que creía que merecía la pena luchar por lo que tenían? ¿Que la amaba? Todo eso ella ya lo sabía.

Y, aun así, no era suficiente.

Thomas tenía un intenso dolor de cabeza, el mismo que solía tener cuando leía unos análisis que indicaban que los niveles de polución de la Bahía Chesapeake no estaban mejorando tan rápidamente como debieran. Apartó el informe y estaba a punto de telefonear a Kevin para reunirse y darle forma a un nuevo plan de batalla cuando alguien llamó a la puerta de su despacho y entró.

–¡Connie! –dijo animado ante la inesperada y agradable visita–. ¿Habíamos quedado hoy?

Ella se rió.

–Hablé con tu recepcionista hace unos días y me apuntó en tu agenda.

–Supongo que debería prestarle más atención a eso, pero soy muy distraído.

–¿Vengo en buen momento?

–Si vienes conmigo a tomar una taza de café y charlar un poco, es un momento excelente –dijo y señaló a los informes que tenía sobre la mesa–. Llevo toda la mañana intentando digerir más noticias deprimentes.

–¿Quieres compartirlas conmigo?

Él la miró asombrado.

–¿De verdad quieres que te lea las estadísticas y las predicciones?

–He venido aquí para ponerme al día del último estudio sobre la bahía, así que creo que es perfecto.

Emocionado por la idea de tener un público entusiasta, Thomas agarró los papeles y salieron de su despacho. Fueron hasta una pequeña cafetería junto al mar frecuentada principalmente por los trabajadores del río Severn. No era especialmente bonita, pero tenía las mesas limpias y el café lo servían bien cargado.

–Estoy emocionada con todo esto –dijo Connie sentándose frente a él–. Ayer hablé con Shanna y está feliz con la idea de las charlas. Te hemos preparado un borrador del calendario. No sabíamos cuántos días querías ocupar, así que hemos hecho un listado de todos los pueblos de la bahía que podrían acoger el evento. Podemos preparar el número que tú quieras, más o menos.

Thomas se rió ante su entusiasmo.

–Sabía que había elegido a la persona correcta para hacer esto. Si no tengo cuidado, me vas a tener trabajando todos los viernes por la noche y los sábados.

–Por lo que he oído, de todos modos trabajas todo el tiempo –dijo y se sonrojó–. O, al menos, eso es lo que dice tu familia.

–Es verdad –dijo sin intentar negarlo.

–¿Es eso lo que pasó en tus matrimonios? –le preguntó y entonces se tapó la boca–. Lo siento. Tengo la costumbre de hablar antes de poner a funcionar el cerebro. Sé que has estado casado dos veces, así que me preguntaba si ser un adicto al trabajo habría contribuido en cierta manera a... –su voz se fue apagando según la invadía la vergüenza.

Thomas no parecía poder apartar la mirada de sus sonrosadas mejillas. ¿Cuándo había sido la última vez que había hablado con alguien que poseía esa intrigante mezcla entre candor e ingenuidad?

–Me sorprende que la red de cotilleos de la familia no te haya dado también esa información –dijo él con gesto divertido–. Es verdad. Mis esposas se cansaron de estar casadas con mi trabajo. Y, como podrías imaginar, era peor cuando estaba trabajando con Mick en la constructora e intentando luchar por la conservación de la bahía al mismo tiempo. Si mi mujer me veía una noche de siete, era toda una suerte –admitió–. Tardó un año en cansarse.

–Entonces el matrimonio terminó demasiado rápido.

–No, cuando ya estaba predestinado al fracaso.

–¿Y la mujer número dos?

–Oh, ella llegó con los ojos bien abiertos, decía que le encantaba que fuera tan apasionado con mi trabajo, pero resultó que eso le daba mucho tiempo para sus coqueteos. Decidimos ponerle fin después de nueve meses. Nunca sabré si me habría sido fiel de haber estado yo más tiempo con ella. Me gusta pensar que sí.

–Entonces, en lo que se refiere al matrimonio, supongo que piensas lo mismo que Connor –preguntó ella algo entristecida por la idea.

–La verdad es que no, soy muy optimista al respecto. ¿O a lo mejor soy un loco por seguir haciendo lo mismo y esperar un resultado distinto?

–Yo diría que tienes esperanza. ¿Por qué crees que Connor no puede verlo así?

–Porque no está preparado para admitir que se equivoca –respondió Thomas–. Los O'Brien odian admitir sus debilidades, pero acabará casándose con Heather, si eso es lo que te preocupa.

–Es que me da pena que esté desperdiciando la increíble oportunidad que tiene de ser feliz –dijo Connie y alzó la mano–. Pero no he venido aquí para hablar de la vida privada de los O'Brien. Cuéntame qué dice esa impresionante pila de papeles.

Thomas asintió.

–Intentaré darte la versión reducida, pero puede que mi entusiasmo pueda conmigo. Cuando hayas oído suficiente, dímelo y me callaré.

Ella se acercó, como si intentara leer los papeles del revés.

–Eso no va a pasar. ¿Qué pone ahí? ¿Algo sobre la población de ostras?

Thomas asintió, y giró las páginas para que ella pudiera ver con mayor claridad. No había nada mejor que una estudiante entregada, sobre todo una tan encantadora como ésa.

En ese momento se detuvo en seco. Connie Collins debía ser lo suficientemente joven para… ¿ser su hija? No, claro que no. Tenía una hija que estaba a punto de ir a la universidad, lo cual significaba que debía de haber cumplido los cuarenta o que estaba cerca. Y él acababa de cruzar la barrera de los cincuenta.

Aun así, era de la generación de sus sobrinos y verla como algo más que una voluntaria sería una locura. Sin embargo, a pesar de ese recordatorio, cuando miró esos curiosos y brillantes ojos, inevitablemente tuvo que sonreír y sintió su ritmo cardíaco algo más acelerado que de costumbre.

Un viernes por la mañana dos semanas después de la visita de Connor, Heather se sorprendió cuando Megan entró en la tienda luciendo un modelo que tenía que haberse comprado en París. Con ese atuendo, sumado a su cabello rubio y su estilizada figura, se la veía más estilosa y elegante que nunca.

Heather salió de detrás del mostrador para abrazarla.

–¡Bienvenida a casa! Creía que no volvíais hasta la semana que viene.

–Eso pensábamos nosotros también.

–¿No ha ido bien la luna de miel?

–Oh, la luna de miel ha sido fantástica, muchas gracias –dijo con una carcajada–. La comida francesa es increíble, el vino maravilloso, los lugares espectaculares y el arte asombroso. Además, Mick ha estado de lo más encantador.

–Si tan maravilloso ha sido todo, entonces me sorprende un poco que no os hayáis comprado una casa y os hayáis quedado a vivir allí –dijo Heather bromeando.

–¿La verdad? Echaba de menos a mi familia. Acabo de recuperarlos y estar lejos ahora mismo, sobre todo con todo lo que está pasando, estaba matándome. A Mick le ha pasado lo mismo, aunque él no lo admite. Fingió que le dolía mucho sacrificar los últimos días de nuestro viaje y que lo hacía sólo por complacerme a mí.

–Habríamos estado bien aquí, no habría cambiado nada si hubierais esperado a volver unos días más.

–Tal vez eso era lo que más me preocupaba –admitió Megan–. Que las cosas tienen que cambiar.

–Si estás refiriéndote a Connor y a mí, olvídalo. No voy a hablar del tema contigo.

–¿Qué ha pasado ahora? –preguntó Megan desalentada.

–Absolutamente nada, en realidad. Él está en su mundo oscuro y decidido a seguir allí mientras que yo me niego a unirme a él. ¿Por qué seguir luchando? Tengo que seguir adelante, así que venga, cuéntame todo lo de París. Siempre he querido ir allí.

–Entonces ven mañana a ver todas las fotos que ha sacado Mick. Y si dices que no, te las traeré para que las veas aquí y así no tengas que escuchar su interminable charla sobre el viaje.

–Oh, no, quiero verlas con comentarios incluidos –dijo Heather–. ¿A qué hora?

Megan vaciló.

–Connor ha dicho que no podrá llegar hasta las seis o así, así que, ¿te parece bien a las siete?

El entusiasmo de Heather se desvaneció ante la inesperada mención de Connor.

–Creo que, al final, prefiero ver las fotos aquí.

Megan no se esforzó en ocultar su decepción.

–Cielo, no puedes evitarlo para siempre.

–No es para siempre. Estuvo aquí hace menos de dos semanas.

Megan parecía sorprendida.

–¿Mientras estábamos fuera? ¡Es genial!

–La verdad es que no –tocó la mano de Megan–. Bueno, da igual. No me importa esperar a ver las fotos. Así tendrás otra oportunidad de hablar del viaje. No quiero estropearos la noche.

–Tú nunca harías eso. Te juro que ese hijo mío necesita que le revisen la cabeza.

Heather se rió.

–No se lo menciones. Le sugerí lo mismo y no se lo tomó muy bien.

–¿En serio? ¿Le dijiste que fuera a ver a un loquero?

–Pensé que tal vez alguien con un punto de vista objetivo lo ayudaría a superar esos temas –respondió Heather encogiéndose de hombros–. Sobra decir que no le gustó nada la idea.

–No, imagino que no. Mira, hace años tuve la brillante idea de que los niños fueran al psicólogo para sobrellevar mejor el divorcio. Mick me dijo que yo era la loca y que sus hijos no necesitaban que un psicólogo les dijera nada. Estoy segura de que los niños nos oyeron discutir porque Abby me lo mencionó años después. Connor ha podido heredar de su padre la idea de que ver a un psicólogo es un signo de debilidad. Cualquiera habría pensado que debería haber cambiado de opinión con el paso de los años, sobre todo cuando Will es su amigo, pero no es así.

Heather sacudió la cabeza.

–Razón de más para necesitar visitar a uno.

Megan sonrió.

–Podrías tener razón en eso. A lo mejor se lo propongo. De todos modos, siempre está enfadado conmigo, así que ¿qué tengo que perder?

Impulsivamente, Heather abrazó a Megan.

–Me alegro mucho de que estés en casa.

–Yo también, cielo. Yo también.

Connor prosperaba en el trabajo y había aceptado más y más casos en su deseo de convertirse en socio del bufete. Últimamente, cuando no quería pensar ni en Heather ni en su relación, el trabajo había sido su refugio y una agenda llena fue como una bendición.

Ese día, sin embargo, por alguna razón, apenas era capaz de contenerse cuando otro cliente remarcó los defectos de su mujer y sus propios motivos para querer ponerle fin al matrimonio. Eso era lo que eran: justificaciones por haber roto sus votos matrimoniales. Era la primera vez que Connor lo veía así, lo cual significaba que Heather volvía a estar dentro de su cabeza.

Miró al hombre sentado frente a él, el director de una empresa local que había encontrado excusa tras excusa para las aventuras que había estado teniendo. Ahora que su esposa había firmado el divorcio y buscaba recibir una buena indemnización, él quería culparla de todas las malas elecciones que había hecho.

Normalmente, Connor se habría centrado únicamente en las quejas del hombre hacia su mujer, pero, al igual que le había pasado con Clint Wilder, de pronto se preguntó cuál sería la historia de la mujer. ¿Que hubiera hecho o no algo realmente justificaba que su marido la hubiera engañado repetidamente?

–Entonces, ¿puedes sacarme de ésta sin perder nada de dinero? –le preguntó Paul Lacey–. Todo el mundo dice que eres el mejor asegurándose de que a los hombres no les dejen sin blanca sus exmujeres.

–¿Cuántos hijos tiene?

–Tres.

–¿Cuántos años tienen?

–Seis, diez y doce.

–¿Pasa mucho tiempo con ellos?

–Todo lo que puedo y me permite mi trabajo.

–¿Qué ideas tiene sobre su custodia?

Lacey se quedó impactado por la pregunta.

–Visitas, supongo –dijo sin mostrar mucho interés.

–¿Ni siquiera la custodia compartida?

–Como te he dicho, no tengo mucho tiempo –respondió el hombre a la defensiva.

Justo en ese momento, Connor decidió que no le gustaba su cliente. ¿Qué clase de padre podía darle tan poca importancia a formar parte de la vida de sus hijos? Por mucho que hubiera sucedido entre Heather y él, siempre querría formar parte de la vida de Mick. Hasta el momento habían podido organizarse bien y por eso no había necesitado legalizar sus derechos como padre, pero si se diera el caso, insistiría en tener la custodia compartida.

–Mire, Paul, las cosas están así: va a renunciar a la custodia de sus hijos y a darle toda esa responsabilidad a su mujer, así que ella le pedirá una cantidad sustanciosa como pensión de manutención y el tribunal se la concederá. Dada la situación, que usted me ha confesado y que ella, al parecer, conoce, seguro que querrá más de lo que usted quiera pagar. Antes de que esto vaya a más, ¿por qué no da un paso atrás e intenta solucionar las cosas? Es el único modo de salir de esta situación sin salir perdiendo.

Era la primera vez en su carrera que Connor había hecho semejante recomendación tan de corazón. En el pasado, había lanzado la sugerencia y después la había olvidado cuando su cliente había mostrado reparos, ya que normalmente estaba demasiado ansioso por llevar el caso a los tribunales y luchar por los derechos económicos de sus clientes.

Paul Lacey pareció quedarse atónito con su consejo.

–He venido aquí para que puedas representarme en mi divorcio, ¿y estás aconsejándome que nos reconciliemos? ¿Qué clase de abogado eres?

–Uno honesto. Puedo aceptar su caso y prometerle hacer todo lo posible, pero acabará siendo un perdedor si lo único que le importa es preservar su cuenta corriente. Si se preocupara por su esposa y sus hijos, tal vez intentaría recordar por qué. Es lo único que digo. Si las cosas no funcionan, el divorcio siempre sigue siendo una opción.

El mismo Connor se quedó sorprendido al oír esas palabras salir de su boca. ¿Qué? ¿De pronto estaba hablando como Heather? Resultaba desconcertante, como poco.

Lacey se levantó.

–Pensaré en ello. Si te llamo el lunes para decirte que sigas adelante, ¿lo harás?

–Claro –respondió Connor, aunque sin mucho entusiasmo.

En cuanto Paul Lacey se hubo marchado, Connor agarró su maletín lleno de archivos de casos y fue hacia la puerta.

–Marjorie, me marcho ya para empezar el fin de semana. Si me necesitas, llámame al móvil.

–Pero tienes una cita a las cuatro en punto –protestó–. Y creía que también tenías programadas algunas para mañana. ¿Qué hago con ellas?

–Cancélalas y busca otros días. Tengo que ir a Chesapeake Shores –debería haber cancelado las citas en cuanto su madre le llamó para decirle que al día siguiente todos se reunirían para ver las fotografías de la luna de miel, pero en ese momento no le había hecho demasiada gracia la idea de pasar la noche viendo fotos con la familia.

–¿Es una emergencia familiar? –preguntó Marjorie preocupada.

–En cierto modo, sí, pero nada de lo que tengas que preocuparte.

Sólo quería ver a Heather y a su hijo. Después de un par de semanas ocupándose de casos, necesitaba que le recordaran que la inocencia aún existía y ver al pequeño Mick lo haría.

En cuanto a ver a Heather, a pesar de lo mucho que discutían, incluso él estaba empezando a agradecer el modo en que ella se aferraba a todo lo bueno y a la esperanza. Después de las dos últimas semanas, necesitaba ese equilibrio mucho más de lo que creía, y tal vez también necesitaba tiempo para pensar a qué se debía.

Heather finalmente se había dejado convencer para juntarse a cenar con la familia y aparcó en el camino circular de entrada a la casa justo detrás de Connor, que se acercó para ayudarla con el pequeño Mick.

–¿Acabas de llegar? –le preguntó ella.

–La verdad es que llegué anoche –respondió mientras le hacía cosquillas a su hijo provocándole carcajadas.

Ella lo miró sorprendida.

–Creía que tenías muchísimo trabajo.

–Y así es, pero le dije a Marjorie que me cambiara algunas citas. Tenía que venir aquí a respirar un poco de paz y tranquilidad y a ver a mi niño.

–¿En serio? Eso es nuevo.

–Que no se diga que nunca se puede aprender algo nuevo –la miró a los ojos–. Me alegro de que estés aquí. Mamá me dijo que te invitaría, pero que no estaba segura de que fueras a aceptar.

–Tu madre estaba tan emocionada con el viaje que no he podido decirle que no.

–¿Y sabías que yo vendría?

Ella sonrió.

–Sí, Connor, lo sabía.

–Y has venido de todos modos –respondió él exageradamente impactado.

–He dudado entre la idea de quedarme en casa o de oírlo todo sobre París y ha salido ganando París.

–Espero que se guarden los detalles de la luna de miel –dijo él con un escalofrío.

Ella se rió.

–No creo que quieran compartir eso con nosotros, así que seguro que tus delicados oídos están a salvo –lo miró fijamente y su expresión se volvió seria–. ¿Qué está pasando, Connor? ¿Tuviste un mal día en la oficina?

–Demasiados maridos infieles que esperan que les salve el trasero.

Ella se detuvo en seco.

–¿Acabas de mostrarte tan desilusionado con tus clientes como me ha parecido?

Él se encogió de hombros.

–Probablemente. Seguro que es por dos semanas de reuniones con nuevos clientes que, básicamente, tienen la misma historia… y, tal vez, por una cosa más…

–¿Qué es?

–Que me susurras al oído que son unos cerdos y unos cretinos.

–Yo nunca he hecho eso –protestó ella sin poder evitar reírse–. A pesar de que algunos lo son.

–Todos –respondió él con sinceridad–. ¿Cómo no he podido verlo antes?

–Porque creías que estabas en el mundo de la abogacía para defender los derechos de todos los hombres a los que sus malvadas esposas habían tratado mal. Los veías a través del prisma de tu propia experiencia o, para ser más precisos, de la de tu padre.

–Tal vez –admitió él–. Lo único que sé es que he estado dos semanas escuchando y tomando notas mientras me preguntaba por qué una mujer querría estar casada con alguno de esos hombres. Creo que has arruinado mi carrera.

–No pienso que eso fuera a ser algo necesariamente malo, aunque no creo que suceda. Hay muchos hombres que merecen tener a alguien como tú para que los defienda en un tribunal. Tal vez sólo tienes que ser más discerniente con los casos que eliges.

–Intento convertirme en socio del bufete, así que cuanto más lleno de casos esté mi maletín, más oportunidades tendré.

Ella lo detuvo poniéndole una mano en el brazo.

–¿Te merece la pena? Sé que eso es como el Santo Grial para ti, pero, ¿y si en el proceso pierdes tu alma?

Ahora Connor se rió.

–A pesar de la pobre opinión que tienes de lo que hago, no estoy vendiéndole mi alma al diablo.

–Si tú lo dices… –respondió ella no muy convencida.

–En serio, Heather, estaré bien. Sólo han sido dos semanas algo complicadas y veros a Mick y a ti era lo que necesitaba. Me haréis sentir bien otra vez.

Ella quería pensar que le proporcionaba algo de equilibrio a su vida, pero no era más que una persona y el pequeño Mick no era más que un bebé. No podían responsabilizarse de haberlo salvado de los aspectos más lúgubres de la clase de abogacía que había elegido ejercer. Él era el único que podía salvarse.

Aunque, por lo que le había oído decir esa noche, tal vez estaba empezando a hacerlo.

Capítulo 12

Después de ponerse apresuradamente en camino hacia Chesapeake Shores el viernes, Connor se había obligado a esperar hasta el sábado por la noche para ver a Heather. Había necesitado tiempo para pensar, porque descubrir que, de pronto, estaba desencantado con algunos aspectos de su profesión le había supuesto un gran impacto. Sospechaba que se le pasaría una vez que hubiera pasado un fin de semana viendo a sus padres poniéndose en ridículo bajo el falso pretexto de haberse enamorado otra vez.

Para su sorpresa, sin embargo, parecían realmente felices. No podía negar el brillo en el rostro de su madre ni la luz de los ojos de su padre cada vez que éste miraba a Megan. Y oírles hablar sobre las fotos que habían tomado en París y cómo se pisaban el uno las palabras del otro, emocionados por compartir los recuerdos de su luna de miel, fue como una revelación para él. No podía recordar un solo momento de su infancia en que hubiera visto tanta armonía entre sus padres o tanta alegría en su casa.

Aunque, por supuesto, tendría que haberlo habido, ya que la gente no estaba casada durante casi veinte años antes de divorciarse sin que hubiera habido algo de alegría que los hubiera mantenido unidos tanto tiempo. ¿Habría sido él demasiado pequeño cuando había habido risas y alegrías en lugar de tensión, o había bloqueado esos recuerdos para poder culpar a su madre de haber separado a la familia?

Estaba claro que había olvidado intencionadamente todos los buenos momentos que su madre y él habían pasado juntos y tuvo que admitir, aunque a regañadientes, que la caricia que acababa de hacerle Megan había despertado algunos de esos buenos recuerdos. Tendría que preguntarles a Abby o a Kevin, que eran mayores, sobre la alegría en la casa. Claro que, preguntar sería arriesgarse a que el resto de sus amargos recuerdos se vinieran abajo y no le quedara ninguno.

Carrie se acercó a él y se acurrucó a su lado.

—Ey, peque, ¿qué te pasa? —le preguntó a su sobrina.

—Caitlyn y yo hemos estado pensando —le dijo con tono solemne.

Era prácticamente un milagro que esas dos pequeñas estuvieran de acuerdo en algo, pensó él conteniendo una sonrisa.

—¿Y eso? ¿Sobre qué?

—Nos gustó mucho, mucho, estar en la boda de mamá con Trace y nos encantó llevar esos preciosos vestidos de terciopelo rojo para la boda de los abuelitos.

—Y estabais preciosas —le aseguró, sin tener la más mínima idea de adónde los llevaría esa conversación. Pero a todas las chicas, incluso con nueve años, les gustaba que les dijeran que estaban guapas. De eso estaba seguro.

Ella le sonrió.

—¿De verdad?

—Claro.

—Nos gustaría hacerlo otra vez.

Connor estaba perdido.

—¿El qué? ¿Llevar unos vestidos preciosos? Seguro que tenéis un armario lleno de vestidos que podéis poneros siempre que queráis. Sé cuánto les gusta comprar a tu madre y a tu abuela. Y si queréis ir a algún sitio donde tengáis que arreglaros más, tal vez vuestra madre os pueda llevar a Baltimore y os llevaré a almorzar a algún sitio bonito. O podemos ir a un hotel a tomar el té, así podéis jugar a ser princesas.

–No, tonto. No queremos llevar ningún vestido. Lo que nos gusta es lo de las bodas. Lo del almuerzo y el té estaría bien, pero preferimos las bodas.

–¿Y por qué me lo dices a mí?

–Porque hemos oído a mamá hablar y dice que Heather y tú deberíais casaros. Así que creemos que cuando lo hagáis, deberíamos estar en la boda –lo miró esperanzada–. ¿Qué te parece? ¿Le preguntarás a Heather si le parece bien?

–Creo que tu mamá habla demasiado –le respondió él fulminando con la mirada a su hermana, al otro lado de la sala. Abby esbozó una expresión de absoluta inocencia, como si no fuera perfectamente consciente de lo que acababa de hacer su hija.

Caitlyn de pronto se acercó y se acurrucó a él por el otro lado.

–¿Ha dicho que sí? –le preguntó a su hermana.

–No –respondió Carrie apesadumbrada–. Aún no.

Caitlyn lo miró.

–¿Cómo es posible? Lo hicimos muy bien en la boda de los abuelos. Todo el mundo lo dijo.

–Hicisteis un trabajo fabuloso, pero yo no estoy pensando en casarme.

Las dos niñas lo miraron atónitas.

–¿Nunca?

–Jamás.

–Pero Heather y tú tenéis un bebé –dijo Carrie, absolutamente asombrada–. ¿No deberíais estar casados si tenéis un bebé?

–Así debería ser –dijo Abby uniéndose a ellos–. ¿Verdad, hermanito? –estaba retándolo con la mirada, como diciéndole: «Atrévete a decirle lo contrario a unas niñas de nueve años».

Connor quería salir corriendo, pero ¿cómo iba a hacerlo cuando sus sobrinas lo estaban mirando con esas caritas?

–Vuestra madre tiene toda la razón, la gente debería esperar a estar casados para tener hijos –dijo y miró a Abby con gesto desafiante– o, por lo menos, hasta que sean lo suficientemente mayores como para comprender la responsabilidad que supone ser padres.

–Pero tenéis un bebé y no estáis casados, así que, ¿no es el bebé ilegal? –preguntó Caitlyn preocupada–. Eso ha dicho alguien en el colegio.

–Fue el idiota de Tommy Winston –añadió Carrie–. Dijo que Jimmy Laughlin era ilegal porque no tiene papá. ¿No querrás que Mick sea ilegal, verdad?

–No ilegal, ilegítimo –las corrigió Abby.

–Lo importante es que vuestro primo tiene una mamá y un papá que lo quieren más que a nada en el mundo –les dijo esperando dar por finalizada la conversación, aunque debería haber sabido que no sería así. Ésas eran las niñas que habían preguntado «¿por qué?» a todo tan incesantemente que casi habían vuelto loca a toda la familia.

–Pero si no vivís juntos y sois una familia, ¿cómo va a saberlo? –de nuevo fue Caitlyn la que habló.

–Vosotras no vivís con vuestro padre, pero sabéis que os quiere, ¿verdad?

–Supongo –respondió ella tras varios segundos de deliberación.

–Y sabéis que todos nosotros, vuestros tíos y abuelos, os queremos, pero no vivimos en la misma casa que vosotras.

La expresión de Carrie se iluminó.

–Es verdad.

–Bueno, pues lo mismo pasa con el pequeño Mick. Vive con su mamá, pero lo veo todo lo que puedo para que sepa lo mucho que lo quiero. Y os tiene a todos vosotros en su vida, así que siempre estará rodeado de mucho amor.

–¿Tendrá más regalos? –preguntó Carrie–. Caitlyn y yo tenemos muchos regalos porque tenemos a papá y también a Trace.

Connor ocultó una sonrisa.

–A veces es así, sí.

Al parecer satisfechas por fin, las niñas se levantaron.

–Quiero helado –dijo Carrie.

–Yo también –respondió Caitlyn mientras corrían hacia la cocina.

Connor miró a su hermana mayor.

–Gracias. Sé que las has provocado tú.

–La verdad es que no. Les ha entrado la fiebre de las bodas y pensaron que Heather y tú seríais su mejor apuesta.

–Pero sabías que no era así.

Abby se encogió de hombros.

–No necesariamente. Las cosas cambian. Podrías entrar en razón en cualquier momento.

–¡Sí, claro! Por cierto, espero que no le estés planeando a Heather otra cita a ciegas, porque no le interesa.

Abby sonrió.

–Como te he dicho, las cosas cambian.

–¿Qué quiere decir eso?

–Que la vida no es estática, hermanito. Puede que Heather dijera que no la última vez, pero ¿quién sabe qué pasará mañana?

–Abigail, ¡deja de meterte en mi vida!

Ella sonrió.

–Ni se me ocurriría hacerlo. Pero Heather, como bien sabes, puede hacer lo que quiera.

Antes de poder decidir si estrangular a una hermana entrometida se consideraría un delito, ella se apartó. Apenas cinco minutos después, cuando la vio hablando con Heather, enfureció, pero logró morderse la lengua. Se marchó de la casa antes de decir o hacer algo que dejara en evidencia su estado mental en lo que concernía a la madre de su hijo.

Heather sabía exactamente lo que Abby tramaba. Había visto a la hermana de Connor provocándolo y después dirigirse directamente hacia ella, al otro lado de la habitación. No tenía ni idea de qué habían estado hablando los dos, pero, fuera lo que fuese, había hecho que Connor saliera de la casa bruscamente. Ahora Abby intentaba convencerla de que tenía que ir a hablar con él.

–¿Por qué? –le preguntó mirando a Abby con escepticismo–. ¿Estás entrometiéndote otra vez?

–¿Quién, yo? –preguntó ella, toda inocencia–. Sólo estoy preocupada por mi hermano. Algo le pasa este fin de semana.

–Ha tenido unas semanas complicadas en el trabajo.

–Entonces, ¿ha hablado contigo? –preguntó Abby, aliviada–. Eso es un progreso.

–Me ha contado algunas cosas –admitió Heather, dándose cuenta inmediatamente de su error–. Pero no le llamaría «progreso» a eso.

–Claro que lo es. Demuestra que cuando está mal, tú eres la primera persona en la que piensa. Has estado con él mientras estudiaba la carrera, sabes lo difícil que ha sido y ha acudido a ti porque sabe que lo comprenderás.

–¿Qué intentas decir?

–Que todo el mundo necesita a alguien especial que de verdad entienda por lo que están pasando. Me alegra saber que Connor te tiene a ti.

–No me tiene a mí, Abby –dijo ella pacientemente–. Ya, no.

–¿No estarías a su lado si estuviera sufriendo una crisis? –le preguntó Abby fingiendo asombro–. No me lo creo. Por muchas cosas que hayan pasado, sé lo mucho que te preocupas por él.

–Connor no está viviendo ninguna crisis –dijo Heather, aunque en realidad sí que lo había dudado. Parecía inquieto por las cosas que había descubierto últimamente–. Simplemente está viendo las cosas desde una perspectiva diferente.

–¿Una perspectiva mejor?

–Posiblemente.

–Entonces tal vez deberías permanecer a su lado y fomentar eso. Es lo único que digo. Olvida por un minuto lo que está pasando entre los dos. ¿No queremos todos que vea de otro modo el trabajo que está haciendo? Es nuestro deber hacer lo que sea por fomentarlo.

—Lo cierto es que tu hermano está teniendo mucho éxito en su trabajo.

—Pero está ejerciendo la rama equivocada de la abogacía y sé que tu opinas lo mismo.

—Sí, así es —admitió Heather con renuencia. Por muy bien que le cayera Abby, se sentía incómoda por el hecho de que la hermana de Connor la viera como una conspiradora más.

—Pues entonces sal ahí y habla con él para que entre en razón. Aprovecha la situación.

Heather sonrió.

—¿No crees que si fuera capaz de influenciar a Connor, ya lo habría hecho hace tiempo? Cuando se trata de su trabajo, Connor me ignora.

Claro que hacía un momento le había dicho que había estado oyendo su voz dentro de su cabeza. Tal vez era el momento de aprovechar esa ventaja, como Abby le había dicho.

—De acuerdo, iré a hablar con él —por lo menos así no tendría que oír más los nada sutiles intentos de persuasión de Abby.

Abby sonrió.

—¡Bien por ti! Todos contamos contigo.

—Pues no lo hagáis. No estoy haciendo esto ni por ti ni por la familia. Lo hago sólo porque Connor me importa mucho.

—Vale, como quieras. Pero lo que importa es que, por lo menos, vais a hablar.

Heather suspiró. Tal vez en el mundo de un entrometido O'Brien eso era lo único que importaba.

Heather encontró a Connor sentado en lo alto de las escaleras que bajaban a la playa. La marea estaba alta y las olas llegaban a los primeros escalones, borrando por completo la arena de la orilla. Se sentó a su lado.

–¿Con quién te ha emparejado Abby ahora? –le preguntó él sin mirarla.

–¿Cómo dices?

–Eso es lo que está tramando ahora. Está decidida a emparejarte con un rico inversor sólo para volverme loco. Pero no va a funcionar.

Heather sonrió.

–Y, sin embargo, aquí estás, sentado solo con una actitud bastante desagradable.

–Mi actitud es perfecta.

Ella contuvo una carcajada.

–Sí, ya lo veo.

La miró.

–¿Qué haces aquí fuera? ¿Has venido a restregarme por las narices el nuevo hombre que ocupa tu vida?

En esa ocasión, Heather sí que se rió.

–No, la verdad es que he venido porque tu hermana cree que estás agobiado y me ha convencido para que piense que es porque estás arrepintiéndote del trabajo que haces.

–¿Así ha hecho que vengas aquí afuera?

–Sí. Y como tenía algo que ver con la conversación que hemos tenido antes tú y yo, he pensado que debería venir a ver cómo estás.

–Entonces, ¿no hay ningún hombre?

–Ahora mismo no.

–¿Estás dejando la puerta abierta?

–Me parece lo más sensato. ¿Y tu trabajo? ¿Estás pensando en dejarlo?

–Estoy un poco desilusionado, pero no me he vuelto loco.

–Lo que significa que esto es otro de los manipuladores trucos de tu hermana.

–Te juro que no pienso volver a fiarme de una palabra que salga de su boca. Y tú tampoco deberías hacerlo. Ha provocado a las gemelas para que me digan que quieren estar en nuestra boda. ¿Lo sabías?

Heather se rió.

—¿Y qué has dicho?

—La verdad. He dicho que no íbamos a casarnos, lo cual nos ha llevado a la discusión de tener hijos fuera del matrimonio. No ha sido uno de los mejores momentos de mi vida.

—Me lo imagino.

Él se giró y la miró a la cara.

—Sé que no debería darle importancia a lo que me han dicho, pero ¿oyes muchos comentarios sobre el hecho de que tengamos un hijo y no estemos casados?

—Nada a lo que no haya podido responder. Ayuda mucho que toda tu familia me apoye tanto. Dudo que nadie del pueblo se atreviera a criticarme a mis espaldas y, mucho menos, a la cara.

—Lo siento si alguien te ha hecho sentir incómoda en algún momento. No es justo.

Ella se encogió de hombros.

—Cuando me mudé aquí sabía que podría haber preguntas, pero la verdad es que ha sido mejor de lo que me esperaba. Oigo muchas más cosas de mi madre.

—Me lo imagino. ¿Has hablado con ella últimamente?

—¿Por qué? ¿Para que pueda darme otra de sus charlas? No me interesa. Ya me ha dejado clara su opinión.

—Heather, tienes que saber que nunca pretendí que las cosas salieran así. Pensé que estaríamos juntos para siempre y que al final con eso bastaría para hacer callar a todas esas personas que creen que el matrimonio es el único camino a la felicidad.

—Ey, los dos hemos hecho elecciones, Connor. Y el pequeño Mick es una bendición. No dejaré que nadie, y menos mi propia madre, me diga lo contrario.

—Sí, es un niño maravilloso —dijo con vehemencia—. Aun así, no puedo evitar lamentar que tu madre y tú estéis peleadas por mi culpa.

—No es todo culpa tuya. Sabía en qué me estaba metiendo prácticamente desde nuestra primera cita y para cuando nos fuimos a vivir juntos, ya había aceptado cómo serían las cosas. Si alguien cambió las reglas, ésa fui yo.

Una brisa removió el agua e hizo que un mechón de cabello acariciara el rostro de Heather. Connor se lo colocó detrás de la oreja y le rozó la mejilla con los nudillos. Incluso un gesto tan inocente hizo que la recorriera un torbellino de calor. Ella se dijo que debía levantarse y volver a la casa, pero cuando lo miró no pudo apartar la mirada, y mucho menos moverse.

–¡Cuánto te he echado de menos! –exclamó él.

Heather tenía los ojos empapados en lágrimas.

–Yo también te he echado de menos.

–¿Por qué tienes que ser tan preciosa?

Ella sonrió.

–Para atormentarte, supongo.

Connor se acercó y ella contuvo el aliento a la espera de que la besara, pero finalmente él se echó atrás.

–Lo siento. No estoy jugando limpio, ¿verdad?

Pero en ese momento, ella no quería que jugara limpio. Quería sentir su boca sobre la suya, sus brazos rodeándola. Quería sentir esa fuerza que siempre la había hecho verse protegida.

–No –respondió ella con voz temblorosa.

Si hubiera admitido lo que deseaba, lo habría obtenido: un beso. Pero habría sido un beso que removería recuerdos… y su dolor.

Forzó una sonrisa, se levantó y volvió a la casa conformándose sólo con el dolor.

Connor se quedó junto a la bahía un rato más antes de finalmente volver a la casa. Cuando llegó allí, Heather ya se había marchado con su hijo.

–El pequeño Mick tenía un poco de fiebre –le dijo su madre–. Y Heather ha pensado que debía llevarlo a casa y meterlo en la cama.

Connor la miró alarmado.

–¿Está enfermo?

Megan le puso una mano sobre el brazo en un gesto reconfortante.

–A los niños les sube la fiebre a veces, Connor. Seguro que no es nada grave. Si empeora, Heather nos llamará.

–Pues no voy a quedarme esperando. Dile a Jess que he tenido que irme. Íbamos a ir a tomar algo a Brady's cuando termináramos aquí. Tendrá que ir sin mí porque Will nos espera allí.

A su madre se le iluminaron los ojos.

–¿En serio? ¿Hay algo entre los dos?

–No, por parte de Jess –admitió.

–Pero Will está loco por ella, ¿verdad?

Él asintió.

–Eso me parece. Yo intento mantenerme en una posición neutral.

La expresión de Megan se volvió pensativa.

–Si lo que dices es cierto, y le digo a Jess que no vas a ir, ella tampoco querrá.

Connor no había pensado en eso.

–Tienes razón. Debería llamar a Will para cancelar la cita.

–No –dijo su madre al instante–. Le diré a Jess que has ido a casa de Heather y que te reunirás con ella en Brady's –parecía muy satisfecha con la solución a la que había llegado.

Connor se rió.

–Me alegra saber que el gen de la intromisión no se le escapa a nadie en esta familia.

–Está claro que a mí no. Sólo intento ser un poco más sutil que alguna que otra persona cuyo nombre sabemos.

–Ten cuidado con Jess, mamá. Es más vulnerable de lo que crees.

–Lo sé –respondió ella y le acarició la mejilla–. Gracias por cuidar de ella, aunque… ¿quién cuida de ti?

–Mi vida está bajo control. No necesito que nadie cuide de mí.

Ella sacudió la cabeza con una expresión triste.

–Ojalá fuera verdad. Ve a ver cómo está tu hijo y llámame si me necesitas.

Connor salió de la casa con la extraña sensación de haber tenido una conversación absolutamente sincera con su madre, una de las pocas que podía recordar. No sólo agradeció su franca preocupación por el pequeño, sino que se sintió mucho mejor sabiendo que ella iría corriendo si su hijo enfermaba.

Cuando llegó al apartamento de Heather un momento después, las luces estaban encendidas. Aparcó en el callejón detrás de las tiendas y subió los escalones de dos en dos. Habría aporreado la puerta, pero pensó que el pequeño podría estar durmiendo. Llamó suavemente y la puerta se abrió sola al instante. Ya hablaría con ella de eso, pero ahora no era el momento.

Heather estaba a medio camino de la puerta cuando él entró.

–¿Qué estás haciendo aquí? –le preguntó sorprendida.

–Mamá me ha dicho que Mick tiene fiebre.

Ella pareció relajarse con la respuesta.

–No debería haberte preocupado. No es nada. Le ha bajado la temperatura y está dormido.

Connor se quedó donde estaba, de pronto sintiéndose incómodo.

–Oh –fue consciente de que había invadido su espacio, un espacio que ella había estado intentando preservar como un santuario, libre de cualquier recuerdo suyo–. Debería irme, entonces.

Heather esbozó una media sonrisa.

–No pasa nada. Ya estás aquí. ¿Te apetece beber algo? Me temo que no tengo ni cerveza ni vino, sólo refrescos.

–¿No te importa?

–Bueno, ya has cruzado el umbral y el mundo no se ha acabado, así que supongo que no pasa nada.

Él pensó en el beso que habían estado a punto de compartir antes y en cómo estar allí, a solas con Heather aunque el pequeño estuviera durmiendo, podría ser como tentar a la suerte.

—No creo que sea buena idea que me quede —y al instante añadió—: Antes quería mucho más que sólo un beso, así que si me quedo aquí ahora, quién sabe lo que podría llegar a hacer.

Ella lo miró a los ojos.

—No debería, pero me gusta la idea de saber que aún puedo hacerte perder el control.

—¿Qué estás diciendo, Heather?

—Sólo que estoy dispuesta a correr el riesgo de dejar que te quedes, aunque que quede claro que no estoy animándote a hacer nada.

Él sonrió ante el nerviosismo en su voz.

—Entonces, ¿te parece bien que me quede un rato y nos torture a los dos pensando en todas las cosas que no vamos a hacer?

Ella asintió.

—¿Te sirvo un refresco?

—Claro, ¿por qué no? Un poco de tortura seductora seguro que es buena para el alma.

—Seguro que le ayuda a uno a formar su carácter —añadió Heather mientras le servía el refresco en un vaso con hielos.

—¿Te das cuenta de que en ese pequeño congelador no hay hielo suficiente para enfriar lo que se me está pasando por la cabeza ahora mismo?

Ella esbozó una pícara y femenina sonrisa.

—La verdad es que cuento con ello. ¿Qué dice eso de mí?

—Que eres una provocadora —respondió con diversión a pesar de la agonía que lo invadiría si seguían con ese juego—. ¿Cómo es posible que no supiera eso de ti?

—Porque en el pasado al final siempre obtenías lo que querías, y así no podía provocarte.

—¿Pero no esta noche?

—No esta noche.

–Entonces me conformaré con la compañía –dijo eligiendo una silla que lo situó lejos del sofá donde ella se había sentado.

La distancia tal vez evitara que actuara dejándose llevar por la tentación que ella representaba, pero no logró aplacar su deseo.

Capítulo 13

–¿No era el coche de Connor el que estaba aparcado anoche en el callejón? –preguntó Laila cuando se pasó a ver a Heather el domingo por la mañana.

–Vino a ver cómo estaba Mick –respondió ella ruborizada a pesar de que él había tenido una excusa de lo más legítima para ir allí. No es que hubieran tenido una cita secreta. Aun así, se vio obligada a añadir–: Megan le dijo que tenía fiebre.

–¿Y eso hizo que se quedara la mitad de la noche? No sabía que fuera un padre tan entregado.

–Bueno, claro que lo es –respondió Heather a la defensiva–. Adora a su hijo.

–Pero no lo suficiente como para casarse con su madre –comentó Laila y añadió sacudiendo la cabeza–: Ese hombre es un idiota.

–Ey, no digas eso sobre Connor. Yo sabía cómo era la situación desde el principio, sólo esperaba que el resultado fuera diferente.

Laila sacudió la cabeza.

–Lo conozco antes que tú y te digo que es un idiota. No es malo que desees lo que desea cualquier mujer, un marido y una familia, sobre todo cuando la familia ya ha llegado. No puedo creerme que esté actuando de este modo tan irresponsable y egoísta.

–Se preocupa por su hijo y lo mantiene, así que no creo

que esté siendo irresponsable. A mí también me mantendría, pero yo me he negado a aceptar dinero para mí. No olvides que quería que estuviéramos con él y yo elegí marcharme.

Laila puso los ojos en blanco.

–Claro. Que te hubieras quedado a su lado sin ningún compromiso de por medio le habría venido genial, ¿verdad? Todo habría salido a su gusto. ¿Y tú qué habrías tenido?

Heather no supo bien cómo responder y por eso dijo:

–¿A eso has venido, Laila? ¿A insultar a Connor? Porque si es para eso, puedes marcharte.

Laila inmediatamente alzó las manos.

–Lo siento. Si tú has aceptado la situación, no he de criticarlo. La verdad es que he venido a invitarte a casa de Abby y Trace. Van a hacer una barbacoa en la playa. Todos están de acuerdo en que esta semana la abuela se merecía un descanso de la comida de los domingos.

Heather sacudió la cabeza ante la invitación.

–Creo que ya he tenido bastantes O'Brien esta semana. Además, tengo un montón de papeleo de la tienda que organizar.

–Entonces, ¿por qué no me llevo a Mick? Así podría estar unas horas más con su padre antes de que Connor vuelva a Baltimore por la tarde.

–Dados tus comentarios de hace un momento, me sorprende que quieras llevarle mi hijo a Connor.

Laila sonrió.

–Es mi forma de asegurarme de que Connor te da un respiro. Además, disfrutaré mucho si el pequeño Mick le monta una o dos rabietas.

–Bueno, si lo dices de verdad…

La idea de tener unas horas para ella sola le pareció un regalo del cielo. Se olvidaría del papeleo y pasaría la tarde dándose un baño de burbujas hasta que se quedara arrugada como una pasa. ¿Cuándo había sido la última vez que se había mimado de ese modo? No podía recordarlo.

–De verdad, me encantaría llevarme a Mick. Y a Connor le vendrá bien preguntarse por qué has decidido quedarte aquí, sobre todo si anoche pasó algo interesante entre los dos. ¿Pasó algo?

–¡Laila Riley!

Su amiga se rió.

–Sólo quería asegurarme. Pensé que podría sacarte información picante y jugosa.

–No hay nada picante que revelar –insistió Heather. A menos que, se corrigió en silencio, las chispas que habían saltado entre los dos contaran.

–Oh, vaya –dijo Laila decepcionada y fue hasta el parque de Mick–. ¿Quieres venir a la playa conmigo, chico grande?

A Mick se le iluminaron los ojitos ante la mención de su lugar favorito.

–*Paya* –repitió emocionado.

–Tu papá también estará allí.

–Papá –repitió alzando los brazos.

Laila lo levantó y lo acurrucó contra su cuello.

–No hay nada como el olor de los bebés.

–Por cierto, ¿cuándo vas a sentar cabeza y tener uno?

Laila se rió, aunque pareció un sonido algo forzado.

–¿Quién sabe? Ahora mismo no, eso seguro. Hace meses que no conozco a alguien interesante. Hasta casi me arrepiento de haber roto con mi último novio –suspiró–. Pero sé que al final me habría muerto de aburrimiento si hubiéramos seguido juntos.

–La persona adecuada podría estar a la vuelta de la esquina.

–¿En Chesapeake Shores? No tenemos tantas esquinas.

–Me parece que Abby, Bree y Shanna no dirían lo mismo.

–Eso sin duda. ¿A qué hora tengo que traer a casa a mi amiguito? –sonrió–. ¿O le digo a Connor que lo traiga él?

–Tú te lo llevas, tú lo traes de vuelta. Como en una cita.

Laila asintió.

–Haré lo que pueda, pero conociendo a Connor, será él al que veas dentro de unas horas.

Heather sabía que su amiga tenía razón, lo cual significaba que tenía que emplear las siguientes horas de forma sensata. Aunque seducir a Connor no entraba en sus planes, eso no significaba que no le apeteciera atormentarlo un poco con un aspecto de lo más sexy antes de que volviera a la ciudad.

Connor estaba en las escaleras, al otro lado de la puerta de Heather, con su hijo profundamente dormido en brazos y esperando a que ella le abriera. Cuando lo hizo, casi se tragó la lengua.

Tenía el pelo alborotado, como se le quedaba siempre después de haber hecho el amor, y las mejillas le brillaban del mismo modo. Incluso sus labios parecían inflamados, como si acabara de haberse besado con alguien. Además, llevaba… prácticamente nada encima… una bata de seda que nunca antes le había visto. Apenas le llegaba a mitad del muslo y, si sus ojos no le engañaban, no llevaba nada debajo.

–¿Qué demonios has estado haciendo? –se preguntaba si tendría a algún hombre escondido en la habitación–. No deberías abrir la puerta así.

–¿Así cómo? –preguntó ella con gesto inocente.

–Como si te hubieras pasado la tarde haciendo el amor –respondió irritado–. Así. ¿Me llevo al niño a la cafetería hasta que puedas vestirte y librarte de quien sea que tienes escondido?

Para su asombro, ella se rió.

–A mí no me hace gracia.

–Tal vez no, pero está claro que tienes una imaginación muy viva. Echa un vistazo. No hay hombres por aquí.

–Entonces, ¿por qué estás así? ¿Me has visto llegar y el que sea se ha ido corriendo?

–¿Por qué estás tan pesado con el tema? Los dos estamos separados. Lo que yo haga, a ti no te importa.

–Claro que me importa –respondió bruscamente.

–¿Por qué?

–Porque aún te quiero, ¡maldita sea!

–Me alegra oírlo, pero los actos dicen más que las palabras. Sé que lo entiendes porque lo utilizas en el tribunal todo el tiempo. Es parte de tu estrategia para poner en su sitio a las mujeres.

–¿Qué te pasa hoy? Anoche tuvimos una conversación perfectamente civilizada. Es más, creía que nos llevábamos mejor que nunca últimamente.

–Yo también lo creía, pero entonces te has presentado aquí y has empezado a lanzarme acusaciones.

Él respiró hondo. No se le daban bien las disculpas, aunque últimamente parecía que lo había hecho más que nunca.

–Lo siento. Me he pasado. Es que te he visto y me he vuelto un poco loco –no estaba seguro del todo, pero le pareció ver algo de satisfacción en su mirada–. Eso es exactamente lo que querías, ¿verdad?

–A lo mejor un poquito –admitió.

–Tenemos que ponerle fin a este juego. Uno de estos días uno de los dos dirá o hará algo que va a arruinar lo poco que queda entre nosotros.

–¿Y qué queda?

–Nuestra amistad y respeto –la miró a los ojos–. Tenemos que pensar en el pequeño Mick.

–Estoy de acuerdo. Lo siento. No volverá a pasar. La próxima vez que vengas, tendré una actitud de lo más amigable.

–¿Por qué eso no me reconforta del todo?

–No lo sé. Lo digo en serio. ¿Cuándo volverás? Puede que me lleve un tiempo adoptar una actitud más apropiada.

Connor pensó en ello. Aunque quería ver a su hijo… y quería ver a Heather… algo le decía que la distancia que había querido marcar la noche anterior no era suficiente. Necesitaban estar separados por kilómetros.

–Te lo diré –tal vez con semanas no bastaría y meses sería lo más inteligente.

Ella alargó la mano y tomó al pequeño Mick en brazos.

–No tardes demasiado, ¿vale? Te echará de menos.

Connor suspiró.

–A mí me pasará igual. Tal vez Abby pueda llevármelo a Baltimore algún fin de semana.

Hubo un destello de decepción en la mirada de Heather, pero asintió de todos modos.

–Dilo y lo haremos –le prometió.

Aunque había muchas cosas que Connor quería decir, pero no debería, se dio la vuelta y se marchó. Y por alguna razón, en aquella ocasión su despedida fue más que nunca un adiós.

–¿Qué le pasa a este hijo nuestro? –refunfuñó Mick cuando Megan le dijo que, una vez más, Connor no pasaría el fin de semana en casa. Llevaba todo un mes evitando ir a Chesapeake Shores.

–Que es un cabezota, eso es lo que le pasa –respondió Megan–. Es demasiado orgulloso para admitir que echa de menos a Heather y que ha cometido un error terrible.

–¿Y cómo demonios vamos a solucionarlo? –preguntó Nick

–No sé si podéis –dijo su madre antes de dar un sorbo de té. Era viernes por la mañana y los tres estaban sentados en la cocina–. Connor es un hombre adulto, ya es padre. Es hora de que piense las cosas y las solucione por sí mismo.

–A este paso, su hijo madurará antes de que él entre en razón –contestó Mick.

–Nell tiene razón –dijo Megan–. Sólo empeoraremos las cosas si nos entrometemos. Vamos a concentrarnos en apoyar a Heather y a nuestro nieto en todo lo que podamos.

Mick sacudió la cabeza.

–No es suficiente. Ya diseñamos una estrategia hace algún tiempo y creo que es hora de que la pongamos en marcha.

–¿Estás hablando de intentar hacer que Connor se mude aquí? Aún no estoy segura, Mick. Me da miedo que acabe siendo un infeliz ejerciendo su profesión aquí.

Para sorpresa de Mick, su madre pareció intrigada por la idea.

–Joshua Porter se retirará cualquier día de éstos –dijo Nell atando cabos inmediatamente–. Tal vez podría darle un empujoncito y sugerirle que ahora es el momento perfecto porque la persona perfecta para tomarle el relevo está disponible.

Mick lanzó una mirada triunfante hacia Megan.

–¡Exactamente lo que estaba pensando! Connor podría ocupar el puesto de Joshua. Independientemente de si mi hijo lo sabe o no, este pueblo corre por sus venas, al igual que yo y el resto de la familia lo llevamos en la sangre. Aquí podría tener una buena vida.

Megan parecía resignada.

–Si los dos queréis conspirar, adelante. Ponedlo todo en marcha. Al final, será Connor el que tome la decisión. Pero no quiero que lo presionéis, ¿entendido?

–¿Cuándo me has visto presionar a alguien de la familia para que haga algo? –preguntó Nell–. Se lo dejaré caer a Joshua y lo que pase después dependerá de ellos dos.

–¿Y tú?

–Yo me mantendré al margen –prometió Mick–. Confía en mí, Connor verá las ventajas de todo esto por sí solo.

Megan asintió con satisfacción, obviamente contenta con la respuesta.

–Espero que tengas razón –dijo con lágrimas en los ojos, para sorpresa de su marido–. No hay nada que desearía más que Connor volviera a casa. Siento que las cosas no terminarán de solucionarse entre los dos a menos que pasemos más tiempo juntos y, aunque las cosas han mejorado últimamente, mientras viva en Baltimore aún podrá evitarme siempre que quiera.

–Sucederá –dijo Mick con seguridad. Él se encargaría de ello. No sólo por la tranquilidad de su mujer, sino por el futuro de Connor.

A mediados de junio, Connor recibió una inesperada llamada de Joshua Porter, que había abierto su despacho de abogado en Chesapeake Shores el mismo año que se fundó el pueblo.

–La próxima vez que vengas por aquí me gustaría hablar contigo. Tengo que hacerte una propuesta.

–¿Qué clase de propuesta? –preguntó Connor con escepticismo. Porter era mayor que su padre y nunca se habían movido exactamente por los mismos círculos. Es más, Connor creía recordar cierta enemistad entre Porter y Mick cuando Porter había ayudado al tío Thomas con una denuncia contra Mick cuando éste estaba construyendo el pueblo. Mick nunca los había perdonado a los dos.

–Estoy pensando en jubilarme, y estoy buscando a alguien que ocupe mi puesto. Tú eres la primera persona en la que he pensado.

–No me dedico a los casos inmobiliarios ni de tráfico –respondió Connor–. Y, además, vivo en Baltimore.

–Tus raíces están aquí –le recordó Porter–. Y, por lo que he oído, tienes un hijo aquí.

Connor suspiró.

–Ha estado hablando con mi padre.

El hombre soltó una carcajada.

–Con tu abuela, en realidad. Cree que podrías estar preparado para hacer un cambio. ¿Tiene razón? ¿Podemos reunirnos o no?

Connor vaciló. La idea de volver a vivir en Chesapeake Shores nunca se le había pasado por la cabeza, no cuando estaba a punto de convertirse en socio del bufete de Baltimore. Pero claro, Heather y su hijo estaban allí y los últimos meses le habían enseñado que estar separado de ellos no sería fácil. Si a eso le sumaba que se había pasado la última semana tratando con gente como Paul Lacey, Connor estaba más inclinado a aceptar la propuesta de Porter de lo que habría estado en otras circunstancias.

–Mañana por la tarde estaré allí.

Tal vez el destino estaba conspirando para mostrarle el camino que podía tomar su vida. Aunque lo más probable era que la abuela estuviera ocupándose del asunto y mostrando el poder de su intuición sobre lo que él necesitaba antes de que él mismo se hubiera dado cuenta.

Connor había esperado ir al pueblo y volver sin que nadie de su familia se enterara porque no había querido levantar falsas esperanzas y tampoco había querido verse presionado por todos ellos. Hasta que se reunió con Porter, no supo si mudarse a Chesapeake Shores era una opción realista o no.

Sin embargo, no había contado, o bien con la falta de discreción del abogado, o con la propagación de rumores en el pueblo, porque cuando llegó a la oficina encontró en la puerta el Mustang de su padre. Suspiró y casi dio la vuelta, pero ser cobarde no iba con él.

Aparcó en la calle y entró en la oficina, donde fue recibido por Chelsea Martin, que había sido animadora cuando Connor jugaba al béisbol. Le sonrió.

–Cuando he visto tu nombre en la agenda de hoy, no podía creerlo, Connor –dijo la chica con entusiasmo–. ¿Cuánto tiempo ha pasado?

–Supongo que desde que nos graduamos en el instituto.

–¿Has olvidado la hoguera en la playa unos días después de la graduación? Creo que esa noche nos enrollamos. Estaba segura de que te acordarías.

–¿Qué puedo decir? –preguntó avergonzado–. Por aquel entonces era un poco sinvergüenza.

–Pues dicen por ahí que aún lo eres. Todo el mundo adora a Heather y a vuestro hijo.

–Yo también –murmuró preguntándose si Chelsea era parte del lote que heredaría si volvía allí.

–Por cierto, tu padre y tu abuela están con el señor Porter ahora mismo. Les diré que estás aquí. Imagino que estarán terminando.

De acuerdo; de modo que, tal vez, la presencia de Mick allí no formaba parte de una conspiración. Tal vez simplemente había llevado a la abuela a reunirse con su abogado. Aunque… la coincidencia resultaba demasiado sospechosa.

En cuanto Chelsea avisó a su jefe, la puerta del despacho se abrió y Joshua Porter le indicó que entrara. Debía de tener por lo menos ochenta años, y llevaba unas gafas bien gruesas. Pero tras ellas sus ojos se veían brillantes mientras observaba a Connor con perspicacia.

–Pareces tener edad como para estar recién salido de la facultad, aunque claro, ahora mismo cualquiera me parece un crío comparado conmigo.

–Le aseguro que estoy licenciado y que tengo experiencia trabajando para un importante bufete del que seguro que le habrá hablado mi abuela.

–Oh, lleva una hora alabándote. Claro que eso me ha hecho preguntarme por qué ha venido a consultarme algo a mí si tú eres tan bueno.

–Porque prefiero mantener mis asuntos privados al margen de mi familia –dijo Nell–. Incluso una anciana debería tener secretos que nadie sabrá hasta que se haya ido de este mundo.

Connor se rió y se agachó para darle un beso.

–¿Qué clase de secretos nos has estado ocultando, abuela? ¿Y por qué has dejado que, precisamente, papá se entere?

–Oh, hemos dejado pasar a Mick hace sólo un minuto. No estaba aquí cuando Joshua y yo hemos estado hablando de mis asuntos.

–¡Ey, yo sé guardar un secreto, mamá! Ni te imaginas la de cosas que la gente me ha confiado a lo largo de los años.

–Dime una –dijo la mujer y se rió.

Mick se rió también.

—No me pillarás por ahí —se giró hacia Connor—. ¿Qué te trae por aquí?

Connor sacudió la cabeza.

—Has logrado preguntarlo sin reírte, papá. Disimulas muy bien. A lo mejor deberías decirle a Bree que te incluya en su compañía de teatro.

—Connor y yo tenemos unos asuntos que discutir —dijo Porter—. Y ya que es tarde, deberíamos ponernos a ello —tomó la mano de Nell—. Eso, claro está, si tú ya has terminado.

—Has hecho todo lo que te he pedido, como siempre —le dijo Nell—. Vamos, Mick. A lo mejor podemos dar un paseo con la capota bajada. Hace tiempo que no monto en tu descapotable.

—Claro, mamá —respondió Mick entusiasmado, siempre encantado de lucir su coche clásico, aunque nunca dispuesto a prestárselo a nadie.

De pronto Connor recordó las ocasiones en las que su madre lo sacaba del garaje, casi siempre cuando Mick había hecho algo que la había molestado. Miró a su padre con gesto inocente y después se dirigió a Nell para decirle:

—Abuela, seguro que mamá te daría una vuelta siempre que te apetezca.

—No intentes causar problemas, jovencito. Sé que tu madre sacaba el coche a hurtadillas.

—Y, aun así, habéis vuelto a casaros —bromeó Connor.

—No creas que a ti te lo perdonaría. Tienes suerte de no haberle hecho un rayajo nunca.

Connor sólo había «tomado prestado» el coche en una ocasión. Su madre le había tapado, o eso había creído hasta ahora. Al parecer, ellos ya no tenían ningún secreto, así que decidió que callarse sería lo más sensato.

—¿Te vemos luego por casa? —le preguntó su padre.

—Había pensado en quedarme a pasar el fin de semana, si os parece bien —le dijo Connor cambiando de opinión en cuanto a lo de volver a Baltimore. De todos modos, y gracias a ese «casual» encuentro con su padre y su abuela, todos se enterarían de que estaba allí. Y, además, habían pasado varias semanas desde que había estado un buen rato con su hijo.

—Claro que me parece bien. Se lo diré a tu madre. Esperaremos para cenar hasta que llegues… a menos que tengas planes con Heather.

—Ningún plan —respondió Connor lanzándole a su padre una mirada desafiante.

Mick murmuró algo que Connor no pudo descifrar, aunque estaba seguro de que su padre lo había llamado «idiota».

Cuando Porter salió a acompañar a Mick y a Nell, Connor observó el despacho. El mobiliario de piel resultaba acogedor, aunque viejo, y los libros que ocupaban la pared de detrás del escritorio parecían muy usados. La luz inundaba la sala procedente de una gran ventana salediza.

Un momento después, Porter volvió y cerró la puerta.

—Bueno, vamos a conocernos un poco. ¿Por qué no me cuentas lo que has estado haciendo en Baltimore?

Connor le describió su lista de clientes.

—Si quieres que opine, me parece deprimente —le dijo el anciano.

—Últimamente he estado pensando lo mismo —admitió Connor, sorprendido—. Pero no estoy seguro de que las transacciones inmobiliarias sean mejores.

—¿Quieres que te dé mi opinión?

Connor asintió.

—Tu practicas la abogacía en una gran ciudad como Baltimore y ves lo peor de la gente, ya que te ocupas de divorcios o batallas por la custodia de hijos. Y cuando pasa todo ese proceso, no vuelves a ver a esas personas, ¿verdad?

—Verdad.

—Aquí estarás tratando con gente que conoces. Si eres el buen hombre que tu abuela ha estado ensalzando, te importará lo que pase en sus vidas. Serán para ti algo más que unos cuantos archivos. Y cuando todo esté arreglado, volverás a ver a tus clientes al día siguiente, en la iglesia, por la calle o en Sally's. Sabrás cómo les van las cosas y te invitarán a tomar algo en su casa nueva, la misma que tú les has ayudado a conseguir. Puede que estés cerca de ellos cuando estén pasando por una mala racha, pero también cuando estén viviendo los mejores momentos de sus vidas —miró a Connor a los ojos—. ¿Entiendes lo que intento decirte?

—Creo que sí.

—¿En Baltimore también formas parte de la comunidad?

—No, señor.

—¿Y te gusta?

Connor pensó en la vida que tenía, sobre todo ahora que Heather y Mick ya no estaban con él. Estaba ganando mucho dinero, tenía un futuro fantástico, pero no tenía una vida, no como la que Joshua Porter estaba describiendo. De pronto supo lo que tenía que hacer. Aun así, fue cauto.

—Si acepto, ¿cómo funcionará esto?

Porter le contó sus ideas sobre hacerle socio del despacho.

—Hay otro despacho aquí atrás. Ése sería el tuyo. Chelsea seguramente pueda trabajar para los dos, pero si no funciona, siempre podemos contratar a alguien más. Yo empezaré a retirarme poco a poco, aunque no sé cuánto tardaré. Puede que algunos de mis clientes no quieran cambiar, y yo tampoco estoy seguro de querer dejar esto de la noche a la mañana.

—¿Está seguro de que hay suficiente trabajo para los dos?

—Sé que hay más del que yo puedo cubrir. Acepto el caso de todo el que entra por esa puerta porque ahora mismo no estoy dispuesto a mandarlos fuera del pueblo para que los atienda un extraño. Hay muchos otros buenos abogados por la zona, pero a la mayoría les gusta tratar con gente que conocen.

Lo que estaba describiendo suponía un ritmo de trabajo mucho más tranquilo que ése al que estaba acostumbrado, pero tal vez sería bueno tener tiempo libre para otras prioridades. Aceptar el trabajo supondría una reducción de su salario, pero el coste de vida allí también sería mucho menor. No obstante, había otras cosas más que debía deliberar y sopesar.

—Deje que piense en ello durante el fin de semana —sugirió Connor—. ¿Podemos volver a hablar el lunes por la mañana antes de que vuelva a Baltimore?

—Por mí bien —respondió Porter—. ¡Chelsea! Pasa.

Ella asomó la cabeza.

—¿Sí?

—Apunta a Connor en mi agenda para el lunes por la mañana —lo miró—. ¿A las ocho en punto te viene bien?

—Aquí estaré.

—Si te surge alguna pregunta durante el fin de semana, llámame. De lo contrario, nos vemos el lunes a primera hora.

Connor echó un último vistazo al despacho y miró a Porter. Pensó en todos los mentores que había tenido en Baltimore, hombres más elegantes y mucho más ricos, pero que no habían sido tan claros como él. Confiaba en Porter instintivamente y le gustó el retrato que le dibujó de lo que era ejercer la abogacía en Chesapeake Shores.

Ya sabía lo que iba a hacer, pero también sabía que necesitaba el fin de semana para asimilar la idea. Era una gran decisión con muchas ramificaciones, incluyendo el hecho de que Heather y su hijo pasarían a formar parte de su vida diaria.

Eso podría ser un dulce tormento o, si él lo permitía, lo mejor que le había pasado en su vida.

Capítulo 14

Heather estaba en mitad de una de sus clases de costura el sábado por la mañana cuando Megan apareció en la tienda con los ojos llenos de emoción.

–¿Tienes un minuto? –le preguntó después de saludar a Laila, a Connie y al resto de mujeres.

–Aún nos queda otra hora –respondió Heather–. ¿Puede esperar?

–Vamos, Heather –dijo Laila–. De todos modos estamos arrancando las puntadas que hemos dado mal, así que mejor vete porque te va a dar un ataque si nos ves.

Heather se rió.

–¿Quién me iba a decir que iba a tener una clase de principiantes llena de perfeccionistas? De acuerdo, vuelvo en un minuto.

Se reunió con Megan en la acera de la tienda. Era uno de esos raros días de junio en los que el aire era primaveral más que agobiante. Era agradable estar en la calle, aunque fuera unos minutos. Observó a Megan, que apenas podía contener la gran noticia.

–Bueno, ¿qué pasa?

–¿Has hablado con Connor últimamente?

–No desde hace un par de semanas. Es más, iba a llamarlo para decirle que ya es hora de que vea a su hijo.

–No te preocupes. Imagino que vas a verlo antes de que pase el fin de semana.

–¿Está en el pueblo? –le preguntó sorprendida.

–Vino ayer. ¿Y sabes por qué?

–Para ver a Mick, supongo.

–Eso también, claro, pero ha venido para reunirse con Joshua Porter –anunció Megan entusiasmada.

Heather se encogió de hombros, sin entender a qué venía tanto alboroto.

–¿Quién es?

–Oh, espera, he olvidado que no estabas aquí aún cuando firmamos los documentos de la tienda y del apartamento. Porter es un abogado, el único que hemos tenido en el pueblo durante años.

–¿Y para qué se ha reunido Connor con él? ¿Necesita un abogado? –de pronto sintió pánico–. No querrá la custodia absoluta de nuestro hijo, ¿verdad?

–Por Dios, no –dijo Megan horrorizada–. Connor jamás haría algo así. Sabe que eres una madre maravillosa.

Heather se tranquilizó.

–Entonces, ¿de qué trata todo esto?

–Bueno, Connor no me ha dicho nada, pero sé que Porter iba a pedirle que trabajara con él. Se reunieron ayer por la tarde para hablar de ello.

Heather abrió los ojos como platos y se le aceleró el corazón otra vez.

–¿Aquí? ¿Connor podría ejercer en Chesapeake Shores? ¡No me lo creo! Desde que lo conozco sólo ha hablado de formar parte de un importante y prestigioso bufete.

–Bueno, al parecer lo ha reconsiderado. Por lo menos parece que se está tomando en serio la oferta de Joshua. Te parecería bien, ¿verdad? Quiero decir, crees que sería para mejor que se mudara aquí.

Heather no sabía qué pensar. Sería genial que el pequeño Mick tuviera cerca a su padre, pero ¿sería tan bueno para ella? Eso supondría tener que verlo cada día, tener que enfrentarse al hecho de que Connor y ella no tendrían la vida con la que ella había soñado. Y todo ello sucedería antes de que le hubiera dado tiempo a formar su nueva vida.

–¿Aún no está decidido, verdad? –le preguntó al momento, odiando que sus reservas en el tema hicieran decaer la emoción de Megan.

–No, creo que no. Oh, Heather, ¿será demasiado duro para ti? Ninguno hemos pensado en ello.

Heather la miró. Había algo en la voz de Megan que sugería que había tenido que ver con el inesperado giro de la situación.

–¿Estás detrás de esto?

–En cierto modo –admitió–. Aunque no tanto como Mick y Nell. Mick tuvo la idea y Nell habló con Porter.

–¿Lo sabe Connor?

Ella asintió.

–Al parecer sí, no tardó nada en imaginárselo.

–Entonces, me sorprende que no haya salido corriendo.

–Sinceramente, a mí también me sorprende, pero no lo ha hecho. Y eso me parece alentador. No sólo supondría un nuevo comienzo para Connor que podría cambiar su modo de ver el mundo, sino que creo que por fin podría solucionar las cosas entre vosotros dos.

–Los valores de Connor no van a cambiar, por mucho que esté viviendo aquí, Megan.

Megan suspiró.

–Espero que te equivoques.

–Ojalá, pero no lo creo.

Y eso significaba que, si Connor actuaba, ella acabaría donde había estado antes, en mitad de una vida que nunca sería todo lo que ella esperaba.

Connor había encontrado una vieja camiseta y un par de pantalones cortos en su armario para el sábado por la mañana. Tenía planeado llamar a Heather y recoger a Mick para pasar el día con él pescando o jugando en casa. Cuanto menos viera a Heather mientras pensaba en su decisión de volver a casa, mejor. No quería que su presencia lo influyera de un modo u otro. Tenía que tomar la decisión exclusivamente por él.

Acababa de prepararse un tazón de cereales y un café cuando la puerta de la cocina se abrió y Kevin entró.

–Chico, qué alegría me ha dado saber que estabas aquí. Tengo una crisis.

Connor lo miró preocupado. Kevin había trabajado en Urgencias y como médico en Irak, por lo que normalmente era imperturbable.

–¿Te has enterado de las charlas que el tío Thomas pretende dar por toda la región?

–No, pero supongo que serán charlas para preservar la bahía.

–Exacto. El año pasado dio una para Shanna y fue tan bien que les ha encargado a Connie y a ella que le preparen otras tantas. Esta tarde hay una en Easton.

–Aún no he oído nada que suponga una crisis.

–Venden libros en esos eventos y recogen firmas de la gente para que se hagan miembros de la fundación. Tiene que haber gente que se encargue de ello. Le he dicho a Shanna que me quedaría aquí para hacerme cargo de la tienda, pero ahora Henry se ha puesto malo con un virus estomacal y esta mañana Davy ha vomitado también. No puedo cuidar de ellos y de la tienda, así que ella va a quedarse en casa con los niños, yo me voy a la tienda y tú tendrás que ir a ayudar a Connie.

–Pero había planeado pasar el día con Mick.

–Llévatelo. Se lo pasará genial. Es al aire libre y habrá gente vendiendo perritos calientes y cosas así. Por favor, hermano, tienes que ayudarme. De lo contrario, tendremos que cerrar la tienda y yo tendré que cuidar de los niños para que Shanna pueda ir. No se me da bien cuidar a niños enfermos.

–Trabajaste en Urgencias, ¡por el amor de Dios!

–No es lo mismo cuando es tu hijo el que está vomitando y con ese aspecto tan horrible. Ya lo verás cuando empieces a pasar más tiempo con tu hijo –sonrió–. Por cierto, he oído que para eso no falta mucho tiempo.

–Ya veo que el canal de cotilleos de los O'Brien está en

funcionamiento. Aún no he aceptado la oferta de Porter. Puede que no lo haga.

—Claro que lo harás —predijo Kevin—. Bueno, entonces, ¿puedo contar hoy contigo? Ya es hora de que cumplas con tus obligaciones familiares.

—Cuidado o podrías darme una razón para quedarme en Baltimore.

—Eres más inteligente que eso. No es que lo hayas demostrado mucho últimamente, pero todos estamos seguros de que eso cambiará.

—Sí, eso es lo que me da miedo —suspiró Connor—. De acuerdo, cuenta conmigo. Dime adónde tengo que ir y cuándo tengo que estar allí.

—Connie tiene toda la información. Podéis ir en el mismo coche. Los libros ya están empaquetados y metidos en el maletero del coche —Kevin vaciló y después dijo—: Hay una cosa más.

—Oh, oh —respondió Connor mirándolo con cautela—. ¿Qué es?

—Vigílalos a ella y al tío Thomas.

—¿A Connie y al tío Thomas? ¡Tienes que estar de broma!

Kevin se encogió de hombros.

—No es que haya nada oficial, es sólo la sensación que me dio cuando los vi juntos en Annapolis hace poco. Pero soy un chico, así que, ¿qué sé yo?

—Me gustaría decir que yo también soy un chico, así que creo que no seré mejor que tú a la hora de evaluar la situación.

—Eres abogado. Forma parte de tu trabajo analizar a la gente. Y nadie conoce a esas dos personas mejor que tú.

—Jake conoce a su hermana, ¿es que él no tiene nada que decir? —Connor intentó imaginar cuál sería la reacción de su cuñado y, dada la diferencia de edad entre Thomas y Connie, seguro que no sería muy buena—. Puede que tenga mucho que decir al respecto.

—No estoy seguro de que haya nada que Jake pueda decir o hacer, así que no cuentes nada. Sólo quiero saber tu opinión después de haber pasado un rato con ellos. Le diré a Connie que vas a recogerla, así que tienes que estar preparado en media hora. Creo que a esa hora termina la clase de costura en la tienda de Heather.

–Dile a Connie que la recojo allí. De todos modos, tengo que ir a por Mick, si a Heather le parece bien.

–Perfecto. Gracias, hermano.

–De nada –le dijo Connor.

Estaba descubriendo que Chesapeake Shores podía tener más cosas fascinantes de las que se había imaginado.

Thomas terminó su discurso y se quedó un rato hablando con gente que estuvo haciéndole preguntas. Parecía que no podía dejar de mirar hacia el lugar donde Connie estaba vendiendo libros sobre la Bahía Chesapeake. Y aunque ver la pila de libros disminuir era muy satisfactorio, vio que más interesante aún era la mujer que los vendía. Tenía una sonrisa para todo el mundo y se oía su risa cada vez que su sobrino le hacía algún comentario.

Thomas se había quedado muy sorprendido al ver a Connor y a su hijo llegar junto a ella. Es más, había tenido un momento de pánico al pensar que, aunque Connor era un poco menor, los dos hacían mejor pareja que la que él formaría jamás con una mujer de su edad. Claro que el corazón de Connor le pertenecía a la madre de su hijo, tanto si él quería admitirlo como si no. Aun así, Connie sin duda tenía muchas oportunidades de conocer a hombres mucho más jóvenes que él.

Cuando los últimos rezagados se habían ido, se acercó a Connie, que le sonrió y bajó la cabeza para seguir escribiendo un ticket. Miró a Connor y comprobó que su sobrino estaba mirándolo atentamente.

–¿Qué tal han ido las donaciones y los nuevos socios? –preguntó Thomas obligándose a desviar su atención de Connie.

–Creo que bien –respondió Connor–. Unas cuarenta personas se han hecho socias de la fundación y las donaciones superan los mil dólares.

–¡Fantástico! –dijo Thomas con entusiasmo–. Sabía que esto funcionaría después del evento que Shanna celebró el año pasado. No sé cómo no se nos había ocurrido antes.

–Connie parece muy emocionada con formar parte de esto –dijo Connor mirando hacia ella.

–Ha sido como un regalo del cielo –respondió Thomas, que se apresuró a añadir–: Igual que Shanna.

–Claro –contestó Connor sonriendo.

Thomas captó la actitud de su sobrino y lo apartó de la mesa donde Connie seguía vendiendo libros para decirle:

–¿En qué estás pensando?

–En nada –juró Connor, con diversión en la mirada–. ¿Hay algo que quieras contarme?

Thomas lo observó preguntándose qué era eso que Connor se estaba guardando, porque estaba claro que él no sería el que pronunciara el nombre de Connie para meterlo en la conversación.

–Nada. Tengo que volver a Annapolis –dijo a pesar de que le habría gustado tomarse un café con Connie.

–Ya que estás tan cerca de Chesapeake Shores, ¿por qué no vienes a pasar el fin de semana? –le sugirió Connor–. Hay espacio de sobra en casa y no creo que papá vaya a echarte. O a lo mejor preferirías quedarte en algún otro sitio del pueblo...

–Mira, si fueras mi hijo te diría unas cuantas cosas sobre tus miraditas y tantas indirectas e insinuaciones.

Connor tuvo la audacia de reírse.

–Entonces, ¿papá no sabe lo que está pasando? Seguro que si lo supiera, te diría unas cuantas cosas.

–No pasa nada –dijo Thomas mirando de soslayo para asegurarse de que Connie no los oía–. Y si sugieres lo contrario, diré que eres un mentiroso. No crees problemas, jovencito.

–Ey, sólo estoy tomándote el pelo. Pero si sientes algo por Connie y es recíproco, me parece genial.

Ahí estaba, el nombre de Connie, y pronunciado bien clarito.

Thomas suspiró.

–Es una mujer encantadora. Ya me he fijado, pero no hay nada más y dudo que lo haya.

–¿Por qué no?

–Porque no estoy dispuesto a hacer el ridículo a estas alturas de mi vida. Ahora, ¿podemos dejar el tema antes de que ella se pregunte qué estamos murmurando los dos?

–Creo que sería una pena que, al menos, no os dierais un tiempo para conoceros. ¿Por qué no vamos todos a tomar algo? De todos modos, Mick debería comer algo antes de que volvamos.

Era una invitación que Thomas no podía rechazar.

–Media hora, para poder hablar de los resultados del día.

Connor sonrió.

–Puedes decirte lo que quieras.

Por desgracia, en ese momento, esa excusa era lo único que evitaba que Thomas se sintiera como un idiota.

Connie estuvo callada en el camino de vuelta a Chesapeake Shores. El pequeño Mick se había quedado dormido en su sillita en cuanto se habían puesto en camino.

–¿En qué piensas? –le preguntó Connor.

–En nada, es sólo que estoy un poco cansada. Ha sido un día agotador.

–E increíblemente productivo. Por lo menos, eso es lo que ha dicho mi tío. Os está muy agradecido a Shanna y a ti por lo que estáis haciendo.

La expresión de Connie se iluminó.

–Trabajar con él… –se sonrojó y se corrigió–, quiero decir, trabajar para esta causa, es increíblemente gratificante. Por primera vez en años siento que estoy haciendo algo que importa de verdad. Ojalá mi hija ayudara también. He intentado que Jenny viniera hoy, pero preferiría trabajar más horas en la floristería de Bree que presentarse voluntaria para algo.

—Está ahorrando para la universidad, ¿no? Eso también es muy responsable por su parte.

—Supongo.

—¿Querías que conociera mejor a mi tío? —le preguntó mirando a la carretera.

Connie pareció atragantarse.

—¿Cómo dices?

Él la miró.

—¿Crees que podría ser una buena influencia para ella?

—Bueno, claro que lo sería, pero lo único que quiero es que deje de pensar en ropa y en chicos.

—Claro.

—Connor, ¿qué piensas?

—Nada. Es sólo que creo que el tío Thomas es genial y a todos nos gustaría verlo feliz.

—¿No crees que sea feliz ahora?

—En general, sí, pero a diferencia de mí, es uno de esos hombres que creen que son más felices estando casados. No ha tenido mucha suerte en sus matrimonios porque se preocupa demasiado por su trabajo.

—No entiendo cómo una mujer no puede adorar la pasión que siente por una causa tan maravillosa —dijo ella saltando en defensa de Thomas de un modo que resultó delatador—. Lo que hace es admirable.

—No conocí muy bien a su primera mujer. Era un niño cuando se casaron y se divorciaron. La segunda tenía algunas cosas que hicieron que no formaran muy buena pareja.

—Me mencionó algo.

—¿En serio? Entonces, ¿habéis hablado de temas personales?

—Sí, Connor —respondió con una paciencia exagerada—. Hemos hablado de más cosas que de las bacterias del agua.

—Me alegra saberlo.

—Connor, ¿no irás a sacar las cosas de quicio, verdad?

–le suplicó–. No es que haya nada que contar, claro, pero no querría que nadie de tu familia, o de la mía, se forme una idea equivocada. Ni Thomas tampoco.

–¿Y cuál sería esa idea equivocada?

–Que hay algo… –se sonrojó–. Ya sabes, algo personal entre tu tío y yo. Hemos pasado muy poco tiempo juntos y nos hemos centrado básicamente en este proyecto.

–Qué pena –dijo él–. Creo que deberíais tener algo porque sois dos personas maravillosas.

Y eso fue lo último que comentó sobre el tema. Lo demás dependería de ellos.

Con su hijo pasando el fin de semana con Connor, Heather tenía libre el sábado por la noche y el domingo entero, pero vio que estar sola ya no se le daba tan bien. El domingo por la noche estaba que se volvía loca y decidió cenar en Sally's para salir de su pequeño apartamento. Pensó en llamar a Laila o a Connie, pero optó por acercarse a la cafetería sola. Resultaba irónico pensar en las pocas veces que había comido sola en un sitio público, aunque tendría que acostumbrarse.

Se llevó un libro para leer mientras comía, pero una vez se sentó, no pudo concentrarse. No dejaba de mirar por la ventana, viendo a la gente pasar. Parecía que todos iban en pareja, y suspiró al ver que así era como siempre había imaginado su vida, formando parte de una pareja.

Llevaba sentada unos quince minutos o menos y había empezado a comerse su hamburguesa cuando Connor entró con el pequeño Mick.

–¡Mamá! –gritó el niño, que se soltó de la mano de su padre y caminó vacilante hasta llegar a ella.

Heather lo miró entre lágrimas.

–Estás andando –susurró y lo tomó en brazos–. ¡Muy bien, mi chico!

Se giró hacia Connor.

–¿Cuándo? –le preguntó incapaz de no sentir celos por

haberse perdido ese momento, el momento en que el pequeño Mick había dado sus primeros pasos de verdad.

—Esta mañana —respondió Connor consciente de su decepción—. Siento que te lo hayas perdido. Vio algo que quería en la cocina y ha ido tras ello.

—Ojalá hubiera estado allí.

—Has estado ahí en sus otras primeras veces —le recordó Connor—. Yo sí que me he perdido muchas cosas.

—Lo sé, pero ésta era muy importante.

—Podría haberle pasado estando con una niñera o con mis padres en lugar de con uno de nosotros —dijo como para consolarla y después se sacó el móvil del bolsillo—. Pero he tomado fotos.

Ella las vio y sonrió al ver una en la que el niño parecía darse cuenta de que estaba de pie solo en mitad de la habitación y otra, la siguiente, en la que estaba en el suelo con el juguete que había ido a buscar.

—Te las imprimiré. ¿Te importa si nos sentamos contigo?

—Claro que no.

Connor se sentó y se quedó en silencio.

Unos instantes después, cuando ella ya no podía soportar el incómodo silencio, le hizo la pregunta que llevaba inquietándola toda el fin de semana.

—¿Es verdad lo que he oído? ¿Estás pensando seriamente en volver?

Él asintió.

—¿Qué te parecería?

—No estoy segura. Creo que sería maravilloso que empezaras de nuevo ejerciendo otro tipo de abogacía y que sería fantástico para Mick.

—Pero no tanto para ti —supuso con una sorprendente perspicacia.

—No sé qué pensar al respecto —admitió—. Aún estoy acostumbrándome a estar sola. Es más, justo antes de que llegaras, estaba pensando en las pocas veces que he comido sola en público. Me ha resultado algo extraño cuando me he sentado, pero después he visto que nadie estaba fijándose en mí. ¿Sabías que, hasta ahora, nunca había vivido de manera independiente? Pasé de mi casa al colegio mayor y de ahí a tu apartamento.

—¿Y qué te parece?

—No estoy segura. A veces me siento sola y abrumada, pero estoy descubriendo cosas sobre mí misma. Soy más fuerte de lo que pensé que fuera —dijo con orgullo.

—Siempre has sido más fuerte de lo que has pensado. Y seguirás estando sola, si eso es lo que quieres, aunque yo estaré cerca si necesitas algo.

—Creo que me sentiría extraña saliendo con alguien y sabiendo que podría encontrarme contigo —dijo antes de poder evitarlo—. Quiero decir, en Baltimore podría haber pasado, aunque las probabilidades habrían sido mucho menores. Por aquí, sería casi seguro.

—Entonces, ¿estás saliendo con alguien? La última vez que estuve aquí actuaste como si eso fuera lo último en lo que pensaras.

—Y así es. Sólo digo que podría pasar y que me sentiría extraña.

La camarera llegó con un alzador para el pequeño Mick y tomó nota al pedido de Connor. Cuando la adolescente se hubo marchado, Heather dijo:

—Mira, lo que sienta ahora o podría sentir en el futuro no es la cuestión. Tienes que hacer lo que sea mejor para ti.

—Espero que lo digas en serio, porque creo que esto es lo correcto. Llevo todo el fin de semana pensando en ello y cada vez lo tengo más claro, puedo ver las ventajas reales de ejercer aquí. Así que cuando mañana vea a Joshua, voy a decirle que sí.

A Heather se le formó en la garganta un nudo de esperanza y pavor.

—Entonces, ya lo has decidido.

—A menos que me digas ahora mismo que no me quieres por aquí, sí.

Ella intentó desesperadamente pronunciar las palabras

que lo mantuvieran alejado, pero esa parte de ella que lo deseaba y deseaba que formara parte de su vida, y de la de su hijo, no podía hacerlo.

De algún modo tendría que encontrar una forma de esconder ese viejo sueño que seguía sin tener la más mínima oportunidad de hacerse realidad.

Capítulo 15

La decisión de Connor de abandonar el bufete de Baltimore impactó a sus colegas y fue gratificante que todos intentaran persuadirlo para que se quedara.

–¿Cómo puede trabajar en un pueblo del tamaño de Chesapeake Shores igualarse a lo que obtendrías aquí, tanto en prestigio como en salario? –le preguntó Grayson–. Eres un joven ambicioso, Connor. Todos lo hemos visto. Es uno de tus rasgos más admirables. Si te marchas ahora, no volverás a tener una oportunidad como ésta y habrás tirado por la borda años de duro trabajo.

Connor no entendía cómo era posible que toda la experiencia que había adquirido trabajando en un bufete tan importante pudiera considerarse un desperdicio o una pérdida de tiempo.

–Es lo que tengo que hacer. Quiero estar cerca de mi hijo. Él es mi prioridad.

–¿Y Heather? –le preguntó el hombre–. No has estado del todo bien desde que se marchó. Todos lo hemos notado. Nunca comprendí por qué no le diste lo que quería. Cásate con ella. Seguro que estaría dispuesta a volver a Baltimore si lo haces. Es una joven encantadora, la pareja ideal para un abogado de primera como tú. Ni te imaginas lo que podrías llegar a tener aquí con una mujer como ella a tu lado.

Connor sacudió la cabeza, no sólo ante la sugerencia de

matrimonio, sino ante la idea de que Heather fuese una especie de mujer trofeo. Era ridículo.

–Ella jamás aceptaría. Tiene sus propios sueños y está lográndolos en Chesapeake Shores –no podía decir que lo entendiera del todo, pero era evidente que la tienda de colchas la había llenado mucho más que la enseñanza.

–Claro que lo haría. Es brillante. Seguro que entiende todo lo que hay en juego. Háblalo con ella. Seguro que querrá que tengas éxito.

Connor se rió.

–A Heather no le importa si soy un hombre de éxito o no, y le extrañaría que cambiara de opinión sobre el matrimonio. Sabe lo que opino. No puedo negar que la quiero, pero si no me caso por amor, entonces no lo haré por beneficiar a mi carrera. Me gustaría pensar que aún me queda algo de integridad.

–Entonces, si no vas allí por ella, ¿a qué viene todo esto? –preguntó Grayson, que no parecía entender que un bebé fuera suficiente motivo para un cambio tan drástico.

–Se trata de ordenar mis prioridades. Se trata de estar más cerca de mi familia. Y se trata de que estoy harto de oír a hombres intentando excusar la forma tan asquerosa en que tratan a sus mujeres. Quiero ejercer una clase de abogacía diferente –habría descrito la visión de Joshua Porter, pero dudaba que Grayson lo entendiera. Para un hombre absolutamente centrado en la acumulación de horas facturables y de la apropiada publicidad, no sería más que un sentimentalismo.

–Pues sería una pena. Te has hecho un nombre en los divorcios. ¿Y qué me dices de tus casos actuales? ¿Qué vas a decirles a los hombres que cuentan con que los defiendas y les consigas los mejores acuerdos posibles?

–Tenemos otros abogados que pueden ocuparse, aunque terminaré con los casos que tengo ahora, independientemente del tiempo que me lleve. No me he puesto una fecha fija para marcharme, pero no abandonaré a nadie a menos que eso sea lo que usted prefiera.

Grayson sacudió la cabeza.

–Tendré que pensar en ello. Esos hombres te querían a ti y puede que no se sientan cómodos con otros. Por otro lado, cuando sepan lo que tienes pensado hacer, podrían perder fe en tu juicio.

–Como le he dicho, depende de usted, o podríamos reunirnos con cada cliente y ver qué opinan –dijo intentando ser razonable. Aunque estaba ansioso por dar comienzo a su nueva aventura profesional, no quería irse dejando tras de sí una mala fama. Si las cosas en Chesapeake Shores no funcionaban, algún día podría tener que volver a Baltimore en busca de trabajo.

–Hablaré con los otros socios y te contaré. Esto no les va a hacer gracia, Connor. Todos hemos invertido mucho tiempo y energía para meterte en el bufete. Has sido nuestra estrella en ciernes.

–Y lo agradezco. De verdad que sí.

Claro que lo que ellos agradecían era que desde el principio hubiera sido, no sólo ambicioso, sino agresivo a la hora de llevar sus casos. Le habían enseñado muchas cosas, pero ese rasgo lo había llevado consigo. Aunque algunos de sus colegas lo echarían de menos, la mayoría echaría de menos los ingresos que había generado. De eso estaba seguro.

Menos de una hora después, Grayson estaba de nuevo en su despacho.

–Si te niegas a reconsiderarlo, creemos que lo mejor es cortar por lo sano. Mitch Douglas y Frank Helms se harán cargo de tus casos inmediatamente. Sus secretarias les notificarán los cambios a los clientes. Puedes pasarles los archivos e informes al final del día.

Connor sabía que no debería estar sorprendido, pero lo estaba.

–¿Queréis que me marche hoy?

La expresión de Grayson fue fría.

–Creemos que es lo mejor. Seguro que lo comprendes.

Adiós a fingir afecto o incluso algo de amabilidad. Estaba claro que lo único que importaba era el negocio. Su decisión era vista como una traición y sus colegas querían cortar su relación con el bufete de inmediato, cosa que agradeció y que lo alivió. Eso le dijo mucho de los abogados con los que había trabajado varios años.

–Oh, de verdad que lo comprendo –respondió, con la misma frialdad.

Algo le dijo que no sólo había tomado la decisión correcta, sino que lo había hecho en el mejor momento: antes de convertirse en uno de esos hombres sin sentimientos y ambiciosos que una vez había admirado.

Sorprendida, Megan levantó la mirada de su libro al oír un coche detenerse frente a la casa. Y más sorprendida se quedó aún cuando vio a Connor salir de él. Se había tomado el día libre después de que su vida hubiera sido un torbellino desde que se había mudado a Chesapeake Shores, se había vuelto a casar con Mick y había abierto la galería. Hoy, con Mick en una de las zonas de construcción que supervisaba de Hábitat para la Humanidad, se había imaginado pasar una tarde sin interrupciones y, mucho menos, de su hijo.

–¿Qué te trae por aquí a mitad de semana? Y no es que no esté encantada de verte. Sólo estoy sorprendida.

–No deberías estar tan sorprendida –dijo él sentándose en una de las mecedoras–. Todo el pueblo parece conocer el secreto de que vuelvo a casa.

–¿Hoy? –preguntó ella atónita.

–No hay mejor momento que ahora. Ése pareció ser el consenso general ayer en mi bufete, al menos.

–¿Te han echado?

Connor sonrió.

–Como acababa de renunciar, no creo que se pudiera decir eso, pero estaban ansiosos porque me marchara.

–Bueno, pues no me parece justo después de todo lo que has trabajado para ellos –dijo su madre indignada–. ¿Qué clase de gente es ésa?

–Gente avariciosa y protectora de sí misma. Creo que tenían miedo a que les robara a todos mis clientes si me daban la oportunidad de hablar con ellos.

–Eso es absurdo. Eres un hombre honrado.

Él se rió.

–Gracias por el voto de confianza. La verdad es que me sentí libre cuando salí por la puerta ayer y decidí que cargaría algunas cosas en el coche y vendría hacia aquí esta misma mañana. ¿Os importaría a papá y a ti que me quedara un tiempo aquí?

–Claro que no –dijo ella encantada–. Me encantaría.

–¿Y a papá?

–A tu padre siempre le encanta teneros a alguno por aquí. Le gusta poder mandar a alguien más que a mí.

Connor la miró con sorpresa.

–¿Papá es muy mandón contigo?

Ella se rió.

–Lo intenta y de vez en cuando dejo que se crea que se está saliendo con la suya.

Connor se quedó en silencio.

–¿Puedo preguntarte algo? –dijo al cabo de un instante.

–Claro.

–¿Cómo lo hacéis?

–¿Hacer qué?

–Hacer que funcione un matrimonio, sobre todo después de haberlo dejado fracasar una primera vez.

Megan suspiró.

–Oh, Connor, no existe una fórmula mágica. Creo que tu padre y yo hemos aprendido mucho de los errores que cometimos todos los años que estuvimos casados. He aprendido que, si quiero algo, tengo que expresarlo. Durante demasiado tiempo esperé que tu padre supiera que era infeliz sin decirle que necesitaba que las cosas cambiaran. Los hombres no sabéis leer la mente. Nadie sabemos, en realidad. Él tenía que ver que su compulsivo deseo de mantener a la familia, combinado con una sana cantidad de ambición, estaba apartándolo demasiado de su familia. Necesitábamos calcular el equilibrio y compromiso necesarios para hacer que un matrimonio funcione. Aunque toda pareja es diferente, la necesidad de que exista un compromiso mutuo es universal.

–¿Pero de verdad crees que va a funcionar esta vez? –le preguntó él.

–No sin mucho trabajo, claro, pero sí. Creo que esta vez funcionará. Nunca dejamos de querernos, pero lo olvidamos por todas las otras cosas que estaban pasando. Me sentí abandonada y abrumada. En lugar de explicarlo, dejé que la frustración fuera creciendo hasta que sólo quedó opción para el divorcio. Ahora entiendo que fue un intento drástico y estúpido de captar la atención de tu padre, pero una vez que abrí ese camino, ya fue tarde para echarse atrás.

Connor la miró impactado.

–¿No querías divorciarte?

–No, si quieres que te sea totalmente sincera. Al final creo que fue para mejor, pero tuve que pagar un precio muy alto. Perdí a mis hijos por ello y aún sigo intentando recuperarlos. Le doy gracias a Dios cada día por estar teniendo esta segunda oportunidad.

Se quedó mirándolo unos minutos.

–Hoy te veo especialmente introspectivo. ¿Es por el trabajo o tiene algo que ver con Heather?

–La verdad es que es por Heather.

Megan se quedó sorprendida. No se había esperado que lo admitiera.

–La amo.

–Lo sé.

–Pues entonces dime por qué no puedo darle lo que quiere.

–Porque no estás preparado –le respondió ella lamentando que tuviera que enfrentarse a unos sentimientos tan contradictorios. Le dio una palmadita en la mano–. Pero lo estarás. Volver a casa ha sido el primer paso. Creo que Heather y tú encontraréis el modo de volver juntos y, cuando do lo hagáis, estaréis bien.

–¿Siempre fuiste tan optimista con papá?

–No siempre. De hecho, abandoné a tu padre –se encogió de hombros–. Pero últimamente sí, creo en los finales felices. Ahora, vamos, entra e instálate. Te prepararé tu cena favorita. ¿Por qué no invitas a Heather y al niño a cenar con nosotros? Podemos celebrar el comienzo de un nuevo capítulo de tu vida.

Él se quedó mirándola.

–¿Cuál es mi plato favorito?

–Spaghetti con albóndigas –le respondió y sonrió–. Creías que no lo sabía, ¿verdad?

–La verdad es que no.

–Te sorprendería lo mucho que recuerdo de cada uno de vosotros, Connor. Tal vez uno de estos días aprenderás a confiar en mí y en que jamás dejé de preocuparme por vosotros.

–Tal vez –respondió él sintiéndose algo incómodo ante el extraño momento de intimidad que se había creado entre los dos. Por eso, se fue del porche y se dirigió a su coche para descargar sus cosas.

Megan se quedó mirándolo un momento y suspiró. «Paso a paso», se recordó. Tener a Connor allí, bajo el mismo techo, le daría el tiempo que tan desesperadamente necesitaba para hacer las cosas bien con su hijo.

Heather se quedó impactada al ver a Connor entrando en la tienda el martes a media tarde.

–¡Qué sorpresa!

–Hablas como mi madre. Está claro que soy demasiado predecible.

–En realidad, lo eres. ¿Qué pasa?

–A el bufete no le ha hecho gracia mi decisión de marcharme, así que han sugerido que me fuera ya, en lugar de después de las dos semanas como mínimo que estaba dispuesto a darles para cerrar mis casos.

–Cretinos. Siempre te dije que Grayson no era el hombre que tú creías.

–Entiendo por qué lo han hecho y puede que sea lo mejor. Así puedo empezar a trabajar aquí mucho antes. Joshua Porter estaba emocionado cuando me he pasado para contárselo de camino aquí. Dice que, si quiero, puedo empezar mañana por la mañana.

–¿Y vas a hacerlo?

–Creo que emplearé el resto de la semana para traer todas mis cosas y poner la casa en venta y empezaré el lunes próximo.

–Tiene sentido. ¿Querías llevarte al niño esta tarde?

Él se metió las manos en los bolsillos al sentirse sorprendentemente incómodo.

–La verdad es que he venido para invitaros a los dos a cenar. Mi madre va a hacer spaghetti con albóndigas.

Heather abrió los ojos de par en par.

–Tu plato favorito. Apuesto a que lo cocina mucho mejor que yo.

Él se rió.

–No vamos a entrar en eso. Bueno, entonces, ¿vas a venir? Creo que quiere que sea una celebración tranquila. Sólo nosotros, sin el resto de la familia.

Heather vaciló, pero al final no pudo resistirse.

–Claro, ¿por qué no? ¿A qué hora?

–Temprano, por el niño. ¿Qué te parece a las seis y media? Cierras a las seis, ¿verdad?

–Me viene bien. ¿Llevo algo?

–Sólo tu armadura protectora –dijo irónicamente–. Seguro que papá estará en plan casamentero.

–Puedo manejar a tu padre –dijo con actitud valiente. Connor era el único ante el que no era inmune.

Él se rió.

–Eso es lo que tú te crees. Ha estado muy comedido hasta ahora, pero me parece que va a empezar a atacar con fuerza ahora que he vuelto.

–¿Intentas asustarme para que no vaya?

–Claro que no. Sólo te advierto del peligro. Y no cuentes con que mamá vaya a protegerte. Es casi tan mala como él.

–Tu madre y yo nos entendemos.

Connor se rió.

–No cuentes con ello. Estoy descubriendo que es una maestra de la manipulación, mucho más que mi padre.

–Entonces supongo que va a ser una interesante prueba de resistencia y paciencia –dijo Heather y, por extraño que pareciera, estaba deseándolo.

Lo cual, probablemente, sería un gran error.

Connor se había equivocado al pensar que sería una noche tranquila. Cuando volvió a casa, la abuela estaba en la cocina con su madre, sus sobrinas estaban en el estudio con su padre y todos los demás empezaron a aparecer hasta que la casa se convirtió en un caos. Aunque en un principio le molestó, al momento se dio cuenta de que era una de las ventajas de estar de vuelta en casa. Había echado de menos esas reuniones improvisadas y ahora volverían a formar parte de su vida. Antes, él había sido el hermano, el tío que iba de visita. Ahora volvía a estar en mitad del meollo.

–¿A qué hora vendrá Heather? –le preguntó su madre.

–A las seis y media –respondió Connor ante la divertida mirada de Trace.

–No pierdes el tiempo, ¿eh?

–¿Qué quieres decir? Invitarla ha sido idea de mi madre –le dijo a su cuñado.

Trace se limitó a reír.

–Puede que haya sido idea suya, pero está claro que tú tampoco has intentado convencerla de que no venga. Es más, seguro que tú mismo le has propuesto la invitación.

–Sí. ¿Y qué?

–Parece que eres el único de la familia que no ve lo que acabará pasando. ¿Has admitido que estás haciendo esto porque no puedes vivir sin ella?

–Estoy haciendo esto porque quiero una forma de vida distinta. Quiero volver a vivir en una pequeña comunidad.

Quiero estar cerca de mi familia, aunque ahora mismo me pregunto por qué.

Trace se rió y miró hacia la puerta justo cuando Heather entró con Mick. Connor prefirió no mirar, porque hacerlo le robaría el aliento.

–Bueno, no tengo nada más que decir –dijo dándole un codazo en las costillas–. No tienes remedio, tío. Admítelo de una vez y sigue adelante con tu vida.

–Nunca he negado estar loco por ella –respondió Connor a la defensiva mientras la veía saludar a la familia.

Trace puso los ojos en blanco.

–El matrimonio no es más que un pedazo de papel, ¿verdad? ¿Cuántas veces te hemos oído decir eso? Si tan insignificante es, entonces, ¿por qué estás haciendo todo lo posible por evitar firmarlo? Ese pedazo de papel es tu pasaporte a la felicidad.

Connor deseó poder creer que eso era cierto porque lo habitual era que fuera un pasaporte a la infelicidad. La pasión se convertía en odio, los niños sufrían y nada de lo que sus ingenuos familiares dijeran podría hacerle cambiar de opinión.

Trace lo miró como si pudiera leerle la mente.

–A menos que pienses que Abby y yo, Jake y Bree y tus padres estamos todos condenados.

Connor no lo negó.

–Bueno, tus hermanas y tus padres podrían ser la excepción. ¡Y yo también! Abby y yo tenemos nuestros momentos, pero la mayor parte del tiempo somos felicísimos. Si pudiera hacer que trabajara menos, creo que nuestras vidas rozarían la perfección.

–Mira, sabes que os deseo lo mejor a todos y espero que vuestros matrimonios duren para siempre, pero creo que no es muy probable.

–Entonces, ¿es mejor no intentarlo?

–Así es como lo veo yo –insistió Connor, aunque no podía negar sentir envidia cuando Abby se acercó, rodeó a su marido por la cintura y lo besó. Al otro lado de la sala, Jake estaba acercándose a Bree y a su niña de dos semanas de vida con una expresión de absoluta felicidad, maravillado, sobre todo después de haber pensado que tendrían un niño. Connor recordó haberse sentido así cuando Heather y él volvieron del hospital con su hijo. Se había quedado embarazada por accidente y saber que no tendría otro hijo con ella lo llenó de un inexplicable dolor.

—Necesito respirar un poco de aire fresco —dijo de pronto y se marchó.

Pero, consternado, vio que Heather estaba en el porche y, dado su estado de ánimo, tenerla allí sería una tentación que le costaría mucho resistir.

Antes de poder pensar qué estaba haciendo o por qué, la besó. Ella lo miró atónita.

—¿A qué ha venido eso?

—No estoy seguro del todo.

—Entonces, tal vez no deberías volver a hacerlo —respondió ella frotándose los labios como para limpiarse la sensación de su boca.

—Probablemente no —asintió y la miró a los ojos. Era innegable que sería una mala idea admitir en ese mismo momento que estaba mintiendo porque, si estaba en su mano, habría más besos, por mucho que no fuera lo más prudente ni sensato. Y uno de esos días, muy pronto, tendría que pararse a pensar en hasta dónde quería que llegara su relación.

Tener a Connor allí no sería fácil, concluyo Heather unas semanas después de la cena de bienvenida que se había convertido en una celebración por todo lo alto. Sí, la comida en sí había estado muy bien, no más incómoda que las demás a las que la habían invitado, pero había sido el beso lo que la había dejado confusa y aturdida.

No había querido sentir la esperanza que la invadió por dentro en aquel momento porque sabía muy bien que no era más que un simple beso. En cuanto al traslado, no era más que la vuelta de Connor a su lugar de nacimiento. Ahora no pasaba una hora sin que ella diseccionara el significado de todo ello o mirara ilusionada por la ventana mientras pensaba en aquel beso. Estaba claro que se había vuelto loca. Nada había cambiado.

Aun así, en las tres semanas que habían pasado desde su regreso, Connor había encontrado cada vez más excusas para pasar tiempo con Mick y con ella. Incluso le había robado otro beso, no como ésos que una vez le habían quitado el aliento, pero sí de los que removían sus sentidos y la llenaban de deseo igualmente. Sus protestas habían sido ignoradas, principalmente porque no habían sido muy convincentes.

Y como resultado de todo ello, Heather se había notado más distraída que de costumbre. Laila y Connie le habían llamado la atención al respecto en más de una ocasión. Era una suerte que tuviera el trabajo justo debajo de casa porque ¡a saber dónde habría terminado si hubiera tenido que ir conduciendo!

Ese día, sin embargo, con la tienda ya cerrada, tenía que dirigirse a uno de esos grandes supermercados de descuentos para comprar de todo, desde detergente y comida de bebé hasta pañales y papel higiénico. Había dejado a Mick en la galería con Megan y había prometido que estaría de vuelta en un par de horas.

Había elegido un día horrible. Llevaba lloviendo toda la mañana y eso había hecho que la visibilidad en la serpenteante carretera fuera peor de lo habitual. Se sentía tensa detrás del volante, aferrándolo con fuerza y, por otro lado, no estaba segura de si llegaría a acostumbrarse a conducir por esas estrechas carreteras rurales de dos carriles. Prefería un gran atasco en una interestatal.

Pero lo peor de todo era que tenía un coche detrás y, aunque por una vez el conductor no parecía estar impacientado por la reducida velocidad que ella llevaba, Heather no dejaba de mirar por el retrovisor además de al frente, lo cual aumentaba su tensión.

Entonces, a escasos kilómetros de las afueras del pueblo, tomó una curva y vio otro coche yendo directo hacia ella. Viró el volante para evitar la colisión, pero sus neumáticos patinaron sobre la gravilla y se salió de la carretera.

Después, todo pareció moverse a cámara lenta. Aunque pisaba los frenos, el coche no dejaba de resbalar sobre el empapado suelo y avanzar directamente hacia los árboles que bordeaban la carretera.

Aterrorizada, supo que el choque era inevitable y lo último en lo que pensó fue en su hijo y en Connor. Rezó por volver a verlos.

Apenas oyó el desagradable estruendo del metal al estrellarse contra un árbol e ir a parar contra otro más. El airbag saltó con sorprendente fuerza.

El dolor que sintió fue casi cegador. La cabeza. La pierna. El pelo. ¡Todo le dolía!

Y entonces, ya no sintió nada.

Capítulo 16

Era mitad de su tercera semana en Chesapeake Shores y Connor estaba ordenando libros de Derecho en su nuevo despacho cuando Mick entró. Miró a su padre con preocupación. No sólo había salido a la calle sin paraguas, sino que su expresión era más sombría que nunca. Dejó lo que estaba haciendo y fue hacia él.

–Papá, ¿qué pasa? No deberías salir así con este tiempo. Estás empapado.

–No te preocupes por mí. Estoy bien, pero creo que necesitas sentarte –dijo aunque era él el que parecía estar a punto de desmayarse.

A Connor se le durmió el cuerpo entero ante la expresión de su padre y el tono de su voz.

–¿Qué ha pasado? ¿Es Mick?

Su padre negó con la cabeza y le puso una mano sobre el hombro, como preparándolo para lo que tenía que oír.

–Es Heather, hijo. Ha tenido un accidente.

A Connor le fallaron las rodillas mientras intentaba asimilar lo que su padre estaba diciéndole. Eran las once de la mañana y ella debería estar trabajando. ¿Qué clase de accidente podía haber tenido en una tienda de costura, por el amor de Dios?

–No lo entiendo. ¿Se ha caído de una escalera o algo así?

–Estaba en el coche, Connor. Se ha salido de la carretera

y se ha chocado contra un árbol. Las carreteras están resbaladizas por la lluvia, pero no sé si ésa habrá sido la causa.
Kevin no ha dicho nada.

–¿Kevin? ¿Qué tiene él que ver con esto?

–Te lo explicaré en el coche. Tenemos que irnos.

Connor intentó asumir lo que su padre estaba diciéndole, pero las palabras no tenían sentido.

–¿Estás bien? –le preguntó su padre cuando se dejó caer
sobre un sillón–. ¿Quieres que te traiga un poco de agua? O
a lo mejor Joshua tiene algo más fuerte en su despacho.
Siento haber entrado así y habértelo dicho de este modo,
pero tenemos que irnos.

Connor sacudió la cabeza, como para despejarse las ideas.

–No necesito nada. Estoy bien. ¿Está…? –no tuvo fuerzas para completar la frase–. ¿Dónde está?

–Ahora está en el hospital, pero tenemos que ir allí enseguida. Trace está esperando fuera para llevarnos. Tu madre y tus hermanas nos esperan allí. La abuela cuidará de
Mick.

A Connor se le llenaron los ojos de lágrimas.

–Se pondrá bien, ¿verdad? ¿Han dicho que se pondrá
bien? Vamos, papá, no lo suavices. Tengo que saber a qué
atenerme.

–Vamos –dijo Mick llevándolo hacia la puerta–. Te contaré todo lo que sé de camino al hospital.

Fuera, Trace estaba esperándolos con el motor en marcha. Miró a Connor con ternura y después se centró en conducir.

–Papá, cuéntamelo. ¿Qué demonios ha pasado?

–Da la casualidad de que Kevin estaba de camino al trabajo y que iba conduciendo justo detrás de ella. Dice que
un conductor que venía en la otra dirección se metió en su
carril justo en esa curva junto a Miller's Creek. Llevo años
quejándome de que es un punto ciego, pero el Estado no ha
hecho nada. Al parecer, Heather no vio el coche hasta el último segundo. Intentó evitar la colisión, se salió de la carretera y chocó contra varios árboles.

–¡Dios mío! –susurró Connor imaginándoselo todo. ¿Cómo podía estar pasando eso, sobre todo ahora, cuando tenían una oportunidad de verdad de solucionar las cosas?–. ¿Ha dicho Kevin si…? ¿Te ha dicho si se pondrá bien? Vamos, papá. Él sabe de esto. Tiene que haber dicho algo.

Mick esquivó la pregunta.

–Tú concéntrate en el hecho de que tu hermano estaba allí mismo y que, gracias a eso, Heather tenía a su lado a un técnico en emergencias que comenzó a atenderla antes de que llegara la ambulancia. Conoces a tu hermano, Connor. Tiene años de experiencia en ese tipo de accidentes. No hay duda de que ha hecho todo lo que ha podido.

Lo único que oyó Connor fue lo que su padre no había dicho.

–Maldita sea, papá. ¿Va a vivir o no?

Mick sacudió la cabeza, absolutamente desvalido.

–No lo sé, hijo. No lo sé.

Y con esas palabras, Connor supo que su vida podría cambiar para siempre.

–Por favor, dame otra oportunidad –rezó en silencio–. Por favor, Dios mío. Esta vez haré lo que ella me pida. Me pondré de rodillas, le pediré que se case conmigo. Pero, por favor, que se ponga bien.

Recordó lo hundido que se había quedado Kevin cuando Georgia, la madre de Davy, había muerto en Irak y dudaba que él pudiera superarlo mejor.

–Mi hijo necesita a su madre –susurró.

–Lo sé, Connor –contestó su padre, apretándole con fuerza la mano–. Toda la familia está rezando para que se recupere y pueda estar con él. Para que los dos estéis con él.

Pero incluso con las palabras de aliento de su padre, Connor se preguntó si después de todas las misas a las que no había asistido y de todos los errores que había cometido, Dios le escucharía.

Una vez en el hospital encontró a Kevin y al resto de la

familia en la sala de Urgencias y fue directo a su hermano. Gracias a su experiencia en emergencias y en Irak, Kevin sabía de esa clase de accidentes tanto como cualquier médico que hubiera por allí. Y, además, sería totalmente sincero con él.

–¿Cómo de mal está la situación, Kev?

–Mal.

Connor intentó contener un sollozo que finalmente salió de lo más hondo de su ser. Kevin lo llevó hasta una silla y se agachó a su lado.

–Cuéntamelo todo –le suplicó a su hermano.

–Tiene una conmoción de tercer grado, pero puede que sea aún peor. Me centré en intentar detener la hemorragia, pero seguro que tiene algunas costillas rotas por el impacto del airbag y parecía que tenía la pierna derecha atrapada bajo el salpicadero. Estoy seguro de que tenía rotura en la tibia y el peroné, justo debajo de la rodilla. No intenté moverla. No quería empeorar las cosas. No puedo decirte si tenía hemorragia interna. Su pulso… –sacudió la cabeza–. No era bueno, Connor, pero los técnicos de la ambulancia le tomaron las constantes vitales y han dicho que ha estado aguantando de camino aquí.

–¿Estaba consciente?

–Se despertaba unos minutos y volvía a caer inconsciente.

–¿Qué está pasando ahora?

–Están examinándola y supongo que haciéndole un escáner y una resonancia en la cabeza. Supongo que pronto pasará al quirófano, una vez que puedan evaluar en qué lesión necesitan centrarse primero y determinar si tiene dañado algún órgano interno.

Connor se levantó.

–Tengo que verla. ¿Dónde está? –vio las puertas dobles y fue en esa dirección. Kevin se colocó delante de él.

–No. Ahí no harías más que estorbar.

–Hay cosas que tengo que decirle, cosas que tiene que oír por si… –no pudo terminar de pronunciar esas palabras.

Antes de poder cruzar las puertas, Megan se acercó.

–Connor, cielo, escucha a tu hermano. Tendrás mucho tiempo para decirle todo eso que quieres que sepa –le aseguró–. Vamos a dejar que los médicos hagan su trabajo. Ahora mismo, salvar a Heather es lo único que importa.

Mick se unió a ellos.

–¿Por qué no vamos a dar un paseo? –le sugirió rodeándolo por los hombros.

–No pienso marcharme de aquí –respondió Connor mirándolos a todos–. No, hasta que tengamos respuestas. No, hasta que haya visto a Heather.

–No estoy diciendo que nos vayamos lejos, sólo que salgamos a tomar un poco el aire. Tienes que ser fuerte por Heather y por vuestro hijo. Puede que vayamos a estar aquí mucho tiempo. Alguien vendrá a avisarnos si hay algún cambio, ¿verdad, Kevin?

–Por supuesto. Yo mismo iré a buscaros.

Connor no quería marcharse, pero quedarse allí sentado en esa sala llena de sillas de plástico y gente histérica no haría más que aumentar su nerviosismo.

–De acuerdo, de acuerdo. Iré –murmuró y siguió a su padre hasta el patio.

–¡Maldita sea! Necesito tener una respuesta.

–Y la tendrás –le prometió Mick. Se sentó en un banco de cemento–. Ven a sentarte conmigo –cuando Connor lo hizo, le preguntó–: ¿Sabías lo mal que lo pasó tu madre la noche que naciste?

–¿De qué estás hablando? Nunca había oído nada de eso.

–Venías de nalgas y la cosa no iba bien. Yo estaba en la sala de partos, nerviosísimo, y me hicieron salir. Creí que me volvería loco sin saber nada. Tus tíos estaban aquí conmigo, intentando convencerme de que todo saldría bien, pero para mí no eran más que un puñado de palabras. Después de todo, ¿qué sabían ellos? Thomas no había sido padre y por entonces Jeff sólo tenía a Susie. Esa niña salió disparada del vientre de su madre, así que su parto no supuso ningún problema. Fue tan sencillo como el de Abby, el de Kevin y el de Bree. Esa noche debí de haberme dado cuenta de lo difícil que serías de manejar.

Connor esbozó una pequeña sonrisa.

–Susie no ha cambiado mucho. Sigue yendo con prisa a todas partes y nunca le ha dado ningún problema ni ningún disgusto a nadie –sonrió–. Excepto, tal vez, a Mack.

–Sí, ¡menuda pareja! ¿Cómo pueden estar juntos día y noche y seguir negando que son pareja? En mi opinión, están locos. Pero bueno, lo que quería decirte es que estar esperando cuando alguien a quien amas está herido o enfermo puede ser una de las cosas más duras a las que tendrás que enfrentarte, pero se supera, hijo, porque tienes que hacerlo. La gente confía en que seas fuerte. Heather necesita que lo seas. Y tu hijo también.

–Lo sé –respondió pasándose la mano por el pelo–. Pero no soporto esperar. Tengo que estar ocupado con algo.

–Pues, ¿qué te parece esto? Tienes que llamar a la familia de Heather porque querrán estar aquí –antes de que Connor pudiera decirle que lo olvidara, Mick alzó la mano–. Mira, sé que han tenido algunas diferencias, pero estamos hablando de sus padres. Tienen que saber lo que ha pasado. Es lo justo.

–Heather no querría que vinieran corriendo y fingiendo preocupación después de cómo los han rechazado a ella y al niño –protestó Connor–. Y, sinceramente, no creo que les haga gracia oír mi voz.

–Eso no importa –insistió Mick–. En momentos como éste, las familias dejan las diferencias a un lado. Decidan lo que decidan, tú debes hacer lo correcto y por lo menos darles la opción de estar aquí junto a su hija. Puedo decirle a la abuela o a mamá que los llamen, si no quieres hacerlo tú. Tan sólo dame el número de teléfono.

Connor pensó en lo que su padre estaba diciendo y, en su interior, sabía que tenía que llamar, que era él el que debía hacerlo.

–Lo haré yo.

–¿Tienes su número?

Connor asintió.

–En el móvil. Puedes volver con los demás. Los llamaré y estaré dentro en un minuto. Si te enteras de algo, si el médico aparece, ven a buscarme.

–Si quieres, puedo esperar aquí contigo.

–No, te juro que haré la llamada. No tienes que quedarte aquí como hiciste cuando pegué a Timmy Frost y me obligaste a llamarlo para disculparme y te quedaste a mi lado hasta que lo hice.

Mick sonrió.

–No te pienses que no me di cuenta de que estuviste pulsando el botón de colgar todo el tiempo.

Connor se rió.

–¿Lo sabías?

–Claro. Yo habría hecho lo mismo. ¿Por qué crees que por la tarde te llevé a su casa para que se lo dijeras en persona?

–Creía que eso formaba parte de mi castigo –admitió Connor–. Fue humillante.

–Pero aprendiste la lección, ¿verdad? –le apretó el hombro–. Ahora, haz esa llamada. Estaré dentro.

Connor caminó de un lado a otro del pequeño patio, temiendo hacer la llamada. No sólo por la noticia que tenía que comunicar, sino porque temía que Bridget y Charles Donovan no actuaran como unos padres que querían a su hija, sino como la gente juiciosa que tanto daño le había hecho a Heather.

Finalmente, y sabiendo que no podía retrasarlo más, hizo la llamada. Oyó varios tonos antes de que Bridget respondiera.

–Señora Donovan, soy Connor O'Brien –dijo y oyó el grito ahogado de la mujer–. Por favor, no cuelgue. Hay algo que deben saber. Se trata de Heather.

–¿Qué pasa con ella? Hace meses que no hablamos.

–Lo sé, pero eso no importa ahora mismo. Ha tenido un accidente y está en el hospital, aquí en Maryland. Aún estoy esperando a que me informen, pero no está bien. He pensado que usted y el señor Donovan debían saberlo –vaciló y añadió–: Si quieren venir, puedo hacer que alguien vaya a recogerlos al aeropuerto.

–No querrá que estemos allí –dijo la mujer con voz de lamento.

–Ahora mismo, lo único que importa es que esté rodeada de todas las personas que la quieren. Por favor, vengan. Sé que se arrepentirán si no lo hacen.

–Es… ¿es tan grave? –preguntó ella con un susurro entrecortado.

–Sí. Por favor, vengan.

–Iremos en coche. Al final, será más rápido que intentar encontrar un vuelo. Y de todos modos dudo que pudiera hacer que Charles se subiera a un avión, ni siquiera en estas circunstancias. Dime dónde estáis.

Connor le dio la información.

–¿Tienen teléfono móvil?

–Sí –respondió Bridget y le dio el número.

–Les llamaré en cuanto sepa algo más –prometió–. Y llévense mi número por si tienen alguna duda o necesitan pedirme alguna dirección.

–Estaremos allí por la noche. No nos debería llevar más de ocho horas o así –vaciló y añadió–: Gracias por llamar, Connor. Seguro que no ha sido fácil para ti después de cómo os hemos tratado.

–Eso ahora no importa.

–¿Puedes decirme algo antes de colgar? ¿Estabas con ella en el coche?

–No, estaba sola. Iba a hacer unas compras, según mi madre.

–Entonces… –comenzó a decir y vaciló otra vez, aunque acabó preguntando–: ¿El bebé…? ¿No iba con ella?

–No, lo había dejado con mi madre.

–Gracias a Dios.

–Dense prisa, señora Donovan.

–Sí, y no te preocupes. Heather es fuerte y saldrá de ésta. Ya lo verás. Hasta luego.

Connor cortó la llamada, aliviado por saber que los Donovan estarían allí dentro de unas horas. Mick había tenido razón. No era momento de dejar que ridículas discusiones los mantuvieran apartados de su hija en semejantes circunstancias.

Bridget Donovan llegó sola, como si fuera a derrumbarse, y Connor cruzó la sala para recibirla.

–¿Dónde está el señor Donovan? –preguntó llevándola hacia una de las sillas de plástico.

–Se ha negado a venir. ¡Viejo testarudo! ¿Cómo está? ¿Cómo está Heather?

–Está en el quirófano, pero los médicos están siendo optimistas, aunque prudentes. Tenía una conmoción grave e inflamación cerebral, pero van a aliviar la presión. Creen que después de la operación, recuperará la consciencia.

La señora Donovan se santiguó.

–¿No ha despertado en todo este tiempo?

Connor negó con la cabeza, intentando ocultar su propio pánico ante la información.

–¿Algo más?

–No han encontrado lesiones internas, sólo unas cuantas costillas partidas, pero tiene dos roturas importantes en la pierna derecha, así que tendrán que ponerle un clavo en la peor de las dos. Estará varios meses escayolada.

La señora Donovan palideció.

–¡Oh, mi pobre niña! –susurró.

Connor miró aliviado a su madre cuando ésta se unió a ellos y se sentó al lado de la señora Donovan para presentarse.

–Debes de estar agotada. ¿Por qué no vamos a la cafetería y nos tomamos una sopa? Alguien vendrá a buscarnos si hay noticias. Creo que tenemos una noche muy larga por delante.

La señora Donovan estaba demasiado aturdida como para negarse. Connor le dio las gracias a su madre en voz baja mientras Megan se llevó a la mujer de la sala de espera.

–Por lo menos no te ha disparado al verte. Me esperaba algo peor –le dijo Kevin.

–Oh, ya habrá mucho tiempo para eso –respondió Connor siendo realista–. Creo que ahora mismo está en estado de shock, igual que yo. Kevin, dime la verdad. ¿La gente se recupera de lesiones en la cabeza como ésta?

–Siempre –le aseguró Kevin–. Tiene suerte de que no haya sido nada más que una conmoción grave. Probablemente tendrá dolores de cabeza, pero ya que no ha habido hemorragia, sus síntomas deberían ser mínimos.

–Entonces… no habrá ningún…

–¿Daño cerebral? –terminó Kevin diciendo las palabras que su hermano no se había atrevido a pronunciar–. Se pondrá bien, Connor. Claro que no hay modo de saber si habrá alguna complicación hasta que esté despierta y puedan examinarla por completo, pero hay muchas razones para ser optimistas.

–Entonces, ¿tiene probabilidades a su favor?

–Si tuviera que apostar, lo haría. Vamos, hermano, ten fe. Dentro de poco Heather volverá a ser la misma chica alegre y activa de siempre.

Connor esbozó media sonrisa.

–Estoy deseándolo.

–Pues céntrate en ello.

Pasaron tres horas más y era ya casi medianoche cuando el cirujano llegó y les dijo que Heather estaba en reanimación y que había quedado satisfecho porque las cosas habían salido excepcionalmente bien en el quirófano.

–Tardará un poco en despertar, así que váyanse a casa a dormir. Esto es sólo el principio de lo que podría ser una larga recuperación. Las costillas sanarán por sí solas, pero la pierna derecha va a necesitar un tiempo para recuperarse –miró a Connor–. ¿Alguna pregunta?

–¿Puedo quedarme con ella esta noche?

–Estarías mejor en tu casa y en tu cama, pero claro, para ella sería mejor tener un rostro familiar cerca por si despierta antes de que llegue la mañana.

–Gracias –miró a la señora Donovan–. ¿Quiere quedarse usted también?

Megan intercedió de inmediato.

–Bridget, creo que después de haber conducido desde tan lejos y sola, y del estado de nervios en que lo has hecho, deberías venir a casa con Mick y conmigo y descansar.

La mujer vaciló, pero finalmente asintió.

–Os lo agradecería, si tenéis sitio.

–Claro que sí. Ahora, vamos a salir de aquí. Nell me ha dicho que ha preparado una gran cazuela de sopa de patata. Creo que es justo lo que necesitamos después del día que hemos pasado.

Antes de marcharse, Megan se dirigió a Connor y le dio un fuerte abrazo.

–Si Heather despierta esta noche, dile que todos la queremos y que estamos rezando por ella. Y asegúrate de decirle que su madre ha venido.

Connor asintió.

–Se lo diré. Gracias, mamá –miró a todos los miembros de su familia–. No sé qué habría hecho hoy sin todos vosotros aquí conmigo.

–Es donde teníamos que estar –dijo Mick–. Siempre estamos juntos.

–Puedo quedarme contigo esta noche –le dijo Kevin.

–No, si es verdad que probablemente no despierte hasta por la mañana, seguro que me quedo dormido junto a su cama. Vete a casa con tu familia y da gracias porque están sanos y bien.

–Te quiero, hermanito –le dijo Abby dándole un abrazo.

Cuando la sala de espera se vació de O'Brien, el médico se dirigió a Connor.

–Debe de ser un poco abrumador tener una familia así.

–A veces, pero en días como éste, es una bendición.

Heather se sentía aturdida y como si se hubiera caído sobre una enorme montaña de algodón de la que no podía salir. Intentaba abrir los ojos, pero le suponía muchas más fuerzas de las que tenía. Su cuerpo, o al menos las partes que no le dolían, parecía pesar mucho.

—Vamos, cielo, abre esos preciosos ojos.

Oyó la voz como si estuviera muy lejos. Era Connor, por supuesto. Sintió sus propios labios curvarse en una sonrisa por saber que estaba cerca. ¿O acaso estaría soñándolo?

—¡Heather! —en esa ocasión la voz sonó más impaciente.

—¿Qué? —murmuró ella con una voz tan ronca como la de una rana.

Oyó un sonido y se dio cuenta de que él estaba riéndose.

—No tiene gracia —respondió ella.

—No, no tiene gracia, pero es el sonido más maravilloso que he oído en las últimas cuarenta y ocho horas.

Ella intentó darle sentido a lo que le estaba diciendo. ¿Por qué habían pasado dos días desde la última vez que la había oído hablar? ¿Dónde estaba? Intentó sentarse, pero la recorrió un fuerte dolor.

Sintió la reconfortante mano de Connor sobre su hombro.

—Tranquila. Seguro que estás un poco aturdida.

—Demasiado algodón —dijo ella intentando sacudir la cabeza para despejarla, aunque eso también le dolió.

—¿Algodón?

—¿No lo notas? Está por todas partes.

—No hay algodón, cielo. Pero sí que hay muchos vendajes. Estás en un hospital y están cuidando muy bien de ti. Vas a ponerte bien.

«¿Hospital?»

—¿Por qué?

—¿No recuerdas el accidente?

Ella comenzó a sacudir la cabeza, pero vio que era una mala idea porque le dolía demasiado.

—¿Accidente?

—Te lo contaré más tarde. Ahora mismo, tengo que ir a decirle al doctor que has despertado.

–No te vayas –le suplicó. No quería quedarse sola en ese extraño lugar.

–No tardaré. Dos minutos, como mucho –la besó en la frente suavemente y se marchó. Ella quiso quedarse despierta hasta que volviera, pero el peso del sueño fue demasiado.

Cuando despertó de nuevo, parpadeó y abrió los ojos, pero lo lamentó. Fue como entrar en la luz del sol después de días de oscuridad. Todo brillaba demasiado.

–¿Connor?

–Aquí –dijo él agarrándole la mano–. ¿Qué tal el algodón?

–Ahora no tan mal. ¿Cuánto he estado dormida esta vez?

–Un par de horas. Es sábado por la tarde.

–¿Sábado? No recuerdo nada después… del martes, tal vez. ¿Fue ese día cuando tuve el accidente?

–No, fue el miércoles por la mañana. Mi madre dice que te fuiste a hacer la compra.

Intentó recordar algo de aquella mañana, pero le fue imposible.

–¿Qué me pasa? Te veo borroso.

–Has tenido una conmoción grave, pero los médicos ya se han ocupado de ello. Puede que tengas la visión borrosa en algún momento. Tienes dos costillas rotas y la pierna derecha hecha un desastre. Seguro que te pesa porque tienes una escayola desde el tobillo hasta la cadera para estabilizar los huesos que te has roto.

Como para demostrarle que se equivocaba, Heather intentó moverla, pero pesaba demasiado. Alargó la mano y tocó la escayola.

–¿Me la he roto?

–Al parecer, se te quedó atascada bajo el salpicadero y te partiste la tibia y el peroné. También tienes una lesión en la rodilla, pero no han visto rotura en la rótula. Pronto te harán levantarte y caminarás con muletas. Lo habrían hecho antes, pero quieren ser cautos por la lesión de cabeza.

Ella parpadeó con fuerza y su visión se aclaró un poco.

Intentó interpretar la expresión de Connor mientras le preguntaba:

—¿Qué no me estás contando?

—Te lo he contado todo.

—¿No hay más lesiones? ¿No iré a descubrir mañana que me falta alguna parte importante del cuerpo?

Él sonrió.

—No, puedo asegurarte que sigues estando de una pieza. Lo que sí tienes son muchos cortes y hematomas a modo de souvenirs, pero nada más.

—Entonces, ¿qué estás ocultando? Sé que es algo gordo, porque tienes esa mirada en la cara.

—¿Qué mirada?

—La que tienes siempre antes de contarme algo que sabes que yo no quiero oír.

—Ah, esa mirada… —dijo él sonriendo.

—Estás andándote con rodeos, Connor. Escúpelo, sea lo que sea.

—De acuerdo, allá va. Tu madre está aquí. Ha estado quedándose en mi casa. La he llamado para que supiera que has despertado, así que seguro que llegará en cualquier momento.

—¿Que mi madre está aquí? ¿En Chesapeake Shores?

Connor asintió.

—¿Es que me estaba muriendo? ¿Por eso ha venido hasta aquí?

—Estabas herida. Por eso ha venido aquí. Ni siquiera lo dudó.

—Bueno, pues dile que se marche a casa —dijo furiosa—. Si no estuvo conmigo cuando nació Mick, ¿por qué iba a necesitarla ahora?

En cuanto terminó de pronunciar esas palabras, oyó un grito ahogado y vio a su madre en la puerta, totalmente pálida. Estaba claro que había llegado en el peor momento.

«Lo siento» estuvo a punto de decir Heather al ver, a pesar de que su visión no era perfecta, lo dolida que parecía su madre. Sin embargo, no logró pronunciar esas palabras.

Si alguien se merecía una disculpa, ésa era ella, por el tiempo durante el que la habían tratado como si fuera una vergüenza para la familia.

Connor las miró a las dos.

–Deberíais hablar. Os dejaré un rato.

–No –protestó Heather agarrándolo de la mano.

Él la soltó delicadamente y dijo:

–Sí, tenéis que hacerlo, Heather. Ya es hora. Tenéis que tener una conversación cara a cara –y añadió dirigiéndose a Bridget–, pero que sea breve. Que no se disguste.

Para sorpresa de Heather, cuando Connor se marchó, su madre se acercó y se sentó a su lado.

–Tiene razón. Tenemos que arreglar las cosas.

Heather suspiró.

–Dudo que eso sea posible.

–Bueno, tenemos que intentarlo –respondió su madre con terquedad–. Eres mi única hija. Te quiero en mi vida –se le hizo un nudo en la garganta mientras las lágrimas le caían por las mejillas–. Y mi nieto… –se le apagó la voz y cuando volvió a hablar, estaba sonriendo–. ¡Oh, Heather! Es maravilloso. Fui una estúpida al rechazaros, pero este accidente ha sido una llamada de atención.

–Fuiste tú la que me apartó de tu vida –le recordó Heather y le preguntó–: ¿Dónde está papá?

–En casa trabajando –admitió su madre avergonzada.

–Entonces, para él no ha sido una llamada de atención –cerró los ojos–. No puedo hablar de esto ahora.

–Entonces me quedaré aquí a tu lado mientras descansas –dijo Bridget con decisión–. No pienso marcharme de esta habitación y no me marcharé de este pueblo hasta que haya recuperado a mi hija.

Heather vio el brillo en la mirada de su madre y lo reconoció: si hacía falta, seguiría allí incluso en Navidades, lo que significaba que, tarde o temprano, tendría que hablar seriamente con ella.

Y lo haría, pensó mientras cerraba los ojos y volvía a dormirse.

Capítulo 17

Connor encontró a su madre en la sala de espera, donde había estado cada día desde el accidente. Había entrado a ver a Heather, pero básicamente había estado allí para estar con él.

—Mamá, ¿no estás cansada de estar metida en este sitio? —le preguntó, no dispuesto a admitir lo aliviado que se había sentido por tenerla a su lado—. Es deprimente.

Ella sonrió ante el comentario y miró a su alrededor, que bien necesitaba una mano de pintura y mobiliario nuevo.

—No voy a discutírtelo, si te refieres a la decoración. Es más, ya he hablado con tu padre para que envíe a una cuadrilla a pintar este sitio. Después, tu abuela, tus hermanas y yo buscaremos muebles nuevos. También tengo un par de cuadros en la galería que animarán las cosas por aquí.

—¿Por qué?

—Porque hace falta y nosotros tenemos los medios para hacerlo. Estamos muy agradecidos a todos por lo que han hecho para salvar a Heather y ésta será nuestra forma de agradecerlo.

—Estoy impresionado.

Ella sonrió.

—Pues no deberías. Tienes una gran familia.

—Lo sé. Y después de haber visto a la señora Donovan, estoy más que agradecido por teneros a todos.

—Está haciendo lo que puede, Connor. Esta situación…

tú, Heather, y el bebé... no es lo que esperaba o deseaba para su única hija. Hemos hablado mucho y creo que la entiendo un poco.

–¿Habrías apartado de tu lado a Abby, Bree o Jess si te hubieran dicho que estaban embarazadas y que no iban a casarse?

–Por supuesto que no. No me importan los defectos que podáis tener. Mi trabajo es aconsejaros, si es que queréis oír mis consejos, y escuchar lo que tengáis que decir, pero sobre todo quereros, pase lo que pase. Aun así, puedo entender a una madre que desea lo mejor para su hija.

–Yo también. Lo que no entiendo es que le dieran la espalda por no poder salirse con la suya.

–Eso es porque, a pesar de que a menudo tienes una pésima opinión de la educación que os di, se os enseñó a ser tolerantes con las elecciones de los demás.

–No estoy seguro de que papá comparta ese enfoque. Él casi nunca se calla ante los errores que cree que estamos cometiendo.

–Pero al final, todos sabéis que su amor por vosotros es incondicional. Lo sabes, ¿verdad? Mick lo aprendió de Nell. Ella creció bajo unos fuertes valores y se aseguró de enseñárselos a sus hijos y a todos vosotros. Pero os equivoquéis o no, sois su familia y se enfrentará a cualquiera que os critique.

–Tal vez es la única que podría hacer cambiar la actitud de la señora Donovan. Seguro que comparten los mismos valores católicos. Y por mucho que se haya enfadado conmigo a veces, nunca me ha hecho sentir como si fuera a desheredarme.

–Creo que tal vez tenemos que ver este accidente como una bendición. Ha traído a Bridget hasta aquí y pienso que verá lo mucho que os queréis Heather y tú a pesar de que vuestra relación no sea la más tradicional. Dale esa oportunidad, Connor. Pasa algo de tiempo con ella para que pueda ver por sí misma el joven tan maravilloso que eres.

–En cuanto a eso... lo de ser tradicionales...

Su madre ladeó la cabeza, atónita.

–¿Qué?

–Todo esto me ha hecho pensar mucho –se detuvo. ¿Y si después de decir lo que tenía que decir, se arrepentía?

Su madre seguía mirándolo con curiosidad y entonces fue como si se le encendiera una bombillita.

–Connor O'Brien, ¿estás diciendo lo que creo que estás diciendo? –preguntó emocionada–. ¿Vas a pedirle a Heather que se case contigo?

–Eso creo.

–Pues con qué poco entusiasmo lo dices.

–Mira, ya sabes lo que pienso de esto, pero el otro día me di cuenta de que podría haber perdido a Heather y que no quería pasar el resto de mi vida sin ella. Si no nos casamos, al final ella acabará casándose con otro y la perderé. La perderé a ella y a Mick.

–Ante todo, nunca perderás a tu hijo. Y no querer ver a Heather casada felizmente con otro hombre no es razón suficiente para casarse con ella. Es egoísta. Aquí viene la pregunta que de verdad importa: ¿La amas?

–Claro –respondió sin dudar–. Creía que eso se daba por hecho. Últimamente todo el mundo se encarga de recordármelo.

Su madre sonrió.

–Me alegra saber que nos escuchas. Lo que quiero decir es que tienes que querer casarte y todo lo que ello conlleva, no sólo porque Heather insista en ello, sino porque tú de verdad lo deseas. ¿Lo deseas?

–No es así de sencillo.

–Debería serlo. Mira, me he prometido que no te daría consejo sin que me lo pidieras, pero tengo que decirte una cosa. No le pidas a Heather que se case contigo a menos que estés cien por cien comprometido con todo lo que ello implica. El matrimonio requiere un esfuerzo y un corazón dispuesto a hacerlo.

Connor sabía que seguro que era un buen consejo, pero no pensaba que pudiera aceptarlo porque le había hecho una promesa a Dios en el coche de camino al hospital. Heather estaba viva y él cumpliría con su palabra. Aunque no creyera en el matrimonio, sí que creía en Heather y en su amor. De algún modo, con eso bastaría.

Heather tuvo que admitir que su madre era persistente. Bridget estaba en el hospital casi con la misma frecuencia que Connor, aunque sorprendentemente ambos lograban evitarse, lo cual estaba sumiendo a Heather en un estado de nervios casi tanto como el darse cuenta de que su recuperación sería larga y tediosa.

Y lo peor de todo era que echaba de menos al pequeño Mick a pesar de saber que estaba en buenas manos, con sus abuelos y su bisabuela. En un principio no habían dejado que el niño entrara en la UCI y después Heather había temido que verla tendida en la cama y llena de heridas asustara al niño, pero ahora le parecía que se volvería loca si no podía ver a su hijo aunque fuera un momento.

Estaba allí tumbada, pensando en él e intentando ignorar a su madre cuando la puerta se abrió y Connor se asomó.

–¿Te apetece un poco de compañía? –y entonces abrió más la puerta para dejar a Mick.

–¡Mamá! –gritó el pequeño y cruzó la habitación. La cama estaba demasiado alta, pero Connor lo levantó y lo sentó a su lado.

A ella se le llenaron los ojos de lágrimas y miró a Connor.

–¿Cómo sabías que esto era exactamente lo que necesitaba?

–Ha sido cuestión de suerte. Además, estaba ansioso por ver a su mamá. Pregunta por ti desde que se levanta y me parte el corazón.

–Es verdad –dijo Bridget lanzándole a Connor una mirada de aprobación–. Seguro que ha echado de menos a su mami.

El pequeño alargó la mano y, con cautela, tocó un corte que Heather tenía en la mejilla.

–¿Pupa?

–Un poco –respondió ella y sonrió–. ¿Y si me das un beso para que me sienta mejor?

–Sí –respondió y se acercó para darle un beso junto al corte–. ¿Más pupas? ¿Más besos?

Heather se rió.

–¡Te llevaría todo el día! –dijo haciéndole cosquillas–. Me alegra mucho que hayas venido a verme. Eres la mejor medicina que podía tener, pero creo que deberías irte a casa. Desde aquí veo que hace un día maravilloso. Seguro que el abuelo te llevará a pescar si se lo pides.

–*Abelo* –repitió el niño con entusiasmo.

Connor se rió.

–De acuerdo, vamos a buscar al abuelo –se agachó y la besó en la mejilla antes de guiñarle un ojo–. Para que te sientas mejor.

–Gracias –respondió ella, que se quedó mirándolos mientras se iban.

–Ese niño te adora –le dijo su madre volviendo a sentarse junto a la cama–. Y también su padre. Lo he visto en sus ojos y en cómo habla de ti… ¡Oh!, estaba hundido cuando creía que podía perderte. Estaba destrozado. No entiendo por qué no podéis arreglar las cosas.

–No voy a hablar de este tema contigo, mamá. Ya te he dicho que las cosas entre Connor y yo no van a cambiar.

–¿Estás tan segura de ello? Nunca he visto a nadie más enamorado de una mujer. Apenas durmió cuando entraste en el hospital y sigue aquí cada minuto que puede. Incluso está dejando de lado su nuevo trabajo, lo que indica la devoción que siente por ti. Sinceramente, ha sido toda una revelación para mí.

Eso último era nuevo para Heather. Tendría que decirle a Connor que ya era hora de que volviera al trabajo, porque no quería interponerse en su nueva aventura laboral; aunque agradecía mucho sus visitas, ya no necesitaba que estuviera pegado a su cama.

–Voy a tener que hablar con él seriamente –dijo su madre–. ¡Es hora de que acepte sus responsabilidades y haga lo correcto, por ti y por su hijo!

–¡Mamá! No le digas ni una palabra a Connor, ¿está claro? Ambos somos adultos y perfectamente capaces de decidir lo que nos conviene.

–Pues no veo muestras de ello.

–Tendrás que fiarte de mí. Mantente al margen, mamá. Lo digo en serio.

–De acuerdo –asintió finalmente–. Lo que quieras. Me guardaré mis opiniones.

–Te lo agradecería.

No quería oír las especulaciones de su madre sobre los sentimientos de Connor hacia ella porque eso removería viejas esperanzas que no le harían ningún bien. Hacía tiempo que había aceptado la realidad y nada había cambiado.

Por desgracia, aceptar la realidad y descubrir cómo convivir con ella eran dos cosas muy distintas, sobre todo con Connor siendo tan atento con ella últimamente.

Connor se dirigía a la habitación de Heather cuando se cruzó con la trabajadora social.

–Señor O'Brien, ¿tiene un minuto? –le dijo Jill Swanson.

Él se detuvo.

–¿Qué pasa?

–La señora Donovan será dada de alta en un par de días, pero tenemos que asegurarnos de que estará bien cuando vuelva a casa. Sé que vive con su hijo en un apartamento situado en una segunda planta y, dadas sus circunstancias, no es lo más apropiado. No podrá ni subir esas escaleras ni cuidar de un niño pequeño.

Connor se había esperado algo así y ya había decidido que Heather o se iría a casa con él, donde habría mucha gente para ayudarla, o que él se mudaría a su apartamento. A menos, claro, que Bridget Donovan pretendiera quedarse allí hasta que Heather estuviera completamente recuperada. Sin embargo, dadas las acaloradas llamadas que estaba recibiendo desde Ohio de su marido, dudaba que eso fuera a pasar.

–Tengo un par de opciones alternativas, pero tengo que consultarlas con Heather. De todos modos, le aseguro que cuando llegue el momento, Heather tendrá toda la ayuda que necesite.

–Tendrá que ponerme al corriente de la decisión que tomen porque, de lo contrario, no podré autorizar el alta.

–No hay problema –por lo menos, no lo habría si Heather se mostraba razonable. Aunque seguro que lo hacía, dadas las ganas que tenía de marcharse de ese lugar.

Después de hablar con Jill Swanson, Connor dio media vuelta y se marchó del hospital. Condujo directo hasta una joyería, compró un anillo de diamantes, pasó por la floristería de su hermana para comprar un ramo de peonías rosas y blancas, y volvió al hospital. Para cuando lo hizo, Heather estaba echando la siesta y su madre había vuelto a la casa con Megan para almorzar.

Connor se sentó junto a la cama e intentó pensar en lo que le diría. Eso de proponerle matrimonio a alguien era nuevo para él, aunque ¿acaso importaban las palabras? ¿O sólo la intención? Para tratarse de un hombre que redactaba contundentes y eficaces exposiciones y alegatos para pronunciar ante el tribunal, era sorprendentemente inepto a la hora de expresar sus sentimientos. Tal vez porque tenía mucho en juego…

Mientras ensayaba en silencio varias opciones, miró hacia la cama y vio que Heather estaba mirándolo con gesto divertido.

–¿Es que tienes que defender algún caso ante el tribunal mañana?

–No, ¿por qué?

–Porque las únicas veces que te he visto murmurar con tantas ganas han sido cuando estabas preparando tus alegatos finales.

–En cierto modo, esto es lo mismo. Un alegato final resume tu caso, le dice al tribunal lo que quieres que concluyan de las pruebas presentadas.

–Lo sé.

–Bueno, lo que tengo que decirte es muy parecido a eso. Tengo que presentar todas mis pruebas, redactarlo y después rezar para que tú llegues a la decisión correcta.

Ella lo miró perpleja.

–No estás hablando demasiado claro –miró a otro lado y vio el jarrón lleno de flores–. ¿De dónde han salido? Son preciosas y huelen de maravilla.

–Son parte de mis pruebas. Quiero que sepas lo mucho que me importas. Sé que te encantan las peonías.

–Connor, nunca he dudado de tu amor. No necesitas traerme flores para demostrármelo. El hecho de que te hayas pasado aquí días me dice todo lo que necesito saber.

–Bueno, a eso iba. Este accidente ha cambiado algunas cosas. Aquel día, cuando mi padre vino a decirme lo que había pasado y que estabas en el hospital, no puedes imaginarte lo aterrorizado que estaba. Hubo un momento en el que ni siquiera podía respirar de lo asustado que estaba. El trayecto hasta aquí fue terrible, sin saber qué esperar cuando llegara. Podrías estar… Bueno, eso ahora da igual.

Decir que podía haber muerto le resultaba demasiado horrible y lo importante era que estaba viva y recuperándose y que él pasaría el resto de su vida dando gracias por ello.

Ella le dio la mano.

–Connor, no pasa nada. Estoy aquí, lo malo ya ha pasado. Y, por cierto, quería hablar contigo de una cosa. Ya es hora de que empieces a trabajar con Joshua Porter. Seguro que debe de estar ansioso por que te ocupes de sus casos.

–El trabajo no es la cuestión ahora mismo, intento decirte algo importante.

–¿Qué es más importante que empezar en ese trabajo con buen pie?

–¡Tú, maldita sea! ¡Tú eres más importante! Intento decirte que el día del accidente me di cuenta de lo mucho que te quiero. No quiero perderte, Heather –se metió la mano en el bolsillo y sacó la cajita de la joyería. Ella la miró, impactada.

–¿Qué es?

Connor sabía que Heather no era ni estúpida ni estaba ciega. Sabía perfectamente lo que era, pero no se había esperado llegar a tener nunca algo así en sus manos. Tal vez el elemento sorpresa sería beneficioso.

–Cásate conmigo, Heather –le dijo en voz baja–. Quiero pasar el resto de mi vida contigo y con nuestro hijo, cuidándoos, asegurándome de que sois felices.

Heather parecía confusa, más que emocionada por la proposición. Tal vez, incluso, un poco triste, aunque él no entendía por qué, ya que eso era lo que había deseado siempre.

–¿Y tú? ¿Serás feliz casándote conmigo? ¿Tanto has cambiado en una semana?

–Te lo estoy pidiendo, ¿no? –le dijo, incapaz de controlar su impaciencia.

–Y te quiero por habérmelo preguntado, pero no –respondió ella con una voz cargada de ternura.

–Pero hice una promesa –contestó él antes de poder evitarlo.

–¿Una promesa? ¿A quién?

–A Dios. Le dije que si salías adelante, me casaría contigo, tal y como querías.

En cuanto terminó de pronunciar esas palabras supo que había metido la pata. Decirle que había hecho un trato con Dios era absolutamente lo peor que podría haber admitido. Pero era demasiado tarde para buscarle una explicación a esas palabras y para retirarlas. En ese punto, ni siquiera podría volver a pronunciar la proposición ni hacerla más romántica, más creíble.

La miró a los ojos, vio dolor en ellos y supo que había echado a perder su oportunidad. Tal vez tendría otras, es más, se aseguraría de que así fuera, pero ésa en concreto la había desaprovechado. Seguro que tenía suerte de que ella estuviera confinada en una cama porque, de lo contrario, le habría tirado a la cabeza esas preciosas peonías.

–No lo entiendo –dijo él a pesar de saber que podía empeorar las cosas–. Creía que era lo que querías.

–Pero no así –respondió Heather antes de tenderse en la cama y darse la vuelta con los ojos llenos de lágrimas.

Heather debería haber sabido que rechazar la proposición de Connor no supondría el fin del asunto y, así, durante los últimos dos días, él había vuelto a pedírselo cada vez que había entrado en la habitación y se habían quedado a solas. Tanto, que ella había terminado perdiendo la paciencia.

–Connor O'Brien, no me casaré contigo sólo porque tuvieras una especie de epifanía de camino al hospital. ¿Cuántas veces tengo que decírtelo? Estás siendo muy dulce conmigo, pero ¡la respuesta es no!

Por muy gratificantes que deberían haber sido las hermosas palabras que le había dirigido, sus proposiciones la habían sacado de sus casillas. Todo estaba sacándola de sus casillas. Quería irse a casa.

Pero el único modo de que eso sucediera sería teniendo a alguien que estuviera ahí para cuidar de ella.

La familia O'Brien al completo se había ofrecido a hacerlo, pero fue la oferta de Connor la que le resultó más perturbadora.

–Quieres marcharte de aquí, ¿verdad? Podrás hacerlo si tienes ayuda a todas horas. Eso es lo que dijo la asistenta social. Yo puedo ofrecerte esa ayuda, pero sólo si accedes a casarte conmigo.

–Eso es chantaje –lo acusó, impactada por el hecho de que Connor pudiera ser tan rastrero.

–No, es algo que te daría todo lo que dices que quieres. Podrías volver a casa y tenerme para siempre, con un documento que lo garantizara.

–Una proposición debería ser algo romántico, pero esto suena como trueque de ovejas y vacas.

–Ey, eso funcionó en muchas culturas durante mucho tiempo.

–Connor, no puedo casarme contigo sólo para tener un cuidador durante unos meses. ¿Qué pasará cuando me recupere?

–Que tendremos la vida que nos merecemos –respondió. Así, tan sencillo como eso.

Ella sacudió la cabeza.

–No, empezarías a arrepentirte.

–No, no lo haría. ¿Por qué estás resistiéndote tanto? Dijiste que me querías.

–Y te quiero –le confirmó.

–Y yo te quiero a ti, así que no sé dónde está el problema.

–El amor antes no fue suficiente para ti –le recordó–. Siempre decías que se esfumaría antes de que la tinta de nuestra licencia matrimonial se secara.

–He pensado mucho en ello.

Ella volteó los ojos. Si hubiera estado un poco más fuerte y hubiera tenido algo más de movilidad, se habría levantado de la cama para darle un bofetón.

–Connor, deja de decir tonterías –dijo casi gritándole–. Sigues sin creer en el matrimonio y por eso toda esta idea me parece una locura.

Él le agarró la mano y ella sintió un cosquilleo recorriéndola.

–Mírame.

Y ella lo miró.

–Cuando pensé que te perdería, casi me volví loco. Me hizo darme cuenta de que no quiero vivir un minuto más sin ti. Sea cual sea el tiempo que nos queda, quiero que estemos juntos los tres. Y quiero tener más hijos contigo. Sin problema lo haría sin una licencia matrimonial de por medio, pero tú no, así que voy a centrarme en lo importante que eres para mí y en cruzar el camino hasta el altar porque sé que a ti te importa.

Heather deseaba aceptar lo que le estaba ofreciendo, pero ¿cómo iba a hacerlo? Siempre se sentiría como si lo hubiera atrapado para hacer algo que iba completamente en contra de sus convicciones y siempre sabría que él se había casado bajo coacción.

—No —le susurró, apenas incapaz de pronunciar la palabra—. Así no funcionará, Connor. No es posible.

Él pareció abatido, como si sintiera que ya no había solución. Había dejado de lado sus convicciones, lo había hecho por ella, y ahora lo había rechazado.

Pero, ¿qué otra cosa podría haber hecho?, se preguntó. Lo conocía mejor de lo que él mismo se conocía y sabía que si Connor hacía ese sacrificio y se casaban, acabaría siendo un desgraciado.

Él se levantó y fue hacia la puerta, no sin antes detenerse y mirar atrás para decirle con la voz cargada de emoción:

—Ahora sé que jamás podré convencerte de que he cambiado, de que de verdad estoy preparado para comprometerme contigo.

—Así es, puede que nunca lo hagas —admitió ella, aunque hacerlo y verlo salir de la habitación abatido, le partió el corazón.

Capítulo 18

Connor salió del hospital intentando asimilar el hecho de que Heather había sido rotunda al rechazar su propuesta. Creía que le había ofrecido todo lo que ella había querido y, aun así, no había sido suficiente. ¿Qué haría ahora? ¿Aceptar que su relación estaba acabada? No creía que pudiera hacerlo, pero se le habían agotado las ideas.

Estaba caminando tan deprisa que no se fijó en que Bridget se acercaba.

–¡Connor! –dijo la mujer agarrándolo del brazo y deteniéndolo justo antes de que fuera arrollado por un coche que salía del aparcamiento–. ¿Qué pasa? Pareces hundido. ¿Ha empeorado Heather?

Él se quedó mirándola un instante, aturdido, y sacudió la cabeza.

–No, no. Está bien. Más testaruda que una mula, de hecho.

Bridget sonrió.

–Ah, entonces está claro que se encuentra mejor. ¿Qué te ha dicho para que estés así?

Connor pensó en ignorar la pregunta, pero tal vez Bridget era exactamente la aliada que necesitaba.

–¿Podríamos hablar un minuto?

–Por supuesto.

–¿Te apetece entrar a la cafetería a tomar algo?

–Preferiría sentarme aquí en el jardín, si no te importa. Es un lugar muy tranquilo.

Encontraron un banco junto a unos rosales y se sentaron.

—¿Qué te pasa?

—Tú y yo empezamos con mal pie y sé que la relación que teníamos Heather y yo te decepcionó.

—Así fue —respondió ella sinceramente—. Pero desde que estoy aquí, he visto las cosas desde otra perspectiva. He visto todo el amor que hay entre los dos, y eso, sin hablar de la devoción que sientes por tu hijo. Quiero que mi hija sea feliz, Connor, y tú puedes lograrlo. Tal vez no del modo que yo habría elegido, pero no creo que sea la indicada para juzgaros.

—¿He de pensar que mi madre y mi abuela te han dado un empujoncito para llegar a esa conclusión?

Ella se rió.

—Oh, es verdad que te han alabado mucho, de eso no hay duda, pero la clave ha sido lo que yo he podido ver por mí misma.

—Entonces, tal vez, si surge la oportunidad, podrías hablarle bien de mí a Heather.

Ella se quedó asombrada.

—¿Y por qué ibas a necesitar que yo hiciera eso?

—Llevo días pidiéndole que se case conmigo y me ha rechazado rotundamente cada vez —admitió avergonzado.

—Pero, ¿por qué? —preguntó ella impactada.

—Cree que mi epifanía no es creíble y que ha llegado demasiado tarde. Ha sido muy rotunda.

—Bueno, ¡pues eso es una locura!

Connor sonrió.

—Esperaba que creyeras eso. Entonces, ¿le hablarás bien de mí?

—No estoy segura de que tenerme de tu parte vaya a ayudarte mucho, pero haré lo que pueda —le prometió—. Si te sirve de algo, creo que los dos estáis hechos el uno para el otro y te aconsejo que le des algo de tiempo para acostumbrarse a tu nuevo punto de vista. Es un cambio brutal y ella ya ha pasado por mucho últimamente.

Impulsivamente, Connor la abrazó.

—Gracias por ayudarme.

Ella le dio una palmadita en la mejilla.

—Deja que pase ahí dentro y vea qué ánimos tiene. Si puedo hacerlo ahora, ¡qué mejor momento para empezar con la misión que me has encomendado!

Connor la vio entrar en el hospital con paso decidido y, para su asombro, tuvo que admitir que Bridget Donovan no era el ogro que él había creído. Tal y como su madre le había dicho, era simplemente una mujer que se preocupaba por la felicidad de su hija.

Tras la marcha de Connor, Heather pensó en lo que había sucedido, en lo abatido que lo había visto al irse, y fue como si esa imagen ardiera dentro de su cabeza. No pudo evitar llorar, a pesar de lo mucho que lo intentó. Llorar le parecía un desperdicio de energía, pero había estado acumulando las lágrimas demasiado tiempo. Lloró como no lo había hecho en meses, desde que había dejado atrás su casa de Baltimore y su vida con Connor.

Y una vez empezó, ya no pudo parar, ni siquiera cuando su madre entró en la habitación, la miró y la abrazó. Es más, ese gesto hizo que llorara aún más.

Al cabo de un rato, ni siquiera estaba segura de por qué lloraba: si por la oportunidad perdida, por el final de un sueño, por el inesperado consuelo de su madre o por una mezcla de todo.

—Imagino que todo esto es por Connor. Lo he visto marcharse y no parecía más alegre que tú. Me ha dado su versión de las cosas. ¿Cuál es la tuya?

Heather la miró impactada.

—¿Te ha dicho que me ha pedido que me case con él?

—Sí.

—¿Y también te ha dicho que no ha sido la única vez?

Su madre asintió mientras le acariciaba el pelo, como lo había hecho cuando Heather era pequeña.

–Pues creo que será la última –le dijo su hija con un sollozo.

–¿Y estás triste por eso?

Heather asintió.

–Estoy totalmente segura de que sería un gran error que nos casáramos ahora. Él no quiere hacerlo de verdad.

–Pero te lo ha pedido. ¿No es ése un motivo de celebración?

Heather sacudió la cabeza.

–No estás escuchándome. Lo he rechazado, no sólo hoy sino todas las veces que me lo ha pedido desde el accidente.

–Pero, ¿por qué? Sé que lo quieres.

–No me lo ha pedido porque él quiera casarse, sino porque hizo un pacto con Dios.

Asombrada, vio cómo su madre sonrió.

–¿Ah, sí? Imagino que para salvarte la vida.

–Eso es lo que ha dicho.

–Pues entonces es un hombre adorable que quiere cumplir con su parte del trato.

–¡Claro que es un hombre adorable! De eso nunca ha habido ninguna duda.

–Para mí sí que la había –dijo su madre sardónicamente.

–No es el momento para otro sermón sobre la mala opinión que tienes de Connor.

De nuevo, los labios de su madre se curvaron en una sonrisa.

–Puede que me equivocara con él. ¿No te gustaría poder restregármelo por la cara hasta el fin de los días?

–No estás tomándote esto en serio –la acusó Heather–. Está furioso porque lo he rechazado y ahora ni siquiera puedo irme a casa porque no puedo apañármelas sola. Me quedaré encerrada en este hospital para siempre.

Su madre se rió.

–Siempre te ha gustado mucho dramatizar. Si quieres volver a tu apartamento, yo iré contigo. Puedo quedarme más tiempo.

–Creía que papá estaba insistiendo en que volvieras a casa –dijo Heather impactada y animada al mismo tiempo por el inesperado ofrecimiento. ¡Deseaba tanto salir de ese lugar y volver a la normalidad!

–Tu padre puede arreglárselas solo un poco más –declaró la mujer–. La verdad es que hacía años que no me sentía tan libre. ¿Quién sabe? A lo mejor también me quedo a vivir en Chesapeake Shores. Me parece un pueblo muy agradable.

–¿Sin papá? –preguntó Heather, incapaz de disimular su asombro.

Su madre se encogió de hombros.

–Nunca se sabe. A lo mejor es hora de cambiar algunas cosas.

Heather se secó sus últimas lágrimas y miró a su madre.

–¿Lo dices en serio?

Bridget vaciló y después admitió:

–Puede que sí. Pero lo que sí sé es que voy a quedarme aquí hasta que vuelvas a caminar y puedas valerte por ti misma.

En ese momento, Heather vio la solución a otro de sus problemas. Bueno… después de todo… ¡su madre le había enseñado a confeccionar colchas!

–¿Estarías dispuesta a impartir clases de costura en la tienda por mí, sólo durante unas semanas?

A su madre se le iluminaron los ojos.

–¡Me encantaría! –dijo entusiasmada–. Megan me ha llevado a ver la tienda y me ha enseñado algunas de las colchas que has hecho. No has olvidado las lecciones que te enseñé. Es más, tus puntadas son mejores que las mías y eres más creativa de lo que yo podría ser jamás.

–Pero sin las nociones básicas que aprendí de ti, nunca me habría atrevido a hacer mis propios diseños. Te agradezco mucho que hayas compartido tu talento conmigo y me encantaría que trabajaras en mis clases. Son todas muy simpáticas y creo que lo pasarías muy bien. Algunas tienen mi edad, pero también hay mujeres más mayores.

–Estaré encantada de hacerlo, pero creo que dentro de unas dos semanas, tú misma podrás dar las clases. Podríamos encontrar un modo de bajarte a la tienda.

–Oh, claro que tengo pensado estar allí, pero no me importaría que me dieras algunas clases a mí también. Sería como un cursillo de reciclaje.

–Entonces, decidido –dijo Bridget–. Ahora, vamos a hablar de la última propuesta de Connor.

–No –dijo Heather, ya no tan animada.

–Más tarde, entonces –accedió su madre.

¿Quién iba a imaginar que Bridget se pondría del lado de Connor? Era lo más extraño que había sucedido desde el accidente. Y Heather tenía la sensación de que todavía ambos tenían mucho que decir.

Connor no fue capaz de volver a acercarse al hospital. Incluso después de haberse enterado de que Heather llevaba varios días en su apartamento con su madre y el pequeño Mick, se había mantenido alejado de allí también y había visto a su hijo gracias a que su familia se lo había llevado a casa.

Aunque tenía cada vez más casos en el despacho de Porter, no eran suficientes para distraerlo y levantarle el ánimo. Y aunque se había esperado que alguien de la familia le llamaría la atención al respecto, jamás se habría imaginado que fuera a ser Jess.

Estaba sentado en la mesa de la cocina justo después del alba, mirando su taza de café, cuando su hermana pequeña entró, se sirvió una taza y se sentó delante de él. Era obvio que tenía algo que decirle y Connor se preparó para la que le esperaba.

–Esto tiene que parar. Tienes a toda la familia cohibida, con miedo a decir algo sobre Heather.

–¿Desde cuándo alguien de esta familia ha evitado hablar de algo? –preguntó pensando que el comentario de Jess era una exageración–. Aquí siempre todos tienen problemas por ser demasiado sinceros.

–Vamos, Connor. ¡Le has gritado a la abuela! –dijo indignada–. ¿Qué ha hecho para merecerse algo así!

Connor se sonrojó, recordando el incidente con vergüenza.

–No quería hacerle daño. Ha hecho un comentario sobre Heather y Mick, me lo he tomado mal y le he dicho que no era asunto suyo lo que Heather y yo hiciéramos. Me he disculpado enseguida y la abuela lo ha entendido.

–Claro que lo ha entendido. Eso es lo que hace la abuela, por muy mal que nos comportemos, pero Connor, tienes que ver que ha estado fatal.

–Lo sé. No volverá a pasar.

–Volverá a pasar a menos que arregles las cosas con Heather. Si yo quisiera a alguien tanto como tú la quieres, y a mí un hombre me quisiera igual, puedes apostar a que no estaría haciendo el tonto y dejándolo escapar sólo porque yo tuviera dudas sobre si tengo o no lo necesario para que un matrimonio dure.

Connor la miró sorprendido.

–No es que dude de mí. Si me comprometiera a casarme, haría que funcionara.

–Entonces, ¿por qué no lo haces?

–Supongo que la red de cotilleos no te ha informado de que le he pedido a Heather que se case conmigo. Y varias veces, de hecho.

–¿En serio?

–Sí.

–Vaya, pues, ¡aleluya! ¿Por qué nadie sabe esto? ¿Y por qué vas por ahí con esa cara?

–Porque me ha rechazado cada vez.

Ahora fue su hermana la que parecía sorprendida.

–Estás de broma. ¿Por qué? ¿Te ha dicho por qué?

–No se creía que estuviera convencido y creo que yo no ayudé mucho a la causa al admitir que había hecho un pacto con Dios cuando temí que fuera a morir.

–¿Le dijiste eso?

Él asintió y su hermana le dio un puñetazo en el brazo.

–Eres un imbécil.

–Parece que ésa es la opinión general.

–¿Cómo vas a arreglarlo?

–No lo voy a hacer. Ya no importa lo que diga ahora, ella no me creerá.

–Pues entonces deja de hablar y demuéstrale que estás preparado para ser la clase de marido con la que siempre ha soñado. Las acciones dicen más que las palabras o, por lo menos, eso es lo que me dice un loquero al que los dos conocemos.

Connor sonrió por primera vez desde que esa incómoda conversación había empezado.

–¿Qué tal está Will?

–Insoportable. Irritante. Imposible.

–Pues a mí me parece que sientes algo por él.

–¡No seas ridículo! Además, no he venido aquí para hablar de Will.

–No, has venido como representante de la familia para asegurarte de que arreglo las cosas con Heather. Pues puedes informarles de que eso no va a pasar. Esta vez, no. En todo caso, las cosas entre nosotros están peor que nunca.

–Porque eres demasiado testarudo como para tragarte el orgullo y arrastrarte.

–Pregúntale a tu amigo Will qué clase de solución tendría una relación en la que hace falta arrastrarse.

–Pues yo creo que eso pasa en todas las relaciones, sobre todo cuando el hombre no deja de hacer el imbécil.

–¿Pedirle a Heather que se case conmigo es hacer el imbécil?

–Claro que no, pero aceptar un «no» por respuesta sí que lo es. Después de lo que te ha tenido que aguantar durante años, no la culpo por haberle dado la vuelta a la tortilla.

–No creo que se trate de venganza.

–No, Heather es demasiado dulce como para querer venganza. Simplemente no cree que tu corazón haya podido cambiar tanto. No muchas mujeres lo creerían.

Connor suspiró. Aunque no le gustaba lo que Jess estaba diciéndole, sabía que tenía parte de verdad.

–Así que acciones, ¿eh?

Ella asintió.

–¿Como por ejemplo?

–¿Alguna vez la has cortejado de verdad?

–¿Te refieres a flores, bombones y esas cosas?

–Para empezar, sí.

–Nunca. ¿Quién tenía dinero para eso cuando estábamos en la universidad? –se le iluminó la cara–. Pero sí que la llevé un ramo de peonías de la floristería de Bree el otro día. Siempre me decía cuánto le gustaban esas flores –vaciló–. ¿O eran los pensamientos las que le gustaban? A lo mejor ése fue el problema, que me equivoqué con las flores y pensó que no le había prestado atención.

Jess sacudió la cabeza.

–Es una pena, pero la mayoría de las mujeres aprendemos cuando aún somos adolescentes que los hombres nunca escuchan una palabra de lo que decimos a menos que hablemos de deportes para llamar su atención.

–¿Ahora quién está siendo cínico?

–Por favor, los dos sabemos que mamá dejó a papá porque nunca prestó atención a nada de lo que decía o necesitaba.

–La verdad es que a mí me dijo que nunca le había dicho lo que de verdad quería, así que no puedes culpar a papá por no captar el mensaje que ella nunca le lanzó.

–Ya estamos otra vez, tú poniéndote del lado de papá y en contra de ella. Pero ésa no es la cuestión. Lo que te digo es que tienes que demostrarle a Heather que la conoces mejor que nadie. Anticípate a sus necesidades, para variar.

–Mira, entiendo lo que dices, pero no sé cómo hacerlo.

Jess puso los ojos en blanco.

–De acuerdo, si estuvieras tendido en la cama o encerrado en tu casa, ¿qué querrías más que nada? Piensa en cuando te torciste el tobillo y tuviste que estar inmovilizado una eternidad. ¿Te acuerdas?

–Fue la semana más frustrante de toda mi carrera deportiva en el instituto.

–Exacto –dijo Jess, claramente satisfecha por haberle removido los recuerdos–. Ahora, ¿qué era lo que más querías?

Él pensó antes de responder.

–Salir.

Su hermana le sonrió.

–¿Lo ves, hermano? Después de todo, no eres tan tonto. Prepara un almuerzo y llévatela de picnic. Mejor dicho, yo misma te lo prepararé en la cocina del hotel. Después podrás ir a recoger a Heather y llevarla a la playa. Que Bridget se quede con Mick para que así puedas dedicarle toda la tarde a Heather. Y hagas lo que hagas, no saques el tema del matrimonio, ni de tus sentimientos, ni de ese trato que hiciste con Dios.

–Entendido. ¿Algo más?

–Trátala como si fuera la persona más especial de tu vida –le dijo con gesto de ensoñación.

Connor pensó que eso no le resultaría tan difícil porque lo era. Siempre lo había sido.

Jess se levantó, se agachó y le dio un beso en la mejilla.

–No lo estropees.

–De acuerdo, jefa.

–Búrlate de mí todo lo que quieras, pero soy tu arma secreta.

–¿Y eso?

–Soy una mujer. Sé cómo querría que me tratara un hombre, así que te entrenaré, cita a cita.

Connor pensó que su hermana estaba siendo demasiado optimista, pero ¿qué tenía que perder? Si sus métodos lograban que los dos volvieran a hablar, sería un comienzo, un paso en la dirección correcta. En el peor de los casos, si esas tácticas no le funcionaban, podría pasarle todos los trucos a Will y, tal vez, su amigo sí que podría poner en marcha su relación con Jess.

Heather había pensado que estar en casa la curaría de la melancolía, pero lo cierto era que de pronto su apartamento le parecía demasiado pequeño con su madre viviendo allí también. Había hecho un intento inútil de bajar a la tienda, pero había tenido que rendirse al temer caerse rodando por las escaleras. Se había jurado que la próxima vez le echaría más valor.

Había tenido mucha compañía durante los últimos días, pero incluso de eso se había cansado. A decir verdad, probablemente no habría nada que la animara, ni siquiera ganar la lotería o curarse milagrosamente de la noche a la mañana. El problema no era estar incapacitada, sino saber que las cosas habían terminado con Connor. Su silencio desde que le habían dado el alta decía mucho y el hecho de que fuera el único O'Brien que no había ido a recoger al pequeño Mick.

Sólo ahora podía admitir que, después de haber abandonado a Connor, había albergado una esperanza de que pudieran volver a estar juntos. Irónicamente, él había terminado ofreciéndole todo lo que ella había pedido, pero sólo porque estaba pagando una deuda que tenía con Dios y ése no era el mejor modo de empezar un matrimonio, ya que era como si alguien fuera al altar de manera involuntaria.

Había estado tan deprimida pensando en su última conversación con Connor que su madre se había llevado a Mick a la tienda con ella.

—Si quieres quedarte aquí sentada compadeciéndote de ti misma me parece bien, pero no dejes que el niño te vea actuar así. No quieres cambiar lo que siente por su padre, pero tienes que tener cuidado porque los niños se fijan en estas cosas y las imitan.

—Como cuando yo sentía toda la tensión que había entre papá y tú.

Su madre se quedó atónita con el comentario y, sin decir ni una palabra, había recogido a Mick, sus juguetes y su comida, y había salido del apartamento.

Cuando alguien llamó a la puerta y la abrió sin esperar respuesta, Heather encontró allí a Connor y se le aceleró el corazón.

–¿Me has oído que te haya invitado a entrar? –le preguntó muy seria, sin molestarse en ocultar su enfado.

Connor sonrió.

–No, pero no quería correr el riesgo de que no me dejaras pasar. Tu madre me ha dado la llave.

–¿Desde cuándo mi madre y tú estáis aliados?

–Supongo que desde que la has cabreado esta mañana. ¿Qué está pasando aquí?

–¡Habría que ver lo contento que estarías tú si estuvieras encerrado en este sitio día tras día!

Él intentó, sin lograrlo, contener una sonrisa.

–Y eso que sólo llevas aquí… ¿cuánto? ¿Tres días?

–Cuatro –respondió secamente.

Él se rió.

–Lo siento, aunque parece que he llegado justo a tiempo para salvarte de tu encierro autoimpuesto. ¿Quién habría pensado que unas insignificantes escaleras serían demasiado para ti?

–No son las escaleras. Por lo menos, no del todo. Son las escaleras combinadas con cómo me siento por estas muletas y esta estúpida escayola, que debe de pesar cientos de kilos.

–No pesa tanto –le aseguró–. ¿Cómo vas a acostumbrarte si no practicas?

–Practiqué antes de salir del hospital, pero en superficies llanas. Esas escaleras parecen una trampa mortal.

–Pues entonces, tal y como he dicho, he llegado justo a tiempo.

–¿A tiempo para qué? –preguntó ella desconfiada.

–Para rescatarte.

Por alguna razón, la respuesta la hizo ruborizarse.

–¿Y desde cuándo necesito yo que me rescaten?

–Según tus cálculos, desde hace cuatro días.

Ella estuvo a punto de soltarle unos cuantos improperios, pero él la detuvo.

–Recuerda que tienes un niño y que no debes caer en el hábito de decir palabrotas delante de él.

Aunque no quería reírse, aunque quería mostrarse furiosa con él, no puedo evitarlo.

–Tienes razón. Está empezando a imitar todo lo que digo.

–¿Lo ves? Bueno, entonces, ¿te apetece salir conmigo?

Ella pensó en declinar la invitación por una cuestión de principios, pero ¿qué conseguiría con ello? Su carácter no haría más que empeorar si rechazaba la única oportunidad de salir de ahí. Si no aceptaba ahora, pasaría seis u ocho semanas terribles hasta que le quitaran la escayola.

–¿Adónde? Y lo más importante, ¿por qué?

–A la playa. Hay poca humedad y corre una brisa maravillosa. Es un día perfecto para hacer un picnic. Y en cuanto al porqué, es porque he pensado que podría animarte cambiar de aires.

–¿Quién ha estado quejándose de mi carácter?

Él sonrió.

–Nadie, pero te conozco. Nunca se te ha dado bien estar ociosa. Podría haber sido un buen momento para que confeccionaras una de esas increíbles colchas que haces, pero recuerdo cómo trabaja tu mente. Es un poco retorcida.

–¿Acabas de insultarme?

–No, sólo he dicho la verdad. En lugar de aprovechar esta situación como una oportunidad, lo único que puedes ver es que estás atrapada en un apartamento. ¿Tengo razón?

–De acuerdo, sí, pero no es que tú fueras muy bueno tampoco en las situaciones de relajación forzada.

–Cierto, pero no estamos hablando de mí. Ahora, en cuanto a lo de la playa… ¿sí o no?

Heather cerró los ojos y prácticamente pudo ver las olas en la bahía, oler el aire salado, sentir la brisa contra sus mejillas… Y le pareció estar en el paraíso. Después, suspiró.

–No puedo.

–¿Por qué no? ¿Tienes otros planes?

–Claro que no. Por si no te has dado cuenta, ahí fuera hay escalones. ¿Es que no me has escuchado? No puedo bajarlos –admitió con frustración.

–Razón por la que te llevaré en mis fuertes y grandes brazos. Eso sí, intenta no contonearte mucho para no excitarme.

De nuevo, Heather no pudo contener una carcajada.

–¡Como si eso fuera a pasar! –lo miró a los ojos–. ¿Por qué estás haciendo esto?

–Porque alguien muy sensato me ha preguntado qué sería lo que más te gustaría hacer ahora. He pensado que seguro que estabas volviéndote un poco loca.

–Más que un poco.

–Entonces, ¿vendrás conmigo?

Ella sopesó el peligro: dejarse arrastrar al mundo de Connor contra su deseo de cambiar de aires. No parecía un peligro tan extremo en comparación a su total aburrimiento.

–Vamos –dijo y se levantó, decidida a mantener, al menos, un poco de independencia. Cruzó la habitación con las muletas y Connor dejó que lo hiciera. Sólo cuando salieron por la puerta la levantó en brazos como si no pesara nada y la bajó por las escaleras.

Acurrucada contra su pecho, se permitió la licencia de hundir la cabeza en su hombro por un instante, sólo para poder respirar su maravilloso aroma masculino, una mezcla de jabón y un ligero pero familiar toque de loción para después del afeitado. En el fondo de su armario aún guardaba una de sus camisas, la que le había robado al marcharse; una que olía exactamente como ésa. En momentos de debilidad, la sacaba y dormía con ella. Le había dado consuelo en algunas de las noches más duras que había vivido después de la separación.

Cuando llegaron a su coche, lo vio sonriendo.

–¿Qué?

–Estabas olfateándome.

–Claro que no –dijo indignada y sintió cómo se sonrojó de vergüenza.

–Siempre lo hacías cuando me echaba la loción para después del afeitado. Decías que te recordaba al olor de un margarita algo que, por cierto, nunca pude entender.

–Era por la lima –dijo sin pensar y se estremeció por lo revelador de esas palabras.

–¿Sabes? Es curioso, pero cuando te marchaste, desapareció mi camisa verde de franela favorita.

Ella se negó a mirarlo a los ojos.

–¿En serio? ¿Qué crees que le pasó?

Él se encogió de hombros.

–No puedo decirlo con seguridad, pero creo recordar volver tarde de la oficina unas cuantas noches y encontrarte acurrucada en la cama con esa camisa. Decías que olía a mí.

–Lo había olvidado.

–Seguro –respondió él sardónicamente, dejándola con cuidado en el asiento del copiloto, que había echado hacia atrás para que pudiera extender la pierna.

–¿Por qué le estás dando tanta importancia a una estúpida camisa vieja?

Él la miró a los ojos y respondió:

–No es la camisa, y lo sabes.

–Entonces, ¿qué es, Connor?

–Me echas de menos.

Ella tragó saliva con dificultad y rezó para que ni el tono de su voz ni el color de sus mejillas la delataran.

–No.

–Estás mintiendo, cielo, pero no pasa nada. Yo también te he echado de menos. Ahora, vamos a la playa y disfrutemos del día.

–Si vas a pasarte toda la tarde haciendo comentarios arrogantes, no estoy segura de que vaya a disfrutar mucho.

–Oh, venga, no hay nada que te guste más que ponerme en mi sitio, y diciendo cosas como ésta te hago un favor porque te enfadas y me regañas. Seguro que hace años que no te sentías así de viva.

Tristemente, era verdad, pero eso no lo habría admitido ni bajo amenazas de tortura.

–Esto es una mala idea –murmuró al acomodarse en el asiento y prepararse para lo que le depararía la tarde.

Capítulo 19

En lugar de ir a la playa principal, Connor optó por una zona más apartada fuera de los límites del pueblo. Allí las casas eran más pequeñas y, en muchos aspectos, menos pretenciosas que las de Chesapeake Shores. Muchas llevaban años allí, habitadas por familias de generación en generación. En algunos casos la pintura estaba descuidada y los porches estropeados por el viento y el agua, pero a pesar de eso, tenían un innegable encanto.

Siempre le había gustado ir allí, sobre todo durante la semana, porque la playa estaba desierta. Podía recordar haber ido allí con su última novia cuando era un adolescente para tener algo de intimidad.

–¿Por qué no había estado aquí antes? –preguntó Heather mirando a su alrededor mientras conducían a lo largo de la costa con sus sauces llorones.

–Por aquí no hay mucho más, sólo alguna casa que otra. Mientras construía Chesapeake Shores mi padre quiso comprar estas tierras e incorporarlas al pueblo, pero los propietarios se unieron y se levantaron para impedirlo. Eso lo enfadó muchísimo, pero, personalmente, me alegro de que lo hicieran.

Heather lo miró con sorpresa.

–¿Por qué? Hablas casi con nostalgia.

–Supongo que sí. Me gusta el hecho de que las casas se conserven prácticamente tal y como eran en los cincuenta, e incluso setenta y cinco años atrás. También siguen aquí las mismas familias, en la mayoría de los casos. Por aquí casi nunca se ve un cartel de «Se vende».

–¿En serio? –preguntó Heather mirando por la ventanilla–. ¡Connor, espera! Ahí hay un cartel. Justo ahí, en la curva. Vamos a ver.

Intrigado, Connor condujo unos metros más, se detuvo a un lado de la carretera y apagó el motor. Sin embargo, su entusiasmo se apagó al mirar más de cerca.

–No es mucho –dijo decepcionado al ver lo abandonada que estaba la casa.

–A mí me parece preciosa, tiene encanto –contestó Heather con la mirada iluminada–. Fíjate en el jardín. Está lleno de lilas.

–Hay demasiada maleza, y dudo que hayan pintado la casa en años. Seguro que está invadida por las termitas.

Heather lo miró exasperada.

–¡Mira! La casita se llama Driftwood Cottage. ¡Es perfecta!

–Sí, verdaderamente le va bien el nombre. Parece que la casa se ha ido a la deriva. Está destrozada.

–No seas tan malo. Ojalá pudiéramos verla por dentro. ¿Crees que habrá alguien?

–No, si valoran sus vidas –respondió, no muy seguro de por qué encontraba ese sitio tan deprimente. Por otro lado, Heather tenía razón, tenía ese encanto del que él había estado hablando hacía un momento, a pesar de necesitar una gran reforma.

–Ayúdame a salir de aquí –dijo ignorando su comentario–. Vamos a llamar a la puerta.

Él la miró a la cara, sorprendido de verla más animada que en años.

–¿Lo dices en serio?

–No puedo explicarlo, sé que está hecha un desastre, pero me encanta.

–¿Cómo es posible? Tienes un apartamento precioso y moderno justo encima de tu tienda. Creía que te gustaba estar allí.

–Y me gusta.

–Entonces, ¿por qué ibas a estar interesada en esta casa?

Ella se encogió de hombros.

–No lo sé. Siento como si estuviera llamándome. Apuesto a que aquí siempre ha vivido una familia durante el verano. Fíjate en el columpio que hay en el porche. ¿No te imaginas a niños jugando en él o a adolescentes acurrucados en una noche de verano?

–Heather, una cosa es rescatar de la calle a gatitos sarnosos –cosa que ella había hecho con demasiada frecuencia para su gusto, aunque al menos había logrado convencerla de encontrarles un hogar en lugar de quedárselos–, y otra es intentar salvar una casa en ruinas. Hacer habitable esta casa costará una fortuna. Pregúntale a mi padre.

Ella lo miró desafiante.

–Pues eso es lo que haré. Seguro que tiene muy buenos cimientos. Y ahora, ¿qué? ¿Vas a ayudarme a verla de cerca o tengo que llegar hasta allí como pueda?

Connor sacudió la cabeza, pero obedientemente bajó del coche y lo rodeó hasta la puerta del copiloto. Después de todo, ese día era para hacerla feliz y, por razones que se le escapaban, esa casa parecía estar haciéndola muy feliz. Es más, ya estaba intentando levantarse y sostenerse en las muletas.

–Espera un minuto. Si no tienes cuidado, acabarás con la otra pierna rota también.

Juntos caminaron por la calle, pero se detuvieron junto a las escaleras del porche.

–Esa madera está podrida –dijo él–. No vas a subir ahí.

–Pues entonces ve tú. Mira a ver si hay alguien.

–¿Esperas que arriesgue mi cuello…? –la mirada de súplica de Heather lo hizo callar y, pisando con cuidado, subió y llamó a la puerta–. No hay nadie.

–Vamos a la parte de atrás. A lo mejor podemos mirar por las ventanas.

–¿Te importa si uso una de tus muletas para abrirnos paso a través de la jungla? –el jardín era una gran maraña de hierbajos. Si hubiera estado dentro de los límites de Chesapeake Shores, al propietario ya se le habría advertido de que tenía que limpiarlos inmediatamente.

Sin embargo, a medida que rodeaban la casa, pudo ver por qué Heather estaba tan intrigada y entusiasmada con la casa. Driftwood Cottage era más grande de lo que parecía desde la calle y bajo esos hierbajos descontrolados, el jardín trasero era enorme y perfecto para los niños al estar vallado y protegido de la carretera que conducía a la playa. Aunque las ventanas estaban mugrientas, en la parte trasera se podía ver un enorme solarium.

—¡Oh, Dios mío! —murmuró ella al verlo—. Connor, ¿no es una maravilla?

—Tiene potencial —admitió a regañadientes.

Una vez en el coche, Heather sacó una libreta de su bolso y apuntó el nombre y el número del agente inmobiliario.

—¿Tienes el móvil aquí? He olvidado traer el mío.

—¿Quieres llamar ahora?

—Por favor —dijo asintiendo.

Connor cedió y sacó el teléfono. Por suerte, para él, saltó el contestador. Tal vez así Heather entraría en razón una vez que hubiera pensado en ello. Estaba claro que no podía permitirse semejante desembolso de dinero.

Pero él sí… La idea surgió como de la nada, como un relámpago en mitad de un cielo claro y azul. ¿Qué le había dicho Jess? ¿Que le demostrara a Heather que la escuchaba? Esa ruina de casa sin duda tenía el potencial de dejar a un hombre sin blanca, pero también de demostrarle a Heather que él estaba comprometido con la relación.

Dejó un mensaje para el agente inmobiliario, incluyendo su móvil, en lugar del de Heather.

Cuando colgó, ella estaba mirándolo muy seria.

—Deberías haber dejado mi número. Seguro que le dices a la mujer que te has confundido o algo así.

Él frunció el ceño ante la acusación.

—Ten un poco de fe en mí. No importa quién de los dos llame. Sé qué preguntar y te daré toda la información.

Ella seguía mostrándose escéptica, pero dejó pasar el tema.

–¿Podemos hacer ya ese picnic? Recuerdo un lugar perfecto al final de la carretera.

Heather asintió, pero echó atrás una última mirada de anhelo según se alejaban de la casa. E incluso cuando ya estaban en la playa sentados en las sillas que Connor había tenido el detalle de llevar y que había colocado sobre una manta para evitar que a Heather le entrara arena en la escayola, ella no parecía poder dejar de hablar de la casa. Tenía un millón de ideas sobre lo que haría si fuera suya y, para cuando terminaron con el postre, Connor ya podía imaginársela, desde la pintura blanca y los postigos rojos hasta el sol inundando las habitaciones con sus pulidos y brillantes suelos de madera.

Pero, sobre todo, lo que podía ver con una claridad asombrosa era a los tres viviendo allí. Y por muchas reservas que tuviera sobre Driftwood Cottage, sabía que tenía que hacerla realidad.

–En esa carretera no se ha puesto una casa a la venta en unos diez años o más –dijo Mick cuando Connor se la describió esa misma noche–. ¿Estás hablando sobre la vieja casa de los Hawkins?

–Supongo.

–Parece como si fuera a derrumbarse con un soplo de brisa. Agatha Hawkins murió hace dos o tres meses. Tenía unos noventa años y con su frágil salud y sin familia que la ayudara no pudo hacer arreglos en la casa.

–No he visto otra casa en mal estado por allí, así que, sin duda, tiene que ser ésa. Si me pongo en contacto con el agente inmobiliario, ¿puedes acompañarme mañana a echarle un vistazo?

–Claro, pero si quieres una casa, ¿por qué no compras una aquí en el pueblo? Son más nuevas y puedo garantizarte la calidad de la construcción.

–Papá, créeme, sé que tus casas están en mejor estado, pero a Heather le gusta ésa. Es como si se hubiera enamorado, de hecho.

–Entonces, ¿quién de los dos está pensando en comprarla?

–Yo –respondió. Vaciló un minuto y añadió con tono desafiante–: Para los tres.

Mick gritó y llamó a Megan, que salió corriendo del salón, alarmada.

–¿Qué está pasando aquí?

–¡Connor por fin ha visto la luz! Va a comprar una casa para Heather y para él.

A su madre se le iluminaron los ojos.

–¿En serio? Oh, Connor, es maravilloso que por fin vayáis a casaros. ¡Me alegro tanto! Mañana por la mañana llamaré a Bridget para preguntarle qué puedo hacer por la boda.

Connor cerró los ojos.

–Calmaos –dijo odiando tener que empañar su entusiasmo–. No he dicho nada de casarnos.

Megan y Mick lo miraron confusos.

–Entonces, ¿de qué demonios estás hablando? ¿Crees que Heather accederá a vivir juntos sin más otra vez?

–No lo hará.

–Pero, ¿no vais a casaros? –preguntó Megan.

–Aún no –suspiró–. Espero que la casa haga que se tome en serio mi propuesta.

–Ahora sí que estoy confundido –dijo Mick–. ¿Le has pedido matrimonio ya?

Connor asintió.

–¿Y te ha dicho que no? –preguntó Megan impactada.

–Sí –no creía que su orgullo le permitiera volver a explicar que lo había rechazado.

Sus padres se miraron.

–Comprar una casa le funcionó a Trace –comentó Mick, pensativo–. Así llamó la atención de Abby. No hay razón para pensar que no vaya a funcionar en este caso.

–Es un gesto increíble, a las mujeres nos encantan estas cosas –pero entonces Megan añadió algo preocupada–:

¿Estás seguro de que a Heather le gusta esa casa? He pasado por allí y me parece muy triste.

—Creo que es parte de su encanto y se ha enamorado de ella. Soy yo el que no está tan seguro, por eso le he pedido a papá que le eche un vistazo para ver si merece la pena reformarla.

Megan sonrió.

—Si Heather se ha encariñado con esa casa por la razón que sea, le dará igual que resulte ser una pesadilla de la construcción. Lo sabéis, ¿verdad?

Connor suspiró.

—Sí. Sólo necesito saber cuánto me costará esta pesadilla.

Heather no podía dejar de pensar en Driftwood Cottage. No sabía cómo podría permitirse comprar una casa, ni siquiera vendiendo su diminuto apartamento porque aunque no le resultaría difícil hacerlo dada su ubicación, el dinero que obtendría no sería mucho comparado con lo que supondría comprar una propiedad en primera línea de playa, incluso fuera de los límites del pueblo. Aun así, no quería privarse de soñar despierta.

Dos días después, cuando no había sabido nada ni de Connor ni del agente inmobiliario, sacó el papel de su bolso y llamó ella misma. En esa ocasión Willow Smith respondió al instante.

—La llamo por una casa en Beach Drive. No sé el número, pero se llama Driftwood Cottage. ¿Podría decirme qué precio piden?

—Oh, lo siento mucho. Precisamente ayer cerré su venta.

A Heather se le cayó el alma a los pies. Estaba segura de que esa casa sería para ella.

—Oh, no, me encantaba la casa.

—Para serle sincera, puede tener una mucho mejor. Tengo otras propiedades que podrían interesarle, si lo que busca es una casa junto a la playa.

Heather suspiró.

—No. Me había enamorado de ésa.

—Supongo que podría anotar su nombre por si finalmente no se realiza la venta, pero yo que usted no tendría muchas esperanzas. El comprador no tendrá ningún problema para recibir financiación, claro que, nunca se sabe. A veces la gente se echa atrás, sobre todo al ver lo mucho que costarán las reformas o la demolición.

—¿Pueden demolerla? —preguntó Heather horrorizada.

—Eso es, sin duda, lo que yo haría, pero no sé qué es lo que el comprador tiene en mente.

—Bueno, por favor, apunte mi nombre y mi número de todos modos —dijo Heather, aunque sabía que estaba aferrándose a una falsa esperanza. Estaba claro que había llegado demasiado tarde. La casa se le había escapado de las manos y, no sabía por qué, pero culpaba a Connor de ello. Seguro que la había gafado con tantas dudas. Ojalá ella hubiera hecho esa llamada antes, en lugar de dejar que se ocupara él.

Estaba mirando al teléfono cuando alguien llamó a la puerta y abrió con una llave. Seguro que era Connor, otra vez. No podía haber sido más oportuno.

—¿Qué estás haciendo aquí?

—He venido a ver si estabas de buen humor hoy —le dijo sonriéndole—. Pero supongo que no.

—Vete al…

Él la interrumpió con una mirada de reproche y le preguntó:

—¿Qué pasa?

—Alguien ha comprado mi casa —le dijo.

—¿En serio?

—¿Es que sabes algo? Ya habías hablado con el agente inmobiliario, ¿verdad? Por eso has venido, para darme la noticia con delicadeza.

—No, exactamente.

—¿Oh? ¿Acaso pensabas regodearte?

—No —le arrojó algo que ella atrapó en el aire.

–¿Qué es esto? –preguntó agarrando lo que parecía un pedazo de metal oxidado.

–La llave de la casa de tus sueños.

Ella lo miró con incredulidad.

–¿Has sido tú? ¿Tú has comprado mi casa?

–Sí.

–Pero, ¿por qué? La odiabas. ¿Lo has hecho para atormentarme?

Él se quedó perplejo con la acusación.

–Claro que no. ¿Por qué iba a querer atormentarte? Querías la casa y la he comprado para nosotros, para nuestro futuro.

–Pero no existe ningún «nosotros» –respondió incapaz de detener la sensación de traición que la invadía–. Lo cual significa que la has comprado para ti. ¿Cómo has podido, Connor?

Él alzó una mano.

–Espera un segundo. Te enamoraste de esa casa, no sé por qué, pero lo hiciste. Te la he comprado y mi padre va a reformarla siguiendo tus indicaciones, así que no veo ningún problema. Creía que te haría feliz.

–¿Feliz por el hecho de que vivas en la casa que yo quería? ¿Cómo iba eso a hacerme feliz?

Connor sacudió la cabeza.

–De acuerdo, creo que voy a rebobinar. Creía que lo había dicho ya, pero he comprado la casa para nosotros –le explicó pacientemente–. Para ti, para Mick y para mí, por si no te había quedado claro.

–No voy a irme a vivir contigo sólo porque hayas comprado una casa –dijo exasperada.

De pronto él se rió.

–¿Y ahora estás riéndote de mí? Lárgate. No quiero verte ahora mismo.

–No iré a ninguna parte –le respondió acercando una silla al sofá–. Supongo que he olvidado mencionarte que la casa es mi regalo de boda. Ya sabes, para cuando decidas casarte conmigo.

Heather intentó no dejar que el repentino y acelerado latido de su corazón influyera en su razón.

–Pero no vamos a casarnos.

–Tal vez no ahora mismo, pero lo haremos.

–Ya te dije…

–Me has dicho muchas cosas y, créeme, las he escuchado todas. Simplemente he optado por no aceptar esa frase en particular. Ya sé porque dijiste que no y ¿quién podría culparte? He sido un imbécil durante demasiado tiempo, pero ya he visto la luz y quiero lo mismo que quieres tú.

Ella lo observó fijamente… Parecía sincero… y le había comprado la casa que quería.

–¿Qué crees exactamente que quiero? –preguntó deseando más que nada que Connor superara la prueba.

–Que vivamos felices para siempre. Una familia, una casa y un marido que te ame.

–¿Y crees que puedes darme eso?

–Sé que puedo –respondió con absoluta confianza.

–Pero tú no crees en lo de ser felices para siempre –le recordó.

Él vaciló y con eso lo arruinó todo.

–De acuerdo, Connor. Sé que quieres querer todo eso, pero tú no eres así. Lo he aceptado, así que puedes dejar de esforzarte tanto.

–De eso nada, cielo. Jamás dejaré de intentar demostrarte que estoy preparado para esto. Va a ser un poco difícil superar haberte comprado una casa, pero ya se me ocurrirá algo más para convencerte.

Heather lo miró sorprendida. Era un Connor que no había visto nunca antes. Sus palabras le eran familiares, pero había un aire de determinación en su voz, de confianza en él, que era nuevo. Y por primera vez se preguntó si, tal vez, las cosas sí que habrían cambiado.

Aunque se había esforzado mucho en luchar contra el escepticismo de Heather, Connor se quedó hundido al ver que seguía resistiéndose a su proposición y, por ello, se reunió con Will en Brady's en busca de algo de compañía masculina. Según sus últimas experiencias, los hombres decían cosas con sentido; las mujeres, no.

—Así que voy en contra de mi instinto y le compro esa maldita casa para demostrarle lo comprometido que estoy con nuestro futuro y, ¿qué hace Heather? Dice que no. Y peor aún, ¡se enfada conmigo por haber comprado «su» casa!

Will se rió.

—Comprar la casa fue idea de Jess, ¿verdad?

—En cierto modo, sí. ¿Cómo lo sabes?

—Tu hermana es una gran fan de los grandes gestos. Se quedó muy impresionada cuando Trace compró aquella casa para demostrarle a Abby que estaba preparado para sentar cabeza.

—Ahora que lo pienso, al principio a Abby le hizo casi tan poca gracia como a Heather. A lo mejor tengo que dejar de escuchar a Jess. Después de todo, no parece conocer mucho a las mujeres.

Will se rió.

—Oh, a Abby le gustó mucho la casa.

—Entonces, ¿por qué tardaron tanto en pasar por el altar? —preguntó Connor recordando lo hundido que había estado Trace cuando Abby se había negado a ponerle fecha a la boda a pesar de haber estado viviendo juntos muchos años. Miró a Will—. ¿Lo sabes?

—La verdad es que fue Kevin quien dio en el clavo. Descubrió que Abby temía que Trace cambiara, como lo hizo su primer marido después de casarse. Estaba segura de que de pronto empezaría a exigirle que dejara su trabajo, que no saliera de Chesapeake Shores y todas esas cosas. Cuando Kevin le aseguró que Trace no era como Wes Winters, ella decidió seguir a su corazón.

—Entiendo. ¿Crees que a Heather le pasará algo parecido?

—No lo creo. Heather nunca ha estado casada y tú has sido su única relación seria.

–Y los dos sabemos que insistí durante mucho tiempo en que jamás me casaría. Está claro que no cree que haya cambiado, por mucho que yo diga que sí –se detuvo y añadió–: O tal vez no quiere creerme.

Will asintió.

–De acuerdo, estoy contigo. ¿En qué estás pensando?

Pensó que Will sería la persona que mejor podía entenderlo.

–Los padres de Heather tuvieron un matrimonio algo movido y, por lo que sé, siempre hubo mucha tensión en su casa. Heather de hecho dice que cree en el amor a pesar de todo lo que vivió en su casa.

–Entiendo. Continúa.

–Pero, ¿y si no es más que una frase recurrente para ella? ¿Y si en el fondo tiene tanto miedo como yo de que nuestro matrimonio no resista? Aunque eso jamás lo admitiría delante de mí, después de haberse posicionado de este modo en el asunto.

–Tiene sentido.

–¿No significaría eso que tiene que buscar mil y una excusas para seguir rechazándome e intentar que yo cargue con las culpas?

–Así que, básicamente, ¿estás diciendo que tiene la opción real de casarse contigo, pero que es ella la que no quiere? Podría ser… Puede que no sea consciente de que la tensión existente entre sus padres la haya influido tanto.

La sensación de triunfo de Connor por haber desvelado un misterio emocional no duró mucho.

–¿Y cómo puedo solucionar eso? Yo siempre he sido el que dudaba. No sé cómo actuar siendo el que cree que el matrimonio es la respuesta.

–Si te doy la solución, tendré que cobrarte por la consulta.

–No me ocultes información. Estoy a punto de comprar una casa para mi familia y no quiero esperar hasta tener setenta años para saber cómo solucionar las cosas y poder mudarme allí.

–Puede que tengas que esperar un poco. No hasta los setenta, claro, pero sí que podría llevar algo de tiempo demostrarle a Heather que tu repentino cambio es real y que ella admita que su subconsciente está impidiéndole aceptar el matrimonio.

–¿No hay forma de acelerar el proceso? He estado pensando en celebrar la boda en otoño.

–Entonces tendrás que hablar con ella y ver cómo reacciona ante esta nueva teoría.

–¿De verdad crees que lo admitirá? –le preguntó dudoso. Heather era tan testaruda como un O'Brien.

–No, pero una vez hayas expuesto la idea, al menos tendrá que considerarla.

Connor intentó imaginar la conversación y no pudo ver que las cosas salieran en su favor. Aun así, ¿qué opción tenía, a menos que quisiera permanecer en el limbo?

–Tal vez podrías ir a verla y hablar con ella –le sugirió a Will en un momento de desesperación.

–No puedo presentarme así, sin más, y hacerle una sesión. Si ella quiere que hablemos, lo haría encantado, pero no estoy seguro de que se pusiera muy contenta si se lo sugirieras.

–Créeme, lo entiendo. Yo no me lo tomé muy bien cuando me dijo que debería ver a un terapeuta para tratar mis problemas.

–He de decir que, como profesional, me siento insultado.

–Pues no deberías. ¿Por qué iba a contratar a un extraño cuando eres mi amigo? –le dio una palmada en la espalda–. ¡Y un amigo fantástico!

–Pues entonces, paga tú las copas –contestó Will con tono alegre–. No he bebido tanto como de costumbre, así que considéralo como un descuento familiar.

–Me alegro, pero recordaré este momento cuando acudas a mí en busca de un hombro sobre el que llorar por mi hermana.

–No necesito el hombro de nadie para llorar por Jess. Eso ya se me ha pasado.

–¿En serio? Estaba seguro de que no.

–Ya he sufrido suficiente por ello, así que he decidido seguir adelante.

Connor estaba a punto de discutir ese punto, pero vio la mirada de dolor de su amigo y se contuvo. Fue suficiente para hacerlo callar. Siempre le había parecido que Will era un tipo duro y fuerte, y ver que Jess le había hecho daño de verdad le resultó impactante.

Después de ver cómo su familia se entrometía en todo, él había hecho la promesa de no hacer nunca lo mismo, pero esas circunstancias eran distintas. Se trataba de Will y Jess, uno de sus mejores amigos y su hermana pequeña.

Uno de esos días, cuando le pareciera oportuno, le diría unas cuantas cosas a su hermana por estar tan ciega y no ver que tenía delante a uno de los mejores hombres que él había conocido nunca.

Capítulo 20

Habían tomado café juntos esa mañana y Megan estaba a punto de marcharse al trabajo cuando Mick decidió acompañarla. Tenía cosas que hacer en el pueblo y no veía razón para retrasarlas.

–¿Te importa si voy contigo? –le preguntó cuando ella se dirigía al coche.

Megan se detuvo y lo miró.

–¿Quieres venir a la galería conmigo? ¿Desde cuándo?

–Para serte sincero, estaba pensando en pasar por el local de al lado.

–Mick, ¿no irás a entrometerte entre Connor y Heather, verdad? Connor se enfadaría mucho.

Él la miró desafiante.

–Bueno, alguien tiene que hacer que esos dos solucionen sus diferencias. Esto se ha alargado demasiado. Quiero una boda y quiero más nietos antes de ser demasiado viejo para jugar con ellos.

–Tenemos a Carrie y a Caitlyn, a los dos hijos de Kevin y ahora a la pequeña de Bree y Jake –le recordó Megan–. Y, claro, también está tu tocayo. No olvidemos que el pequeño Mick forma parte de nuestras vidas, sobre todo porque no hemos agobiado a Heather ni la hemos presionado a nada.

–No voy a presionarla –insistió Mick indignado–. Sólo voy a tantear el terreno, por así decirlo. Además, tengo la excusa perfecta. Connor quiere que reforme esa casa para ella y necesito anotar sus ideas, ¿no?

–Un enfoque interesante, pero lo último que he oído es que Heather sigue furiosa porque Connor ha comprado la casa que ella quería. Puede que estés echando sal en una herida abierta.

–O ayudando a que vea las cosas de otro modo –contestó Mick convencido de que estaba haciendo lo que era necesario–. Seguro que Heather necesita la opinión de alguien mayor y más sensato para ver que Connor sólo está pensando en ella.

–Si yo fuera Heather, seguro que pensaría que él está intentando chantajearla para que se case con él, como cuando le dijo que la sacaría del hospital si accedía a casarse con él.

Por un instante, Mick se quedó atónito.

–¿Eso hizo?

–Según Bridget, sí. Y, claro, Heather no confía en que haya cambiado de verdad.

–Tal vez yo pueda hacerle ver que el cambio es real.

Megan no parecía tan convencida como él, pero esperó a que se sentara en el asiento del copiloto antes de arrancar el motor y ponerse en marcha.

Después de aparcar detrás de la galería, Mick le dijo:

–Creo que iré a la cafetería de Sally a comprar unos croissants y café.

Su mujer lo miró divertida.

–¿Crees que si te presentas con bollos, Heather no te echará a la calle?

–No creo que eso le moleste –admitió, aunque ya no estaba tan seguro de que fuera a ser bien recibido. Megan era la única que tenía una relación verdaderamente estrecha con ella y por eso, tal vez, era la única que debería estar interfiriendo–. A lo mejor podrías venir conmigo. Las dos parecéis estar muy unidas.

Megan dio un paso atrás.

–No me metas en esto. Ahora mismo puede que yo sea

una de las pocas personas de nuestra familia en las que Heather confía y no quiero estropearlo.

Mick se encogió de hombros.

–Tú misma. ¿Quieres que te traiga algo de Sally's?

–Un café, pero pasaré del croissant. Estoy hinchada después de tantas comilonas familiares.

Mick asintió. Dobló la esquina, se detuvo para saludar a unos amigos y, como eran más de las once cuando volvió para ir a casa de Heather, recogió unos sándwiches en Panini Bistro además. Mejor ir armado con distintos tipos de soborno.

Dejó el café de Megan en la galería y subió las escaleras hasta el apartamento de Heather. Cuando llamó a la puerta, la oyó invitarlo a pasar, pero cuando lo vio, se quedó impactada.

–Oh, creía que eras Connie. Ha llamado hace un momento para decir que vendría a traerme el almuerzo.

–Puede que no sea Connie, pero sí que he traído comida. Puedes elegir entre panini de jamón y queso o un croissant de chocolate. O las dos cosas, si quieres.

A ella se le iluminaron los ojos.

–Suena genial, Mick, pero probablemente no debería, ya que Connie está tomándose la molestia de traerme algo.

–Pues guárdatelo para la cena –le dejó las cosas en la cocina y se sentó frente a ella. La miró y vio aliviado que sus mejillas habían recuperado su color y habían dejado de ser negras y azules–. Tienes mucho mejor aspecto que hace unas semanas. ¿Cómo te encuentras?

–Físicamente, no estoy mal, pero estoy aburridísima de estar aquí metida. La única vez que he salido fue cuando Connor vino a buscarme. Aunque imagino que eso ya lo sabes.

Mick no vio razones para negarlo.

–Lo cierto es que es una de las razones por las que he venido. Quería hablar contigo sobre los cambios que te gustaría hacerle a esa casa.

–No es mi casa –respondió ella con terquedad–. Tu hijo la ha comprado, así que puede hacer lo que quiera con ella.

Mick contuvo una sonrisa.

–Pues Connor cree que la ha comprado para ti.

–Que de repente tenga esas ideas impulsivas no significa que los demás tengamos que seguirlo.

–Entiendo que eso puede ser frustrante, pero dime una cosa: ¿adoras esa casa tanto como él dice?

La expresión de su cara por sí sola la habría delatado incluso aunque no hubiera asentido.

–¿Quieres a Connor?

–No es la cuestión –respondió con la voz tensa.

Mick sonrió.

–Lo tomaré como un «sí». Así es como yo lo veo: puedes negarte a darme información y la casa será reformada a gusto de Connor o mío, o puedes participar en el proceso y tener la casa de tus sueños.

–Y después ver cómo Connor se muda a ella –añadió resignada.

–Pues yo creo que acabaréis arreglando vuestras diferencias y viviendo allí juntos los tres. Es cuestión de tiempo. Yo, personalmente, preferiría que os casarais, pero no quiero interferir.

El comentario produjo en ella una risa de incredulidad.

Mick continuó:

–Así que la única pregunta que queda abierta a debate es: ¿Qué aspecto tendrá la casa cuando eso suceda?

Ella se rió, impresionada.

–Ya sé de dónde ha sacado Connor su arrogancia.

–Es un gen de los O'Brien, de eso no hay duda. Entonces, Heather, ¿qué vas a hacer? ¿Vas a dejar decidir a mi hijo o vas a dejar tu sello en esa casa?

Ella vaciló durante un instante tan largo que él pensó que se había pasado de la raya con su actitud, pero entonces ella levantó una carpeta de encima de la mesa de café.

–Tengo algunas ideas –admitió.

Mick se rió.

–Me lo imaginaba.

Le entregó la carpeta.

–Llevo años añadiendo fotos a esta carpeta y las saqué cuando vi Driftwood Cottage. Ya he descartado las que no creía que sirvieran, pero estoy segura de que tengo más ideas de las que necesitarás.

–Nunca viene mal verlo todo. Lo miraremos todo y lo revisaremos para ver si encaja en la estructura con la que tenemos que trabajar.

–¿Qué presupuesto tengo? –preguntó ella de pronto ilusionada. Tenía los ojos llenos de emoción.

–Deja que Connor se preocupe de eso. Tú simplemente dime qué quieres y los dos veremos cómo hacerlo realidad.

Ella lo miró asombrada.

–¿Eres como mi «hado padrino»?

Mick casi se atragantó con el café.

–No creo que sean las palabras más apropiadas, pero creo que te entiendo. Y no, sólo soy un hombre que quiere ver felices a tres personas a las que quiere.

Y eso sucedería. Porque incluso la expresión de Heather cuando había estado quejándose de que Connor hubiera comprado la casa reflejaba lo mucho que deseaba que fuera de los tres. Estaba más que seguro que Heather y su hijo estaban destinados a estar juntos.

Connor se estremeció al ver los bocetos que había hecho su padre para la reforma de la casa.

–¿Cuánto me va a costar?

–Tienes un fideicomiso y eres el único de la familia que no lo ha tocado. No encuentro mejor forma de que emplees ese dinero que guardé para ti.

–¿Y entonces a Heather le pareció bien cuando le dijiste lo que tenías pensado?

–Tengo una carpeta llena de ideas suyas. Parece que lleva años arrancado fotografías de revistas y ahora me toca a mí fusionarlas para formar un todo –miró a Connor–. ¿Sabes qué es lo más curioso? Que esa vieja y destartalada casa se parece mucho a las casas con las que ha soñado durante toda su vida. Creo que el destino os llevó a los dos por esa carretera el otro día.

Connor no estaba seguro de cuánto tenía que ver el destino en aquello porque había sido Jess la que le había propuesto lo de pasar un día en la playa. Y probablemente había sabido exactamente adónde iría él. Se preguntó si habría sabido también que la casa estaba en venta. Tendría que preguntárselo algún día.

—¿De verdad crees que puedes convertir ese viejo lugar en algo habitable?

—Totalmente. Construí un pueblo, ¿no? Así que la reforma de una pequeña casa no va a poder conmigo. Para que lo sepas, mañana me llevaré a Heather a las diez para perfilar algunas ideas. Dudo que pusiera alguna objeción si tú también te presentaras allí.

Connor sacudió la cabeza.

—Eso no ha sido nada sutil, papá.

—Estaba harto de estar perdiendo el tiempo y creo que hace falta actuar directamente. ¿Estarás allí o no?

—Ya que vas a gastar mi dinero, sí. Estaré allí.

Y, ya de paso, no le importaría poder pasar algo de tiempo con Heather para poder poner a prueba algunas de sus teorías sobre su repentina renuencia a casarse. Podría estar bien hacerlo sin su padre delante por si se diera el caso de que ella decidiera expresarse libremente, aunque no tenía el presentimiento de que fuera a estar tan receptiva como para darle la vuelta a la tortilla.

Aquel día de julio amaneció con altas temperaturas y con altos niveles de humedad. Sólo una ligera brisa que agitaba los árboles evitaba que la atmósfera resultara insoportable y asfixiante. Y, aun así, Heather pensó que era un día bastante agradable. Estaba sentada a la sombra en una silla que Mick había llevado y ya podía imaginarse allí sentada leyendo un libro una tarde de verano. Incluso sería genial tener un mirador ahí mismo, con vistas al agua y protección contra los mosquitos.

Acababa de aplastar a otro más cuando Connor llegó con su coche.

—¿En qué estaba pensando mi padre al dejarte aquí sentada para que te coman viva los bichos?

—Estaba pensando que estaría más fresca que dentro de la casa… y más segura, claro. No tiene mucha fe en que los suelos resistan mucho.

—Deberías haberte quedado en su camioneta con el aire acondicionado en marcha.

—Estoy bien. Deja de preocuparte tanto por mí.

Él suspiró.

—Yo siempre me voy a preocupar por ti. Deberías ver a mis padres. Es lo que pasa cuando quieres a alguien. Tú te preocupas mucho por Mick, ¿verdad? Pues es lo mismo.

—Él es un niño, Connor. Yo, no.

Connor sacudió la cabeza.

—Entonces, ¿no te molestan los mosquitos? Por mí bien. Iba a ofrecerte el bote de repelente que llevo en el coche, pero si no te interesa…

Heather no quería dar su brazo a torcer, pero el aterrizaje de otro mosquito sobre su brazo y otro en la pierna la obligaron a reconsiderar la oferta.

—Me quedo con el spray —dijo refunfuñando.

—Ahora sí que estás siendo sensata —dijo él corriendo hasta su coche y volviendo con el repelente—. Déjame —roció cada centímetro desnudo de su piel y asintió con satisfacción—. Ahora, dime qué habéis decidido mi padre y tú.

—Aún nada. La última vez que lo he visto, estaba con las fotos que le enseñé y murmurando.

Connor se rió.

—El genio creativo trabajando. La buena noticia es que te garantizo que vendrá con unos bocetos que te volverán loca. Anoche me enseñó algunos diseños preliminares, así que estoy seguro de que está ahí dentro perfeccionándolos.

No puedo negar que mi padre es uno de los mejores arquitectos de la zona.

Heather lo miró a los ojos.

–Connor, no quiero aprovecharme de vosotros. Tu padre ha insistido en que le diera sugerencias sobre la casa, pero esta casa es tuya en realidad. Me siento mal por haberlo decidido todo yo.

–Los dos sabemos que no tengo sentido del diseño ni del color –le recordó Connor–. ¿Recuerdas cuando dijiste que querías pintar en amarillo la habitación de Mick y volví a casa con una pintura que se parecía a la mostaza que se le echa a los perritos calientes en el parque de bolas?

Heather sonrió al recordarlo.

–Eso debería haberme servido como advertencia y, aun así, te envié a comprar la pintura verde para el salón. Si hubiéramos utilizado lo que trajiste, habría sido como vivir dentro de un árbol de Navidad.

Él se encogió de hombros.

–Bueno, ¿quién iba a imaginar que habría tantos tonos de verde?

–Vale, de acuerdo, te equivocaste en un par de cosas, pero la cuestión es que esta casa debería ser un reflejo de lo que tú quieres.

–Yo quiero lo que tú quieras. ¿Qué hace falta para convencerte?

–Que te gastes miles de dólares para complacerme está ayudando –le dijo–. Pero, Connor, ¿sabes que no vamos a vivir juntos aquí, verdad?

Él se quedó en silencio y ella continuó:

–Ahora que has vuelto a Chesapeake Shores para siempre, es lógico que quieras tener tu propia casa, pero no deberías arreglar ésta con la idea de que me vaya a encantar y de que me mude. Eso sería una locura.

En lugar de ofenderse, como ella había temido que hiciera, Connor se sentó en el suelo a su lado y la miró.

–Dime una cosa.

–¿Qué?

–¿Qué tal está siendo tener aquí a tu madre?

Heather se quedó totalmente sorprendida por el cambio de tema.

–Bien. La echaba de menos. ¿Por qué lo preguntas?

–¿Cuánto tiempo tiene pensado quedarse?

–No estoy segura. Pero no está hablando mal de ti día y noche, si eso es lo que te preocupa.

–No se me había pasado por la cabeza. ¿Y tu padre? Aún no ha venido a visitarte, ¿verdad?

–No. Connor, ¿adónde quieres ir a parar con esto? ¿A qué viene ese repentino interés por mi familia?

Él la miró a los ojos.

–¿Sinceramente? Me preguntaba si tal vez esa situación no esté condicionando tu forma de ver un futuro conmigo.

–¿Cómo? –preguntó incrédula–. Una cosa no tiene nada que ver con la otra.

–¿Estás segura? Siempre has dicho que creías en el amor y en el matrimonio, a pesar de la tensión que viviste en casa de pequeña. Y, aun así, a pesar de esa tensión, tus padres siguieron juntos. Ahora tengo la sensación de que tu madre podría estar dispuesta a romper oficialmente la relación con tu padre. No parece tener muchas ganas de volver a Ohio.

–Está aquí sólo porque la necesito.

–¿Y eso es todo? ¿No ha dicho nada de quedarse aquí?

Heather pensó en el comentario que su madre le había hecho unas semanas atrás. No le había dado mucha credibilidad en el momento, pero su madre no estaba dando muestras de querer irse.

–¿Sabes algo que yo no sé? No creía que hubierais estado hablando a mis espaldas.

–No lo hemos hecho… Bueno, sólo una vez, pero su matrimonio no fue tema de conversación. Puedo garantizártelo. Esto ha sido sólo una observación.

–¿Y esta observación implica algo más, aparte del hecho de especular que mis padres podrían acabar con su matrimonio?

Connor pareció sentirse un poco incómodo e inquieto, como si no supiera si seguir con el tema o no. Heather, por su parte, quería que lo hiciera, a pesar de presentir que no le gustaría lo que oiría.

—He pensado que si tu madre de pronto decidiera divorciarse de tu padre, tal vez te afectaría, aunque por otro lado está claro que es algo que habías visto venir todos estos años.

Heather pensó en todas las veces que había oído a sus padres discutir en mitad de la noche y, aunque no había tenido sentido seguir casados y siendo unos desgraciados, ella se había alegrado de que lo hubieran hecho. De algún modo eso había fomentado su convicción de que el matrimonio tenía que durar para siempre. Por otro lado, aunque su madre podía haber seguido casada por sus creencias religiosas, Heather no había sido tan estricta en cuanto al tema. No aprobaba el divorcio como forma de tomar el camino más fácil, pero comprendía que a veces era la única solución a un problema terrible. ¿Y si sus padres habían llegado a ese punto?

—Crees que un divorcio es inevitable después de todos estos años —dijo sin poder ignorar lo que Connor estaba sugiriendo.

—Los conoces mejor que yo. Yo sólo me preguntaba si no te angustia esa posibilidad. Debe de cuestionar muchas de tus creencias.

—Si mis padres se divorciaran, y no sé si lo harán, claro que me angustiaría. ¿Adónde quieres llegar?

—A que, tal vez, ésa es la razón por la que estás tan decidida a no creer que he cambiado —le respondió sin desviar la mirada de sus ojos.

—¿Estás loco? ¿Tienes un ego tan enorme que sólo puedes aceptar que mi negativa se debe a la situación matrimonial de mis padres?

—La idea no es una locura. La he hablado con Will y…

Ella montó en cólera.

—¿Que Will y tú habéis hablado de mis padres? ¡Su matrimonio no es asunto vuestro!

–Sí que lo es, si eso es lo que está impidiendo que te cases conmigo. Y en cuanto a Will, es un buen psicólogo y valoro mucho su opinión.

–Pues entonces dile que te psicoanalice y nos deje en paz a mi familia y a mí. Eres tú el que tiene problemas con el matrimonio y creo que están bien documentados. Nadie cambia de opinión tan rápido. Tuve un accidente y, ¿de pronto fuiste consciente de las maravillas del matrimonio? No me lo creí cuando me lo dijiste en el hospital, y sigo sin creerlo.

–No sería la primera vez que una situación crítica ha hecho que alguien se replantee su vida –dijo Connor a la defensiva–. Sucede todo el tiempo.

–No a ti. Tus creencias no han cambiado en años. Estás rodeado de gente que está felizmente casada e, incluso después de la reconciliación de tus padres, seguías manteniéndolas. Y entonces, de repente, cambia todo. ¡Imposible!

–Si no crees que he cambiado, ¿cómo explicas lo que ha pasado contigo? Desde que nos conocimos, siempre has sido una defensora de la felicidad conyugal, pero cuando voy y te pido matrimonio, de pronto deja de interesarte.

–¡Porque no me creo que sea lo que tú quieres de verdad! –le dijo gritándole y perdiendo toda la paciencia.

Connor alzó las manos exasperado y se marchó. Ella se quedó mirándolo, asombrada al notar que estaba llorando. No sabía por qué, sólo sabía que Connor la había puesto furiosa, pero ése no era motivo suficiente para llorar.

–Heather, ¿estás bien?

Ella alzó la mirada y se encontró con el gesto de preocupación de Mick.

–Lo estaré –respondió secándose las lágrimas.

–¿Dónde está Connor? Me ha parecido oírlo.

–Oh, se ha ido a alguna parte a inventarse las razones por las que no me caso con él. No se cree que lo haya rechazado porque sé que no es lo que él quiere.

–¿Estás segura de eso?

–Claro. Tuvo un ataque de conciencia después de mi accidente.

–Yo no lo creo. Connor te quiere, no tengo ninguna duda. Así que no desaproveches lo que tenéis.

–No estoy desaprovechando nada –dijo y comenzó a preguntarse si no era eso exactamente lo que estaba haciendo. Había rechazado su propuesta en más de una ocasión, pero… ¿por qué?

¿Podría tener razón al decir que ver a su madre alejándose de su padre había removido sus valores y le había hecho cuestionarse todo lo que había creído sobre el matrimonio y sobre la posibilidad de ser felices para siempre?

No, no podía ser eso. O sí… Había abandonado a Connor no en busca de independencia o porque no lo amara, sino porque él no estaba ofreciéndole un futuro a su lado. Ahora lo estaba haciendo y ella lo había rechazado. Tal vez, después de todo, sí que necesitaba ir a ver a un loquero.

O tal vez, simplemente, había llegado el momento de escuchar a su corazón.

Capítulo 21

Parecía que Heather no podía echar por tierra la teoría de Connor sobre por qué estaba rechazando el matrimonio ahora que él estaba preparado para aceptarlo. ¿Realmente tenía que ver con lo que estaba pasando entre sus padres? Y… ¿qué estaba pasando?

No había duda de que Bridget no parecía tener ninguna prisa por volver a Ohio. Iba a misa los domingos con Nell e incluso se había reunido con su grupo de amigas de la iglesia en varias ocasiones. La semana anterior había jugado al bingo una noche y parecía estar disfrutando mucho con su trabajo en Colchas Rústicas y dando clases. Parecía que, verdaderamente, estaba encajando en Chesapeake Shores.

Totalmente descontenta, observó los movimientos de su madre mientras ella preparaba la cena para los tres. Estaba haciendo spaghetti, uno de los platos favoritos del pequeño Mick… y también de su papá. A Bridget no parecía importarle todo lo que mancharía el niño mientras los comía porque tenía una increíble paciencia con su nieto, que incluso podía poner a prueba los nervios de Heather en ocasiones.

Heather se levantó como pudo y cruzó la habitación con las muletas. Se sentó en un taburete junto a la encimera de la cocina.

–Mamá, ¿puedo preguntarte algo?

Bridget levantó la mirada de la salsa que estaba removiendo.

–Claro.

–¿Qué está pasando con papá y contigo?

La expresión de su madre se quedó helada.

–No sé qué quieres decir.

–Claro que lo sabes. Llevas varias semanas aquí y él no ha venido a visitarte. Ya apenas llama o, por lo menos, no cuando yo estoy delante. ¿Es esto una especie de separación?

Para su horror, una lágrima se deslizaba sobre la mejilla de su madre.

–¿Mamá? –le susurró, conmovida por ver a su madre llorar–. Lo siento mucho. No debería habértelo preguntado. No quería angustiarte.

–No, no pasa nada. Deberías saber lo que está pasando. Lo cierto es que tu padre y yo nos separamos hace unos meses.

Heather la miró impactada.

–¿Hace unos meses? ¿Y no me habías dicho nada? ¿Por qué?

–Tenías muchas cosas en las que pensar –suspiró–. La verdad es que deberíamos haberlo hecho hace años, pero pensamos que seguir casados era lo mejor.

–Por mí.

–Por ti y porque a mí no me criaron para aceptar el divorcio como una opción. Cuando pronuncié mis votos en la iglesia, significaron algo para mí, así que al descartar el divorcio, no me parecía que tuviera sentido interrumpir la vida de nadie con una separación.

–¿Y ahora?

–No sé. Aún creo que el divorcio va contra la ley de Dios, pero creo que no está bien que dos personas estén atadas para siempre cuando son infelices. No es que espere conocer a alguien a mi edad, pero estar separados sin más indefinidamente como hemos estado estos meses sería como vivir el resto de mi vida en un limbo. Sinceramente, no sé qué paso dar a continuación. Estar aquí y no tener que enfrentarme a tomar una decisión ha sido todo un alivio.

–Ojalá hubieras hablado conmigo de esto antes. No es

que tenga respuestas para ti, pero por lo menos te habría escuchado.

–No quería echarte más cargas encima. Seguía intentando asimilar que Connor y tú teníais un hijo y ninguna intención de casaros. Y, por el modo en que te eduqué, sabía que tendrías un conflicto interior para aceptarlo también. Pensé que mis problemas podrían confundirte más.

Heather no estaba preparada para admitir que, tal vez, ya lo habían hecho.

–Mamá, ¿crees que los matrimonios funcionan?

Bridget pareció sorprendida por la pregunta.

–Bueno, claro que sí. Hay pruebas por todas partes.

–Pero hay muchas más pruebas de que no –le recordó Heather–. Fíjate en las estadísticas de divorcios. Fíjate en tu propia situación, por el amor de Dios.

–Demasiadas personas salen huyendo al primer signo de problemas. No estoy diciendo que el matrimonio no sea duro y difícil, porque lo es. Hace falta determinación y compromiso y suficiente amor para sobrevivir a las tormentas, pero incluso con todo eso, a veces la gente tiene que admitir que ha cometido un error. Eso fue lo que hicimos tu padre y yo. Desde el principio no estábamos hechos el uno para el otro. Yo soy una persona casera, amante de mis rutinas y él prefiere estar con sus amigos en el bar que conmigo en casa. Pensé que cuando tú llegaras al mundo cambiaría, aunque sólo hizo que empeoraran las cosas.

Miró a Heather con gesto de disculpa.

–Pero no es culpa tuya, por supuesto. No sabía qué hacer con un bebé y yo empecé a molestarme con él por no ayudarme. Lo intentamos e incluso fuimos a un consejero, pero lo cierto era que él no quería cambiar y tuve que aceptarlo.

–Lo siento mucho.

–No lo sientas –bajó el fuego de la salsa y se sentó junto a Heather–. Estoy haciendo un retrato de todas las cosas que salieron mal, pero también hubo buenos momentos. Muchos, si te soy sincera. Nadie podía hacerme reír como lo hacía tu padre. Y al principio lo acompañaba al pub irlandés del barrio sólo para oírlo cantar. Tiene la voz de un ángel. Creo que por eso me enamoré de él.

Heather intentó recordar una única vez en la que hubiera oído a su padre cantar, pero no pudo.

–Nunca cantó en casa, ni siquiera en la ducha. Lo habría oído.

–Sí que lo hacía los primeros años y te cantaba para dormirte cuando eras un bebé y no dejabas de llorar.

–Ojalá pudiera recordar eso –lo que más recordaba era a un hombre guapo y de pocas palabras que rara vez sonreía. Aunque no solía gritar y nunca le había levantado la mano, ella siempre había tenido la sensación de que tenía que moverse de puntillas cuando estuviera a su lado, como si temiera enfadarlo. Carecía de esos recuerdos cálidos y entrañables que los O'Brien parecían tener de Mick. Era como si su padre hubiera estado allí, pero no se hubiera implicado en su vida. Como si hubiera sido un extraño. Y, aun así, lo adoraba y había anhelado su aprobación en todo momento.

–¿Quieres quedarte en Chesapeake Shores? –le propuso Heather con prudencia–. Podrías seguir trabajando conmigo en la tienda. No sería un gran sueldo, pero si te quedas aquí conmigo, tus gastos serán pocos.

Su madre pareció conmovida por la oferta.

–Cielo, gracias. Tengo que admitir que la idea se me ha pasado por la cabeza más de una vez desde que estoy aquí, pero no lo sé.

–¿Lo dices porque no quieres quedarte? ¿O porque crees que no deberías hacerlo?

–Sobre todo por lo último, aunque no por la razón que seguramente tengas en mente. No es que piense que está mal dejar a tu padre para siempre, es sólo que me pregunto si estando aquí no molestaría. No quiero ser la razón por la que Connor y tú no estéis arreglando las cosas.

–Lo que esté pasando entre Connor y yo no tiene nada que ver contigo –protestó Heather–. Hace tiempo dijimos que no nos casaríamos.

–Pero las cosas han cambiado. Por aquel entonces ésa era la decisión de Connor, no la tuya. Ahora parece que ha cambiado de idea y lo que no entiendo es que te resistas a aceptar su propuesta.

Heather suspiró.

–Ésa parece ser la pregunta del día y no estoy segura de tener una respuesta para ella.

Su madre le dio una palmadita en la mano.

–Entonces tienes que pensar sobre el tema porque lo que sí sé sobre tu chico, es que no es paciente.

–Bueno, he esperado mucho tiempo a que entre en razón, así que ahora él puede esperar a que yo esté de acuerdo con él –respondió con un tono desafiante.

–Entonces, ¿es una venganza?

–Claro que no –respondió asombrada.

Aunque… ¿lo era? ¿O tenía Connor razón al decir que la situación sentimental de sus padres había hecho que su fe en el matrimonio se tambaleara? Sencillamente, no lo sabía.

Pero su madre tenía razón en una cosa: tenía que averiguarlo pronto, antes de perder todo lo que había deseado nunca.

El sábado, unos minutos después de que la clase de costura terminara, Connie entró apresuradamente en el apartamento de Heather.

–Tienes que venir conmigo –dijo claramente agitada–. Ahora mismo.

Heather se señaló la pierna alzada.

–¡Hola! No tengo mucha movilidad, ¿lo recuerdas?

–Yo te bajaré las escaleras y te meteré en mi coche si necesitas que lo haga.

–¿Qué tal si te sientas, respiras hondo y me cuentas qué te pasa?

Connie no dejaba de moverse de un lado a otro.

–No hay tiempo. Tengo que llegar a uno de esos eventos

de la fundación de Thomas; ya sabes, los que Shanna y yo hemos organizado.

–De acuerdo. ¿Y quieres que vaya contigo?

–Tienes que venir conmigo.

–¿Por qué? ¿Necesitas ayuda?

–No, ése no es el problema.

–Cielo, me he perdido. Sabes que estoy dispuesta a hacer lo que sea por ayudar, pero tengo que tener alguna pista sobre lo que es.

Connie se detuvo, tomó aire y dijo:

–Creo que estoy enamorándome del tío Thomas. Quiero decir, de Thomas. No es mi tío, ¿verdad? Eso sería malísimo. Pero ya es bastante malo porque es el tío político de mi hermano y es mayor que yo –suspiró y se dejó caer en una silla–. ¿Estoy loca o qué?

Aunque sabía que no era lo más correcto, Heather se rió e intentó ocultarlo… sin éxito.

–Lo siento mucho –se disculpó–. Está claro que estás disgustada, pero yo sólo puedo pensar que es fantástico.

–No es fantástico. ¿Es que no estabas escuchándome? Es un desastre.

–¿Y qué siente él por ti?

–No tengo la más mínima idea. Supongo que le caigo muy bien, pero eso es todo. Es lo suficientemente inteligente como para saber que esto es una locura. Aunque existiera alguna atracción, él jamás haría nada. Si es que somos prácticamente familia, ¡por el amor de Dios!

–No sois familia –le dijo Heather firmemente–. Eso vamos a dejarlo de lado de una vez por todas. Además, los dos sois adultos. No es que no diga que no vaya a ser algo complicado porque… estamos hablando de los O'Brien, al fin y al cabo y, con ellos, todo es complicado.

–Eso es a lo que me refiero –dijo Connie–. Te necesito a mi lado hoy. Necesito que impidas que haga algo de lo que tenga que lamentarme.

Heather contuvo una sonrisa.

–¿Como por ejemplo? ¿Alguna vez te has abalanzado a

los brazos de un hombre así, sin pensarlo? ¿O has besado a alguno de manera impulsiva?

–Claro que no.

–Entonces creo que no te pasará nada. Estás dándole demasiadas vueltas. Este proyecto en el que estáis trabajando los dos es el mejor escenario posible dadas las circunstancias. Os uniréis por una buena causa y tendréis la oportunidad de conoceros bien. Si hay algo entre los dos, se desarrollará de un modo natural y cuando llegue el momento.

–Supongo –dijo Connie–. ¿Estás segura de que no puedes venir conmigo?

–Oh, claro que voy a ir –respondió poniéndose de pie–. ¿Crees que iba a perderme un primer vistazo a lo que va a pasar entre los dos?

–Estás disfrutando con esto, ¿verdad?

–Sin duda, es mucho mejor que quedarme aquí sentada pensando en cómo se han complicado tanto las cosas entre Connor y yo –le dijo dirigiéndose a la puerta–. Agarra mi bolso. Creo que si tengo cuidado y tú bajas delante, puedo llegar abajo sin romperme el cuello. Llevo días pensando en cómo hacerlo y acabas de darme la motivación necesaria para intentarlo.

Connie ocupó su puesto delante de ella y la ayudó a dar cada paso muy despacio. Sólo cuando llegaron al final de las escaleras y Heather había logrado sentarse en el asiento del copiloto, Connie se giró hacia ella para sonreírle.

–Supongo que debería decirte que hoy Connor está sustituyendo a Shanna.

Heather la miró.

–¡Tramposa! ¿Lo de Thomas ha sido una especie de subterfugio para sacarme de casa?

–Oh, no. Eso es verdad. Simplemente he pensado que si iba dejar que nos cotillearas, debería decirte que yo tampoco pienso quitaros los ojos de encima. Hoy soy la entrometida oficial.

Heather no estaba segura de si tomarla en serio o no.

–¿Estás diciéndome que la familia ha organizado quién intentará convencernos a Connor y a mí según el día?

–Bueno, aún no está organizado de manera formal, pero todos nos hemos interesado por la situación, así que ya puedes ir acostumbrándote. Aunque no se tratara de ti y de un O'Brien, estamos en Chesapeake Shores y a este pueblo le gustan los finales felices.

–¡Oh, madre mía! –murmuró Heather. Connor y ella estaban condenados.

Connor ya había colaborado en algunos de los eventos para salvar la bahía y había descubierto que disfrutaba haciéndolo. Así podía pasar más tiempo relacionándose con las comunidades de la región, colaboraba con una buena causa y, además, al pequeño Mick le encantaba correr por ahí y comer perritos calientes.

Así mismo, su admiración por la labor que su tío y su hermano Kevin estaban desempeñando también se había intensificado. Incluso estaba pensando en ofrecerse a ocuparse del trabajo legal del grupo como contribución a la causa.

Ese día en concreto había llegado antes que Connie para ir preparando las mesas donde venderían los libros y se realizarían las afiliaciones a la fundación. Además, había cargado con todas las cajas de libros. Y ahora el pequeño Mick y él estaban dando una vuelta por los puestos de productos de la zona, de artesanía, e incluso de bollería.

–¡Galletas, papá! –gritó su hijo emocionado al ver una bandeja de enormes galletas de chocolate.

–Después del almuerzo –le dijo Connor firmemente.

–¡Ahora!

La dueña del puesto lo miró.

–A esta edad lo del «después» no es un concepto que les guste demasiado. Si te ayuda, deberías saber que éstas siempre se terminan pronto. Tal vez si compraras una ahora y le diera un mordisco no le quitaría el hambre para almorzar luego.

–Eso sería mejor que mantenerme firme y tener que volver luego, cuando ya se hayan terminado –pagó a la mujer, partió un pequeño pedazo de galleta y metió el resto en una bolsa–. Gracias.

–Te he visto montando el puesto ahí al lado. Vienes con el señor O'Brien, ¿verdad?

–Lo cierto es que soy su sobrino, Connor.

–Encantada de conocerte, Connor. Soy Maggie Carter. Por favor, dile a tu tío de mi parte que creo que el trabajo que está haciendo es maravilloso. Soy miembro de la fundación desde que se fundó y estoy segura de que hoy atraerá a muchos miembros más. Sin duda, enviaré allí a todo el que pase por mi puesto.

–Gracias. Se lo diré. Sé que agradecerá su apoyo.

El pequeño Mick lo miró.

–¿Más galleta?

–Aún no –le respondió Connor y sonrió a la mujer–. Será mejor que le compre un perrito caliente. Pásese por el puesto luego para conocer a mi tío, si tiene tiempo.

–Lo haré.

Connor agarró al niño de la mano y apenas había girado hacia el puesto de perritos calientes cuando Mick se soltó y gritó emocionado mientras avanzaba hacia el puesto de la fundación:

–¡Mamá!

Asombrado, Connor corrió tras él. Lo levantó en brazos y corrió hacia ellas. Le dio el niño a Connie y se apresuró a sujetar a Heather por la cintura.

–¿Intentas partirte el cuello caminando por este terreno tan irregular? –le preguntó intentando luchar contra el miedo que había sentido al verla caminar con dificultad por un suelo que no estaba hecho para muletas–. Hay un montón de agujeros en este césped. Podrías haberte caído.

–Pero no lo he hecho, ¿no? Estaba teniendo mucho cuidado.

–Aun así, has estado a punto de provocar un accidente. Y, por cierto, ¿qué haces aquí?

Connie se giró bruscamente, con expresión de alarma; una que él no llegó a entender.

—Sólo quería un poco de compañía y a Heather le apetecía salir.

Él tuvo la impresión de que pasaba algo más, pero lo obvió.

—Bueno, ya lo tengo todo listo. Lo que no he hecho ha sido exponer los libros porque he pensado que querrías hacerlo tú. Pero las cajas están ahí. Ahora mismo iba a comprarle un perrito caliente a Mick. ¿Tenéis hambre?

—Yo no —respondió Connie más calmada—. Esperaré a más tarde.

—Yo estoy bien, aunque sí que me apetecería un poco de agua.

Connor asintió y se dirigió a su hijo.

—Ey, canijo, ¿quieres venir conmigo?

Mick negó con la cabeza.

—Con mamá.

—¿Seguro que puedes con él? —le preguntó a Heather.

—Estaremos bien.

Él le dio la bolsa y ella lo miró extrañada.

—¿Qué es esto?

—Un soborno —y vocalizó sin hablar: «ga-lle-ta».

—Ah, vale. Entonces seguro que estaremos bien.

—Pero la regla es después de almorzar —le advirtió él.

—Ésa es tu regla. Las madres hacen sus propias reglas.

—Eso, eso, menoscaba mi pobre intento de disciplina.

Ella se rió.

Cuando Connor regresó, Heather tenía al pequeño sentado en su regazo mientras le leía uno de los libros infantiles sobre la vida marina que Connie había incluido en la selección disponible para el evento del día. Había descubierto que Thomas creía que en muchas ocasiones era la conciencia ecológica de los niños la que hacía que los padres posaran su atención en el tema.

Mientras terminaba la historia, vio a su tío cruzando el jardín. Con su polo azul, sus pantalones kaki y su bronceado parecía un hombre mucho más joven. Se fijó en que varias mujeres se dieron la vuelta para mirarlo, aunque fue la expresión de Connie lo que de verdad le llamó la atención. Estaba embelesada. Después, miró a Heather y vio cómo una sonrisa se formó en sus labios. De modo que ella también lo había visto. Estaba deseando poder intercambiar impresiones con ella.

Thomas sonrió al verlos, aunque su mirada se vio atraída inmediatamente por Connie.

–Veo que hoy has traído una multitud de ayudantes –le dio una palmada a Connor en la espalda y se agachó para darle un beso en la mejilla a Heather y acariciar el pelo del pequeño–. ¿Cómo va tu recuperación, Heather?

–Muy despacio –respondió con clara frustración–. Aunque los médicos dicen que voy bien.

–¿Te ha contado Connor lo insoportable que estaba cuando se rompió el brazo jugando al béisbol en la universidad?

Heather puso los ojos en blanco.

–Créeme, lo sé. Estaba allí.

–Ah… claro… Olvido todo el tiempo que estuvisteis juntos. Bueno, espero que esté tratándote bien.

–Claro –murmuró ella.

–Haría mucho más por ella si me dejara. Es muy independiente y testaruda.

Thomas se rió.

–Bueno, pero todo eso ya lo sabías, ¿no? –al ver a toda la multitud concentrada en el jardín se alegró–. Debería subir ahí y empezar con lo mío –miró a Connie–. ¿Te he dado ya las gracias por organizar estos eventos? Shanna y tú sois increíbles.

Connie se sonrojó.

–Me alegra poder ayudar.

Cuando Thomas echó a correr para dar comienzo a su charla, ella lo siguió con la mirada. Connor vio a Heather fijarse en ese detalle y sonreír de nuevo.

Así que era oficial, pensó. Había algo entre Connie y su

tío, tal y como había sospechado a principios de verano. Se preguntó cuánto tardaría alguno de los dos en dar el primer paso o si seguirían fingiendo que no pasaba nada.

Mientras tanto, agradecía la oportunidad que le habían dado porque, bajo el pretexto de impulsar ese romance, tendría la excusa perfecta para tener a Heather solo para él esa tarde.

Heather se había dado cuenta de las furtivas miradas intercambiadas entre Connie y Thomas cuando él había llegado al evento. Estaban actuando como una pareja de adolescentes, y eso le parecía encantador. Estaba segurísima de que Connor también se había fijado.

Cuando Connie se tomó un breve descanso para ir al baño, ella miró a Connor.

–Tú también lo has visto, ¿verdad?

–¿Qué?

–Cómo se miraban Thomas y Connie.

Él sonrió.

–Ah, sí, claro. Incluso Kevin cree que hay algo entre los dos y ambos han admitido delante de mí lo que sienten. Pero no estoy seguro de que estén dispuestos a admitírselo el uno al otro. ¿Por eso has venido? ¿Te ha traído Connie hasta aquí para que evalúes la situación?

Heather asintió.

–Algo parecido. Me ha dicho que quería que yo impidiera que cometiera una locura, pero creo que lo que quería era que observara el comportamiento de Thomas para ver si yo también veo que hay atracción entre los dos.

–¿Y?

–¡Oh, sí! –dijo con fervor–. Está claro que ese hombre está loco por ella.

–Y viceversa. Mira, te propongo algo: cuando esto termine, vamos a hacer que los dos se vayan a por el almuerzo o algo así. Después tú, yo y el niño nos iremos juntos.

–Cuenta conmigo –respondió ella al instante, demostrando que le preocupaba más la felicidad de su amiga que el hecho de evitarlo a él. Es más, le sonrió–. Me gusta ver que tienes el gen de casamentero de los O'Brien a pesar de haber dejado claro en muchas ocasiones que odiabas todas esas intromisiones bien intencionadas.

–Se trata de mi tío y de Connie. Es por una buena causa.

–Sabes que Connie tenía otro motivo para traerme hoy aquí, ¿verdad?

–¿Se trata de mí?

–Por supuesto, y ambos hemos accedido a jugar en sus manos.

Él se rió.

–¿Y te molesta?

Heather lo miró a los ojos y suspiró.

–No tanto como probablemente debiera.

Capítulo 20

Eran casi las dos cuando habían recogido todo después de la charla de Thomas y Connor se giró hacia Heather para decirle:

–¿Estás lista?

–Claro –respondió y a continuación le dijo a Connie–: Me vuelvo al pueblo con Connor y con Mick. No te importa, ¿verdad?

Connie se mostró inmediatamente nerviosa por la noticia y Connor aprovechó para decir:

–Tío Thomas, sé que Connie no ha almorzado. ¿Por qué no os vais a comer algo? Es lo menos que puedes hacer para devolverle todas las horas que ha invertido en ayudarte.

–No tiene por qué llevarme a almorzar –protestó Connie ruborizada.

–Pero me gustaría –respondió Thomas, aunque evitó mirarla a la cara y le lanzó una mirada de desconfianza a su sobrino.

Connor no pudo controlar el deseo de decir:

–Me lo imaginaba.

Aunque todavía sonrojada, Connie aceptó la invitación.

–Me muero de hambre. Ha sido un día muy ajetreado y tampoco he desayunado.

–Pues no hay duda de que tienes que comer algo –apuntó Thomas antes de dirigirse a Connor y a Heather–. Gracias por vuestra ayuda. Ya nos veremos –el brillo de sus ojos dejó caer que, cuando lo hiciera, a Connor le esperaría una pequeña conversación.

Connor y Heather los vieron marcharse.

–Ha funcionado a la perfección –dijo él con satisfacción.

Pero Heather no parecía tan contenta con el éxito de la trama.

–Es un almuerzo, Connor. Con lo cautos que son, podrían pasar meses antes de que alguno admita sus sentimientos, y muchos más antes de que alguno dé el primer paso.

–¿Y tú qué? ¿Estás preparada para admitir tus sentimientos?

–Yo nunca los he negado.

Connor sonrió.

–Entonces, ¿por qué no te dejas llevar por ellos? –le preguntó esperanzado.

En lugar de responder, Heather miró al pequeño Mick; aunque estaba dormido, nunca se sabía cuándo podría despertarse y oírlos.

–Ya hablaremos luego –dijo Connor, entendiendo su preocupación.

Una vez estaban en el coche, él la miró.

–¿Y si nos paramos a almorzar nosotros? Hay un lugar genial junto al mar en el próximo pueblo.

–Pero tengo mucho calor y estoy empapada en sudor.

–Tiene una terraza al aire libre y la mayoría de la gente baja directamente de sus barcos. No es un lugar fino y los pasteles de cangrejo son excelentes. No se lo digas a Dillon Brady, pero creo que son mejores que los suyos.

Ella asintió, aunque con clara renuencia.

–De acuerdo.

Connor se preguntó cuándo las pequeñas victorias lo habían hecho sentirse tan satisfecho. Aun así, no podía negar estar encantado por el hecho de poder pasar otra hora o dos más con ella. Seguía esperando que pudieran retomar su relación y volver a aquellos días en los que hablaban durante horas sobre todo lo que sucedía en sus vidas.

Ahora se sentía extraño a su lado todo el tiempo, como

si apenas la conociera ni hubiera compartido con ella un hogar y un hijo. Pero estaba seguro de que recuperarían lo que habían tenido, sólo sería cuestión de tiempo hasta que ella aceptara que su proposición era sincera.

En el restaurante, él tenía a su hijo sobre su regazo. El pequeño se despertó y al ver tanta comida a su alrededor, se le abrieron los ojos como platos.

–Patatas –suplicó.

–Es igual que yo –dijo Connor riéndose–. Se va a convertir en un adicto a la comida basura.

–No mientras yo esté delante.

–¿A quién intentas engañar? Tú eres tan adicta a las patatas como yo.

Ella se rió.

–Vale, de acuerdo, a lo mejor un poco.

Cuando ya habían pedido sus platos, ella se acomodó en la silla y sonrió al mirar a su alrededor.

–Es un sitio muy agradable. Gracias por sugerir que viniéramos aquí.

–Imaginé que te gustaría. Los sábados por la noche suelen tener muy buena música. Tenemos que venir algún día –dijo con naturalidad.

Aunque ella pareció algo desconcertada, asintió.

–Claro. Uno de estos días.

–Heather, ¿tenemos que empezar de cero? ¿Cambiaría eso algo?

–¿Qué quieres decir?

–Que salgamos, que tengamos citas.

Ella sonrió ante la propuesta.

–Creo que ya hemos superado la época de las citas –respondió mirando al pequeño Mick.

Sin embargo, Connor no se rendiría tan fácilmente.

–Pero, tal vez, si empezáramos de nuevo podrías aceptar que de verdad quiero casarme contigo.

–¿Crees que me falla tanto la memoria? ¿Se supone que tengo que olvidar la vehemencia con la que te oponías al matrimonio desde el día que nos conocimos?

Connor la miró con frustración.

—¿Por qué no puedes ver que he cambiado? Lo ves todo de color de rosa, pero a mí sigues viéndome a través de una lente vieja y negra.

—No, te veo de un modo realista. Nadie cambia sus creencias de la noche a la mañana, Connor. Esas cosas se llevan en el alma, muy adentro.

—¿Y ya está? ¿No hay manera de que uno cambie y avance? —preguntó exasperado por su negativa a ceder un poco—. He dejado mi trabajo con los divorcios, me he mudado aquí para estar más cerca de ti y de nuestro hijo, he comprado la casa que deseas para los tres. ¿Qué más hace falta?

De nuevo, ella carecía de una respuesta racional, por lo que miró a su hijo.

—No es momento de discutir esto.

—¿Y habrá un momento?

Connor podía ver tristeza y pesar en su mirada, podía ver su confusión.

—No lo sé, Connor. No lo sé.

Lo que Connor no podía saber era cómo demonios iba a luchar por su futuro cuando ella no parecía querer intentarlo.

Después de la incómoda conversación del sábado, Connor no se había sentido jamás tan hundido y vencido. Había visto el futuro que quería, se había lanzado a por él a pesar de lo que había creído del matrimonio y había vuelto a perder. Cuando no estaba dejándose arrastrar por la marea en un mar de dolor, tenía que maldecir la ironía de la situación. Tal vez debería rendirse y aceptar la decisión de Heather, pero cuando le dejó caer esa idea a su padre, Mick se quedó consternado.

—¿Te ha dicho que no unas cuantas veces después de todas las veces que tú le dijiste que no a ella y ahora piensas rendirte? ¿Qué clase de O'Brien acepta un «no» por respuesta cuando se trata de algo importante?

–Estoy seguro de que cree que quiero casarme sólo por las circunstancias.

–¿Y es así? ¿Se lo pediste sólo porque tuvo el accidente?

–En cierto modo, sí, porque fue ahí cuando me di cuenta de que no quería perderla para siempre –dijo sinceramente–. En ese momento no podía imaginar mi vida sin ella y entonces lo supe. Era como si todo hubiera estado enterrado bajo el bagaje que arrastraba de mi pasado.

–Pues no dejes de decírselo hasta que te crea.

–No creo que me crea nunca. Es muy irónico porque sí que me creyó sin problemas cuando le decía que no creía en el matrimonio.

–Si hiciste que te creyera en eso, entonces puedes hacer que te crea en esto –insistió Mick–. Tal vez lleve algo más de tiempo del que te gustaría y requiera un poco de creatividad, pero te he visto en acción ante un tribunal y, una vez que te pones a ello, puedes vencer a cualquiera.

Connor no estaba tan convencido de ello.

–Agradezco tu voto de confianza, pero no lo sé. A lo mejor tengo que aceptar que podría ser demasiado tarde.

–Sólo es demasiado tarde si tú dejas que lo sea –le dijo su padre impaciente–. Ahora deja de compadecerte de ti mismo y ve a por la mujer que amas –se le iluminó la cara–. Podría echarte de casa, si eso ayuda. Puedes decirle que necesitas un lugar donde quedarte.

Connor se rió, a pesar de lo hundido que se sentía.

–Jess tiene un hotel. Seguro que Heather me diría que me fuera allí si de pronto me quedara en la calle.

–Bueno, hablaré con tu madre. Seguro que entre los dos daremos con un plan.

–Gracias, papá, pero creo que será mejor que me ocupe yo solo. A veces los entrometidos O'Brien pueden ser demasiado.

–Como quieras, siempre que hagas algo. Perder a esa mujer y a tu hijo no es una opción.

Sí, Connor lo sabía. Estaba claro que lo que necesitaba

era una nueva estrategia… y no una inventada por sus padres.

Heather tenía una cita con su cirujano ortopédico y entonces, si todo salía bien y por fin le quitaban la escayola… o al menos se la cortaban hasta la rodilla… tendría una sesión de fisioterapia para empezar a recuperar su pierna lesionada. Megan se había ofrecido a llevarla, y por eso se sorprendió al ver a Connor en la puerta.

–Tu chófer espera –dijo alegremente–. Mi madre está ocupada.

–¿Es eso verdad? ¿Y resulta que tú tienes la tarde libre?

–Un golpe de suerte, ¿verdad?

–Sí, claro, suerte.

Aceptando que pasar la tarde con Connor era inevitable, le permitió que la ayudara a bajar las escaleras, ya que aún seguía siendo algo complicado, a pesar de haber desarrollado destreza con las muletas. Una vez dentro del coche, se quedó en silencio.

Momentos más tarde, sus ánimos decayeron rápidamente en la consulta del médico. Había contado con que le quitaran la escayola, y por eso cuando el doctor le dijo que quería esperar dos semanas más por precaución, se marchó de allí decepcionada.

–He tenido que cancelar la sesión de fisioterapia –le dijo a Connor cuando estaban, de nuevo, en el coche–. Así que puedes llevarme a casa.

–No tan deprisa –protestó él–. Está claro que necesitas animarte. ¿Y si nos tomamos un helado con chocolate caliente?

–Voy a necesitar algo más que un helado con chocolate caliente para animarme, pero gracias por intentarlo.

–Oh, lo del helado es sólo para empezar. Tengo más cosas en mente.

Se detuvo delante de la heladería, volvió al coche con

dos helados grandes y condujo por la costa en dirección a Driftwood Cottage.

–He pensado que te gustaría ver los progresos que está haciendo mi padre –dijo al aparcar al otro lado de la calle.

Heather se giró para mirar: el exterior ya estaba exactamente como ella lo había imaginado, con su revestimiento blanco, los postigos rojos y un nuevo porche con una barandilla blanca y ornamentos de estilo victoriano. Las mecedoras ya estaban colocadas, al igual que una puerta pantalla de estilo antiguo y elaboradamente tallada, como las que habrían tenido esas casitas de la playa años atrás.

Connor la miró.

–¿Quieres tomarte ahí tu helado?

Con lágrimas en los ojos, ella asintió inmediatamente.

–Oh, Connor, es perfecta, exactamente como me había imaginado que sería. ¿No te la imaginas con enormes maceteros de geranios rojos?

–No hay duda de que mi padre tiene un don para capturar sueños y hacerlos realidad –dijo él saliendo del coche y preparándose para llevarla en brazos hasta la casa. Cuando ella abrió la boca para protestar, él le ordenó–: No me lo discutas. Se te va a derretir el helado si tengo que esperar a que llegues hasta allí con las muletas.

–Tienes razón –respondió ella sonriendo cuando él cruzó la carretera de dos carriles, abrió el portón de entrada y la sentaba sobre la cómoda mecedora con la pierna estirada sobre otra silla.

Volvió al cabo de unos segundos con sus helados.

Heather devoró el suyo, que se derretía rápidamente, aunque estaba mucho más cautivada por la vista del porche. La bahía resplandecía bajo la luz de última hora de la tarde que se filtraba por los sauces llorones. Vio a un marinero echando un vistazo a la olla que tenía llena de cangrejos de camino al puerto.

–Esto es el paraíso –dijo con un suspiro–. Connor, te va a encantar estar aquí. Y también a Mick, cuando esté contigo.

Él abrió la boca, pero ella levantó una mano.

–No digas nada. Ahora no. Sólo quiero disfrutar de este momento. Es muy tranquilo y sereno. Me encanta eso de estar justo encima de la tienda, pero esto es impresionante.

–No habrías pensado eso hace unas horas, cuando la cuadrilla de mi padre estaba por aquí trabajando. Era un enjambre de actividad. Está ansioso por terminarla.

–¿Y qué tal va el interior?

–Los suelos vuelven a ser resistentes y el nuevo tabique ya está casi levantado del todo. ¿Quieres echar un vistazo? Podrás hacerte una idea de cómo va.

–Me encantaría verlo –dijo emocionada–, aunque tendré que tomarme mi tiempo.

–Olvídate de intentar maniobrar por ahí dentro con las muletas. Hay demasiados obstáculos. A mi padre le daría un ataque si te dejo caminar por aquí, sobre todo sin un casco. Yo te llevo en brazos.

–Venga, Connor. No hay necesidad.

–Si no es a mi modo, no lo haremos –dijo con terquedad.

Ya que Heather entendió que tenía razón, accedió, por mucho que estar aferrada a su pecho le recordara con demasiada claridad los deseos que ella creía haber dejado atrás.

La llevó de habitación en habitación, deteniéndose para dejarla sobre una silla de la cocina para poder echar un vistazo a su alrededor.

–Va a quedar fabulosa, ¿verdad? –preguntó ella encantada de ver cómo su sueño estaba haciéndose realidad–. Con todas estas ventanas, habrá mucha luz. Ya puedo ver la mesa del desayuno ahí y la zona del fregadero con vistas al jardín.

A pesar de la felicidad de ver cómo Mick había traducido sus ideas en una casa de verdad, no podía evitar sentirse triste por el hecho de saber que nunca viviría allí.

–¿Arriba? –preguntó Connor mirándola fijamente.

Ella pensó en ver el dormitorio principal, que debería haber sido de los dos, y negó con la cabeza.

–Hoy no. Debería irme a casa.

Connor se mostró algo decepcionado, pero asintió de inmediato.

–Claro. Lo que quieras.

–Gracias por traerme y dile a Mick que está quedando impresionante.

–Estará encantado de que estés contenta.

Heather contuvo un suspiro porque en ese momento no es que estuviera contenta ni feliz, precisamente. Sin embargo, era una casa, después de todo. Nada más. Lo que importaba era que estaba viva después de un terrible accidente, que tenía a su hijo y que había vuelto a hablar con su madre. Tenía todo el futuro por delante y ya habría otra casa, y tal vez otro hombre, a pesar de que ése al que deseaba de verdad estaba justo ahí, delante de ella.

Miró a Connor, que estaba contemplándola con mucho amor escrito en la cara. Podría tenerlo, podría tenerlo todo, pero seguía resistiéndose.

Y lo peor era que ni siquiera entendía por qué.

Ya había anochecido. Heather había pasado toda la tarde en la tienda. No había podido hacer mucho, pero había sido agradable ver a gente para variar. También había sido una revelación ver lo bien que su madre se relacionaba con las clientas. Era una comerciante nata, sobre todo en cuanto a telas y patrones de colchas.

–Hemos tenido un buen día –anunció Bridget al cerrar la caja registradora.

–No me extraña. Eres muy buena como comerciante. Muchas mujeres han salido de aquí con muchas más cosas de las que pretendían comprar.

–Y volverán para asistir a las clases. Las he apuntado para el siguiente curso.

–Es fantástico.

–He pensado que, tal vez, podría trabajar con una clase de avanzado y tú con la de principiantes –sugirió su madre–. O al revés. ¿Qué te parece?

Heather sonrió.

–¿Significa eso que vas a quedarte?

Su madre asintió.

–Sí, si estás segura de que no seré una carga.

–En absoluto. Sin duda, has encajado aquí. Has sido de gran ayuda y me encantaría tener tu compañía.

–Bueno, pero esta noche tendrás que prescindir de mi compañía. Nell y yo vamos a ir al bingo. Es más, ya llego tarde. Hemos quedado en Sally's primero, así que más me vale salir corriendo.

Heather la miró alarmada.

–¿Y qué pasa con Mick? No puedo llevarlo arriba sola.

–¡Oh, no te preocupes! Connor llegará en un segundo –la puerta se abrió y a la mujer se le iluminó la cara–. ¡Ahí está! Justo a tiempo. Que paséis buena noche.

Heather se quedó mirándola.

–No la culpes por conspirar a tus espaldas –dijo Connor suponiendo el motivo de su enfado–. Me dijo que iba a ir al bingo y le he sugerido que yo os llevaría a los dos a cenar. Me ha parecido una idea genial.

–Y no se os ha ocurrido consultármelo –contestó irritada, aunque tenía que admitir que se alegraba de verlo. Esas visitas improvisadas podían ser desconcertantes, pero una parte de ella las deseaba. Había echado de menos poder hablar con Connor al final del día, había echado de menos compartir una vida con él. Verlo ahora era un burlón recordatorio de lo que habían tenido y de lo que podrían volver a tener si pudiera creer en él.

–¿Preferirías quedarte? Podríamos pedir una pizza.

–¿Tengo que dar por hecho que cenar contigo es el precio que tengo que pagar para poder subir al apartamento?

Él sonrió.

–Sí.

–Entonces, vamos a salir. Estoy cansada de comer dentro, aunque mamá cocina mucho mejor que yo –lo miró a los ojos–. Por cierto, va a quedarse a vivir aquí.

–Me lo imaginaba. ¿Qué te parece?

–Estoy triste por lo que ha pasado entre mis padres, aunque no sorprendida. Aun así, me gustará tenerla aquí, creo, sobre todo por el pequeño Mick.

–Y por tu relación con ella. Parce que habéis arreglado las diferencias.

–Es verdad. Ahora nos entendemos mucho mejor. Y ya no te odia, así que es un punto muy positivo.

–Y algo por lo que estaré eternamente agradecido, eso seguro.

Ya que Connor no hacía ademán de moverse, pero no dejaba de mirar a la puerta, Heather le preguntó:

–¿Vamos a salir a cenar o no?

–Sí, pero se supone que mi madre va a venir a recoger a Mick y a llevarlo a su casa a cenar.

–¿Es otra de esas decisiones para las que no me habéis pedido opinión?

–Es difícil tener una cena romántica con un niño delante.

Heather lo miró fijamente.

–No habías dicho nada de tener una cena romántica.

–¿No? –preguntó inocentemente–. Vaya, qué fallo. Pues vamos a ir a Brady's, donde habrá velas, vino y de todo.

–¿Por qué?

–Porque te lo mereces –respondió sencillamente, aliviado cuando Megan llegó por fin–. ¡Mamá, genial! Mick ya está listo. Como seguro que estará dormido para cuando volvamos, puede quedarse a dormir, ¿verdad? Tiene ropa en mi habitación.

–No hay problema.

Heather miró a los dos conspiradores.

–Un momento. No hay razón por la que no pueda venir aquí y dormir en su cuna.

–Podría haberla.

Un cosquilleo de deseo la recorrió ante la sutil insinuación, pero no podía permitir que eso la afectara.

–No la habrá –respondió testarudamente.

Él sonrió.

–Lo veremos sobre la marcha –le dijo a su madre–. Te llamaré.

Megan se rió.

–Como queráis. Esperaré tu llamada. Que paséis una noche maravillosa y no os preocupéis por nada. Mick le ha comprado un juguete nuevo, así que imagino que los dos se mantendrán ocupados. Os juro que creo que la razón por la que quiere tantos nietos es para poder jugar con todos sus juguetes.

El niño oyó mencionar a su abuelo y corrió hacia Megan.

–¿*Abelo* Mick?

Megan lo levantó en brazos.

–Sí, nos está esperando, cariño. Vamos a verlo.

Connor se giró hacia Heather.

–¿Y vosotros? ¿Estáis listos para marcharos?

Por un instante, ella pensó en decir que no, en insistir que la ayudara a subir y después pedirle que se marchara, pero la tentación salió ganando. Las cenas románticas habían sido escasas entre ellos, en una primera época por falta de dinero y después por falta de tiempo.

Miró a Connor y sonrió.

–Estoy lista –dijo. Al menos, lo estaba para cenar.

En cuanto a lo que él estaba esperando claramente para después, ella había estado preparada para ello desde el mismo día que se habían conocido, que era cómo habían terminado teniendo al pequeño Mick. Por mucho que había luchado para no dejarse llevar por la atracción, estaba claro que no había funcionado.

Connor no era tan tonto como para pensar que una cena a la luz de las velas y un poco de vino cambiaría su relación con Heather, pero estaba esperando que cambiara el status quo. Con lo que no había contado era con encontrarse con su hermana Jess y con Will en cuanto entraron por la puerta de Brady's. A Jess se le iluminaron los ojos.

–¿Estáis saliendo juntos?

–En realidad, no –respondió Heather apresuradamente–. ¿Por qué no os unís a nosotros?

Will miró a Connor en busca de una reacción. Connor suspiró y se encogió de hombros.

–Claro, ¿por qué no? –dijo con resignación. Tal vez necesitaban intercesores para que la noche no se volviera más intensa de lo que Heather podría soportar. Estaba claro que necesitaba la presencia de alguien porque, de lo contrario, no habría lanzado la invitación.

–Will, creo que tal vez estamos molestando –dijo Jess–. Ya cenaremos juntos en otro momento.

–En realidad, no –apuntó Heather con un inconfundible tono de desesperación en la voz–. Será divertido.

–Si estáis seguros… –interpuso Jess.

–Estamos seguros –le respondió Connor.

Mientras comían cangrejo y bebían vino, Heather se relajó visiblemente y Connor reconoció que había tomado la decisión correcta. Estaba mucho más cómoda en compañía de la pareja. Jess estuvo contando muchas historias de cuando Connor era pequeño y Heather se rió como hacía tiempo que no se reía.

Para cuando salieron de Brady's, tenía las mejillas sonrojadas y la mirada iluminada.

–Ha sido divertido –declaró cuando volvían a casa–. Me alegra mucho que nos hayan acompañado. Hacen una pareja monísima.

–No se lo digas a Jess. Dice que Will la vuelve loca.

–Pero está claro que la adora.

Connor se encogió de hombros.

–Eso parece estar muy claro para todo el mundo excepto para mi hermana.

Ella vaciló, lo miró a los ojos y desvió la mirada.

–Gracias por no molestarte ante mi insistencia de que cenaran con nosotros.

–¿Por qué lo has hecho?

–Para ser sincera, creo que estaba nerviosa.

–¿Por mí?

Ella asintió.

–Es una locura, ¿verdad? Nos conocemos muy bien, e incluso tenemos un hijo juntos, pero ha sido como si fuera una primera cita.

Connor sonrió.

–Eso es exactamente lo que quería que pareciera. Es el nuevo comienzo del que te hablé el otro día.

Ella lo miró con escepticismo.

–Pero no tenías planes para después, ¿verdad?

Él se rió.

–¿Cómo lo has adivinado?

–Librarte del pequeño Mick ha sido una buena pista. Aunque te has olvidado de mi madre. Seguro que el bingo ya ha terminado.

Connor aparcó en el callejón detrás de su apartamento, se giró y la miró.

–Razón por la que va a pasar la noche en casa de la abuela.

–¿En serio? ¿Ha accedido a eso?

–Fue idea suya, en realidad. Creo que quiere hacer todo lo posible por asegurarse de que volvemos a estar juntos.

Vio una mezcla de emociones en los ojos de Heather. Deseo, anhelo, pero también miedo y confusión.

–No es necesario que me quede esta noche –le dijo con voz suave y sin apartar la mirada de ella–, pero quiero hacerlo.

Ella vaciló y susurró:

–Y yo quiero que lo hagas, pero Connor, no es…

La interrumpió.

–No tiene que ser una garantía de nada. Sólo necesito demostrarte cuánto te quiero.

Esperó lo que le pareció una eternidad hasta que ella asintió.

–Vamos a casa.

No habían contado con lo incómodo que sería hacer el

amor con una escayola en la pierna de Heather desde el tobillo hasta el muslo. Aunque ella se había acostumbrado a su peso, los antes familiares movimientos y destreza a la que estaban acostumbrados se hicieron imposibles. En un momento estuvo a punto de dejar inconsciente a Connor cuando hizo un repentino movimiento con la pierna… y fue incapaz de controlar las carcajadas.

A su lado, Connor se tendió sobre la cama con la respiración entrecortada. Aunque ella quería creer que era debido al deseo, sabía que lo que sucedía era que estaba intentando contener las risas.

–¿En qué estaba pensando? –murmuró llevándola hacia él para abrazarla.

–¿Tú? Soy yo la que lleva más de un mes viviendo con esta escayola. Tendría que haberme dado cuenta de que sería una idea ridícula. Seguro que podríamos encontrar un modo de llegar a donde los dos queremos ir, pero tengo que admitir que estoy satisfecha sólo por estar de nuevo en tus brazos.

–Yo también… y eso que estoy totalmente frustrado en este momento.

–¡Y qué lo digas!

Él la miró a los ojos.

–¿Puedes darme un vale para otra ocasión?

–¿Te refieres a dejarlo para cuando sea menos probable que te aporree con mi escayola?

–Estaría bien.

Heather se puso seria y lo miró a los ojos.

–Connor, no sé… ¿Y si empezamos de nuevo, la cosa se complica y no llegamos a ninguna parte? Tenemos que pensar en el pequeño Mick. No quiero confundirlo.

–Tendremos cuidado con lo que digamos y hagamos delante de él –le prometió Connor–. Nos aseguraremos de que no crea que nada ha cambiado, a menos que haya cambiado de verdad.

–¿Y qué pasa conmigo? Yo ya estoy confundida –admitió. Los señaló a los dos, medio desnudos y abrazados–.

Siempre estuvimos bien juntos. Eso nunca fue un problema.

–Pero creo que ésa es la cuestión. Siempre disfrutamos del sexo y nunca hemos negado que nos amamos. ¿No deberían ser ésas dos de las cosas que más importen? Hemos dejado que todo lo demás se interponga.

–Todo lo demás... ¿como el hecho de que no creyeras en el matrimonio? Es algo muy grande, no un pequeño cambio de opinión como que de pronto deje de gustarte el brócoli.

–Siempre nos ha encantado el brócoli –le recordó él.

–Ya sabes a que me refiero.

–Claro que sí. Mira, lo único que sé con certeza, lo único que no ha cambiado nunca, es que quiero pasar el resto de mi vida contigo. Eso fue verdad cuando vivíamos juntos. Fue verdad después del accidente y es verdad esta noche. Con o sin el anillo y un pedazo de papel, eso jamás cambiará –la miró directamente a los ojos–. Eres el amor de mi vida, Heather Donovan. Nunca lo he dudado. Ni una vez.

Heather oyó algo en su voz que la reconfortó más que nada. Tenía la misma pasión, la misma convicción de cuando defendía un caso ante un juez. Y ella sabía bien que él no podía fingir esa clase de sinceridad. Si lo decía, era porque lo sentía.

Y, al final, ¿no era eso en lo que se basaba el matrimonio? ¿En creer que dos personas podían luchar por unos sentimientos y aferrarse a ellos al comprometerse, en el día de su boda y en los años que tenían por delante?

–Sí –respondió ella sabiendo que eso era lo que tenía que hacer.

Si Connor, tendido en la cama y sin que el placer y la pasión de haber hecho el amor pudieran nublarle el juicio, podía tener fe y creer en su relación, ella tenía que hacer lo mismo.

Él se quedó atónito. Era como si no pudiera creerse que la hubiera oído bien.

–¿Acabas de aceptar mi proposición?

–Bueno, técnicamente no la has hecho, al menos no últimamente –le dijo sonriendo–. Pero sí, eso es lo que estaba haciendo. Estaba aceptando casarme contigo.

Él se levantó y señaló su cuerpo medio desnudo.

–¿Incluso después de este fiasco?

Heather se rió.

–No ha sido un fiasco. Es lo que me ha hecho creer que podemos lograrlo. Si hemos podido reírnos juntos cuando deseábamos tanto hacer otra cosa, si pudiste animarme y soportar mi horrorosa actitud desde el accidente e ignorar todas las veces que te he rechazado, entonces lo que tenemos tiene que ser real, como siempre pensé que era.

Connor soltó un grito de entusiasmo y buscó el teléfono.

–¿Qué estás haciendo?

–No le he dicho a mi madre que al final Mick se quedaría a dormir con ellos –dijo y sonrió cuando, al parecer, Megan contestó–. ¡Ha dicho que sí! –le anunció.

Heather pudo oír la respuesta de regocijo de Megan y al momento Mick ya estaba al teléfono pidiendo hablar con Heather.

Connor se lo pasó.

–¡Ya era hora, jovencita! –le dijo entusiasmado–. ¡Bienvenida a la familia!

–Habéis hecho que me sienta una O'Brien todo el tiempo –le dijo, emocionada ante la idea de formar parte de esa maravillosa familia para siempre.

–Bueno, pues ahora ya será oficial. ¿Por qué no venís aquí los dos para que podamos empezar con los planes de boda?

Heather sonrió. Ya había oído que a Mick no le gustaba perder el tiempo.

–Puede que ahora no sea el mejor momento –le respondió mirando a Connor.

Al parecer, Connor imaginó lo que quería su padre, porque le quitó el teléfono y le dijo:

–Esta noche, no. Mañana nos vemos, y gracias por quedaros con Mick.

Colgó y se giró hacia Heather con una expresión sorprendentemente vacilante.

–¿De verdad vamos a hacer esto? ¿Vamos a casarnos?

–Sí, a menos que ya estés arrepintiéndote.

Volvió a meterse en la cama y la abrazó.

–De eso nada. Quiero noches exactamente como ésta durante el resto de nuestras vidas –y añadió–: Bueno, tal vez no exactamente como ésta.

Ella se acurrucó contra él, lamentando que no pudieran hacer más.

–Yo también.

Después de todo, Connor había tenido razón. A veces las cosas se aclaraban sólo después de haber regresado a lo más básico.

Epílogo

Connor nunca llegó a estar seguro de si Mick había chantajeado al sacerdote o si la abuela había empleado sus poderes de persuasión, pero finalmente el hombre accedió a celebrar la boda de un modo que se alejaba un poco de lo que había dicho que era posible en un principio. Si hubiera sido por Connor, podrían haberse saltado todo lo de la iglesia, pero Bridget estaba ilusionada con ello y Heather también. Ya que no podía negarle nada, había seguido adelante con la gran producción.

Y ahora que estaba allí en la pequeña iglesia, que Bree y la abuela habían llenado de flores y decorado con velas, se alegraba de no haberse negado. Había algo solemne en ese momento que hizo que todo pareciera mucho más real. Se sentía esperanzado y algo asustado a la vez.

–¿Estás bien? –preguntó Kevin mirándolo con preocupación–. ¿No irás a desmayarte o a salir corriendo, verdad?

–En absoluto –respondió Connor.

Cuando la música comenzó, observó impaciente cómo el pequeño Mick recorría el pasillo con los anillos acompañado por Davy y Henry a cada lado para evitar que saliera corriendo con ellos. Después llegaron Carrie y Caitlyn, que parecían muy mayores y contentas con sus largos vestidos de satén. Laila y Connie ejercían de damas de honor y él se fijó en que Connie tenía la mirada clavada en el tío Thomas, que estaba sentado con los padrinos del novio.

Y entonces la música empezó a sonar y allí apareció Heather con un sencillo vestido de satén blanco sin adornos que la hacía parecer tan esbelta y elegante como una modelo. Literalmente lo dejó sin aliento, tal y como había hecho desde el día que la conoció.

Así que por eso se casaba la gente, pensó asombrado. En un solo momento quedó cautivado por una imagen que se quedaría con él para siempre. Esa bella mujer, la madre de su hijo, iba a convertirse en su esposa.

Y, sorprendentemente, en ese instante se dio cuenta de que no había nada de aterrador al respecto. Todo lo contrario, nunca se había sentido mejor.

Heather había estado abrumada la mayor parte de los últimos meses. Una vez que, por fin, pudo librarse de su escayola y volver a ponerse en pie, los preparativos de la boda habían ocupado todo su tiempo libre. Bridget y Megan se habían encargado de casi todo, organizando el evento con precisión militar. Ella sólo tuvo que hacerse las pruebas del vestido, acudir a las pruebas del menú y revisar las flores y demás adornos que Bree había diseñado. Pero incluso sólo eso había sido abrumador.

Se había esperado que Connor saliera corriendo para huir de esa locura, pero no lo había hecho. Al contrario, se había mostrado sereno e increíblemente optimista.

Incluso ahora, mientras la esperaba frente al altar, no había el más mínimo rastro de pánico en sus ojos. Es más, si alguien estaba nervioso, ése era su padre, que seguía mirándola como si acabaran de presentarlos.

–Te has convertido en una mujer bellísima, Heather. Y está claro que aquí te has formado una vida maravillosa. Connor es un hombre afortunado –le dijo su padre con los ojos empañados.

–Gracias –respondió ella conteniendo las lágrimas.

Pensando en los sentimientos de su madre, había dudado sobre si contar con su padre en la boda, pero su madre había sido categórica al respecto.

–Es tu padre. Deberías decirle que estuviera, si es que así lo deseas. Yo estaré bien. Además, ya es hora de que conozca a su nieto.

Aun así, Heather había vacilado.

–No quiero que te sientas incómoda.

–Creo que podemos soportarnos un par de días. Lo hemos hecho durante años.

–¿Ya le has dicho que vas a quedarte a vivir aquí?

–No. He pensado hacerlo después de la boda.

Heather le preguntó una cosa más a su madre antes de llamarlo para invitarlo.

–¿Crees que cantaría en la boda?

–Creo que lo haría encantado si se lo pidieras.

Y así había sido. Había aceptado. Sin embargo, ahora Charles Donovan parecía estar pensándoselo mejor.

–¿Estás segura de que quieres que cante antes de que pronunciéis los votos? –le preguntó nervioso–. Normalmente canto en el pub y allí la gente no es demasiado exigente.

Ella sonrió ante su modestia, sabiendo que su madre no habría dicho que poseía la voz de un ángel si no hubiera sido verdad.

–Estoy segura al cien por cien.

–¿Y es ésta la canción que quieres? *¿Cuando los ojos irlandeses sonríen?*

Ella asintió.

–Habiendo dos familias irlandesas, me parece muy apropiada. Y si este matrimonio funciona como espero, Connor y yo estaremos sonriendo juntos mucho tiempo.

–De acuerdo.

Ella se apoyó en la fuerza de su padre para recorrer el camino hacia el altar. Aunque le habían quitado la escayola y llevaba semanas con sus sesiones de fisioterapia, no confiaba del todo en su pierna. Pero mirando a los ojos de Connor y confiando en la solidez de su padre, prácticamente fue como si fuera deslizándose hacia el altar.

Su padre colocó su mano sobre la de Connor y se apartó a un lado, junto al organista. Cuando comenzó a cantar, su voz llenó la pequeña iglesia. Miró a Heather y entonces se giró hacia Bridget, a quien le cantó el resto de la canción. Heather no tuvo duda de que con esa canción estaba diciéndole que quería solucionar todo lo que había salido mal entre los dos.

Al oírlo, al ver ese inconfundible amor en sus ojos, Heather se sintió doblemente bendecida. No sólo era el día de su boda, sino un día que, tal vez, también supondría un nuevo comienzo para sus padres. Ése era, sin duda, un día para que los sueños se hicieran realidad.

La luz de la luna bañaba Driftwood Cottage. Heather y Connor habían tomado la decisión de pasar ahí su noche de bodas, en la casa que se convertiría en su hogar. Aún faltaban algunos toques finales, pero Mick había contratado a más hombres para asegurarse de que estaba casi todo listo para ellos.

De pie en el porche, Connor miró a Heather a los ojos.

—Por fin estamos en casa y estás más bella que nunca. Estás radiante.

—Gracias por darme este momento, por darme un día como éste.

—Debería haberlo hecho hace tiempo. No sé en qué estaba pensando.

—Creo que a casi todo el mundo le asusta la idea del matrimonio, pero tú tenías más razones que nadie para tenerle miedo.

—Puede que sí, pero te tenía a ti. Sabía la clase de persona que eras. Sabía lo que teníamos. Esta decisión debería haber sido fácil.

—Bueno, pero has acabado tomándola y aquí estamos ahora. ¿Vamos a pasar? Creo que la tradición de la noche de bodas es la parte que más puede gustarte de todo esto.

Connor se rió.

–De eso no hay duda –dijo metiendo la llave y abriendo la puerta. La tomó en brazos y cruzó el umbral, antes de cerrar la puerta con el pie. Después, sin dudarlo, subió las escaleras hasta el dormitorio.

Le había encargado a su hermana la decoración de la habitación para esa noche. Jess tenía un gran toque romántico y, gracias a la suite nupcial de su hotel, sabía bien cómo adornarla.

Había pétalos de rosa blancos esparcidos por toda la cama, que estaba cubierta con una de las colchas de Heather, una con el diseño de una alianza. Una botella de champán se enfriaba en un cubo sobre una bandeja con copas de cristal, e incluso había otra bandeja con aperitivos que incluían fresas mojadas en chocolate. Además, había velas por todas partes esperando a ser encendidas. Por si fuera poco, hasta la luna estaba cooperando filtrando su plateada luz por las ventanas.

A Heather se le iluminaron los ojos.

–Connor, esto es absolutamente maravilloso.

–¿Te alegras de haber esperado para verlo?

Ella asintió.

–Puedes darle las gracias a Jess.

–Lo haré, sin duda –miró a su alrededor–. ¿Crees que habrá traído mi camisón?

Connor sonrió.

–No lo necesitarás, pero creo que está en el baño. ¿Por qué no nos tomamos una copa de champán primero?

–¿Por qué no? –asintió ella con un susurro entrecortado.

Él sirvió el champán, y juntos fueron hasta el sofá de la ventana. Una vez sentados, la miró a los ojos y vio su alma reflejada en ellos.

–Vamos a ser felices aquí. Te lo prometo. Haré todo lo que esté en mi poder para asegurarme de que nunca te arrepientas de haberte casado conmigo.

–Esa promesa debería estar haciéndotela yo a ti. Haremos que esto funcione, Connor. Vamos a vencer esas deprimentes estadísticas de divorcios y estaremos casados cincuenta años.

–¡Y más! Me ha llevado un tiempo llegar hasta aquí, pero creo en nosotros.

Y cuando se acercó para besar a su esposa en esa noche que supondría el comienzo de su viaje, supo con todo su ser que sería un viaje fantástico.

Brenda Novak

Un completo desconocido

Aquel accidente había sido culpa de Hannah Price. Un momento de distracción que había cambiado la vida de Gabe Holbrook y había acabado con todo lo que siempre había querido ser.

Él lo había tenido todo: inteligencia, atractivo y riqueza, y había sido uno de los mejores jugadores de la liga de fútbol americano. Ahora había regresado a Dundee, la pequeña ciudad en la que había crecido, pero era un completo desconocido para todos los que lo habían tratado en otro tiempo. Se había vuelto introvertido y amargado, aunque él estaba convencido de que sólo era porque estaba concentrado en recuperarse. Sin embargo, por culpa de Hannah, había cosas que jamás podría recuperar. Y ahora se veía obligado a tratar con ella…

La otra mujer

Elizabeth O'Connell había sufrido una de las peores traiciones que cualquier esposa podría imaginar. Descubrir que no era la única mujer en la vida de su marido significó el fin de su matrimonio y el principio de un verdadero infierno. Ahora sólo quería concentrarse en su nuevo negocio y en criar a sus dos hijos.

Carter Hudson no figuraba en sus planes. Pero a medida que fue pasando tiempo con él, Liz se dio cuenta de que le gustaba tenerlo en su vida. Sin embargo, Carter tenía algunos secretos en su pasado de los que no conseguía escapar, secretos que parecían relacionados con cierta mujer…

9 788490 102831